하녀들

조현경은 중앙대학교 문예창작학과 재학 중 KBS 예능 프로그램을 시작으로 20대 내내 라디오와 TV 구성작가로 살았다. 30대엔 영화와 드라마를 만들고 썼다. 드라마 OBS 창사특집 〈내 마음의 수선공〉, JTBC 미니시리즈 〈하녀들〉, 영화 〈홀리〉를 썼고, 소설 「샴페인」, 「개국」, 「하녀들」, 에세이 「사랑하라 사랑하라」 그리고 시나리오집 「홀리」를 펴냈다.

조선연애사 1 하녀들

초판 1쇄 발행 2015년 2월 13일
초판 2쇄 발행 2015년 3월 6일

지은이 | 조현경

발행인 | 박효상
총괄이사 | 이종선 **기획 · 편집** | 박운희, 박혜민 **디자인** | 손정수
마케팅 | 이태호, 이전희 **디지털콘텐츠** | 이지호 **관리** | 김태옥

기획 | 강현옥 **본문 편집** | 이양훈 **표지 디자인** | 박성미 **본문 디자인 · 조판** | 윤주열
콘텐츠코디네이터 | 김명지, 최혜주, 이선영

종이 | 월드페이퍼 **인쇄 · 제본** | 현문자현 **특수가공** | 이지앤비

출판등록 | 제10-1835호
발행처 | 사람in
주소 | 121-894 서울시 마포구 양화로11길 14-10(서교동) 4F
전화 | 02) 338-3555(代) **팩스** | 02) 338-3545
E-mail | saramin@netsgo.com
Homepage | www.saramin.com

:: 책값은 뒤표지에 있습니다.
:: 파본은 바꾸어 드립니다.

ⓒ 조현경 2015

ISBN 978-89-6049-441-1 04810
       978-89-6049-440-4 (세트)

사람이 중심이 되는 세상, 세상과 소통하는 **사람in**

소설
조선 연애사

조현경 장편소설

조
선
청
춘,

운
명
에

맞
서

사
랑
을

찾
다

하녀들

사람in

오랫동안 방송작가로 살았던 나는 일상의 행복을 예전에 잃어버렸다. 명절은 물론 부모님 생신에도 본가에 가지 못하고, 내 생일 같은 기념일 따위도 챙길 수 없음은 물론이요, 심지어 어머니가 병원에 입원하셨을 때조차도 가 보지 못해 울면서 원고를 썼다. 내가 쓴 것들은 재능으로 쓴 것이 아니라 이렇게 온 시간을 오롯이 바치고 얻은 무능한 헌신으로 간신히 얻어 낸 결과물이다. 노력이 무위로 돌아가지 않고 책으로 나와 불효를 조금이나마 갈음할 수 있어 다행이다.

부끄러운 작품을 받아 주신 사람in 박효상 대표님, 좋은 연을 만들어 준 후배 현영, 수년간 자료조사를 함께 하며 들쭉날쭉한 집필 기간 동안 작업실을 스쳐 간 혜미, 수연, 성자, 명지, 가람, 혜주, 선영에게 감사를 전하고 싶다. 드라마와 소설은 같기도 하고 다르기도 한데, 소설이 드라마로 바뀌는 과정에서 인물들이 변화하고 이야기가 달라졌다. 독자들이 두 가지 텍스트의 차이를 비교해가며 즐기실 수 있기를 바란다.

겨울이 길었다.

프롤로그

　새벽 달빛이 서서히 기울었다. 송도의 진산 송악산. 기암괴석으로 뒤덮인 기슭에서 한 여인이 쫓기고 있었다. 만삭이었다. 등에 보따리를 두른 채 무거운 몸을 이끌고 필사적으로 도망을 쳤다. 사흘 전부터 시작된 추적을 피해 그 몸으로 지금까지 목숨을 부지한 것만도 기적이었다. 뒤를 쫓는 사내는 야차 같았다. 다섯 자 앞이나 남았을까. 거의 따라붙었다. 여인은 기어이 넘어지고 만다. 사내가 품에서 단도를 꺼냈다. 여인의 동공이 커졌다. 위기를 감지하고 본능적으로 배부터 감싼다. 사내가 한 치 앞으로 다가왔다. 여인은 자기도 모르게 움켜쥔 흙더미를 그의 얼굴에 뿌렸다. 으악! 눈에 흙이 들어간 사내가 주춤거리는 사이, 여인은 아무 나뭇가지나 쥐고 사내의 눈을 마저 찔러 버렸다. 더 큰 비명이 울린다. 사내의 눈가에서 피가 흘렀다. 여인은 다시 도망치기 시작한다. 사내가 쥐고 있던 단도를 날렸다. 뜨거운 아픔이 등에 와 박혔지만, 여인은 새끼를 밴 어미였다.

쓰러지지 않았다.

쓰러질 수 없었다.

마침내 아침 해가 동쪽 산등성이에 걸렸다. 곧게 자란 적송과 사목송이 호위를 하듯 에워싼 산중턱 여막에서는 고려 왕실의 종친 왕휘가 세상을 떠난 어머니의 제를 올리고 있었다. 망국의 기운이 온 나라를 침습하고 있었지만 삼년상을 지키라는 것이 부친의 명이었다. 종사가 어지러운 시절에 잠시 물러나 있으라는 부친의 뜻을 모르는 바는 아니었지만 국운이 기울어 가는 때에 종친이란 자가 손발이 묶인 채 산중에 은거하고 있으려니 답답한 것도 사실이었다. 왕실에서는 국무(國巫) 해상을 보내 위로하는 것으로 왕휘에게 신경 쓰고 있다는 생색을 냈다. 왕휘의 집안에서는 수창궁 안의 기미를 읽어 내고자 몇 해 전부터 해상과 긴밀한 연락을 취해 오는 사이였다. 해상은 사실 신기가 별로 없는 무당이다. 망국의 기운을 읽어 낸 선대의 국무가 떠넘기듯 자리를 비워 주고 자취를 감추는 바람에 어영부영 국무가 되었을 뿐이다. 허나 의리가 있고 속정이 깊어 마음 허한 자들이 진심으로 기대 오곤 했다. 그녀의 예지력은 신기가 아니라 상대에 대한 깊은 애정에서 나오는 것이었다. 앞날을 보는 것이 아니라 연민으로 그 사람을 읽어 내고 조언을 해 주는 것이다. 마치 책을 많이 읽고 오래 살아 낸 노인들의 현명한 충고처럼.

여말의 고려 왕들은 후사 없이 암살당하기 일쑤라 왕휘는 때마다 후계 구도에 이름이 거론되곤 했다. 그는 정권이 안정적일 때는 배척당하고 비상시국에는 갑자기 중요해지곤 하는 자신의 존재에 넌더리가 났다. 충숙왕의 5대손으로 공원왕후 홍 씨 소생이 아닌 원나라 조국장 공주 소생이었던 용산원자의 후손이었기에 선조 대에서는 경계의 대상이 되기도 한 모양이지만 원나라의 집요한 혼인 정책으로 왕실이 순혈을 고집할 수 없어진 지는 이미 오래되었다. 선대 어딘가에서 이국의 피가 흘러들었다 해도 왕휘는 자신을 고려인이라고 여겼다. 노국대장공주를 아내로 맞고 고려 밖에서 자랐어도 고려의 왕으로 그들과 대적했던 공민왕처럼.

경인년(1170년)에 무신들이 정변을 일으켜 권력을 잡은 이후로 왕실은 단 하루도 바람 잘 날이 없었다. 권력의 허수아비로 전락한 국왕은 무신 정권의 1인자가 바뀔 때마다 물갈이되었다. 왕 목숨이 파리 목숨만도 못하던 시절이었다. 조정이 이처럼 혼탁하니 곳곳에서 민란이 터지고 도적이 들끓었다. 설상가상 중원을 장악한 몽골(원)의 군대까지 침입해 왔다. 정변을 주도한 무신들에 이어 이번에는 몽골을 등에 업은 권문세족이 왕실의 목을 졸랐다. 때때로 기개 있는 왕들이 개혁을 부르짖다가 쥐도 새도 모르게 제거되고 새로운 허수아비가 왕좌를 대신 차지하는 일이 되풀이되었다. 더는 내세울 왕족이 없어 왕위가 비었던 것도 여러 번, 이 치욕적인 왕실의 수난은 한족 출신인 주원장이 명을 세우고 중원에서 원과 충돌할 때까지 200년 넘게 이어져 오고 있었다. 이러한 판도를 뒤바꾼 이가 바로 공민왕 왕전이었다.

신묘년(1351년)에 왕위에 오른 그는 친원파 권문세족을 견제하는 한편 스스로 변발을 풀어 헤치고 몽골 복식을 벗어던졌다. 원과의 전면전을 선언한 것이다. 마침 중원에서는 한족 세력들이 새로이 힘을 키우며 원의 멸망을 부채질하고 있었고, 동시에 고려의 친원파 권문세족 역시 서서히 힘을 잃어 가고 있었다. 그리하여 지방에서 학문에 전념하던 사대부들이 속속 도성으로 집결, 공민왕의 개혁에 힘을 싣고 있었다. 기어이 주원장이 명나라를 세우며 몽골족을 변방으로 몰아내기 시작했고, 고려에 남아 있던 몽골 잔당들은 최영과 이성계라는 불세출의 두 장수에 의해 하나둘 쫓겨나고 있었다. 허나 하늘도 무심하시지. 공민왕은 정치적 혼란과 잦은 전쟁에 따른 정신적 압박, 왕비인 노국대장공주의 죽음으로 인한 슬픔을 이기지 못하고 정신이 이상해지더니 기행을 일삼다가 결국 홍륜 등에게 무참하게 살해당하고 말았다. 이로써 고려의 개혁도 사실상 끝장난 것이나 마찬가지였다. 9년 전인 갑인년(1374년)의 일이었다.

제단에 절을 올리고 난 왕휘가 긴 한숨을 내쉬었다. 선왕과 순정 왕후 한 씨 사이에서 난 강녕대군(우왕)이 고려의 서른두 번째 왕위에 올라 벌써 12년째 정권을 유지하고 있었으나 안팎의 정치적 압박은 더욱 거세졌다. 이제 원나라 대신 명나라가 새로운 군신 관계를 요구하며 왕실과 조정을 압박하고 있었고, 원의 잔당을 몰아내고 고려의 옛 영토를 회복하는 데 큰 공을 세운 무장들은 민심을 등에 업고 새로운 세력을 형성하며 힘을 키우고 있었다. 왕실은 여전히 바람 앞의 등불처럼 위태로웠다. 부친이 왕휘에게 여막 생활을 하도록 명한 데에는 언제 닥칠지 모를 피바람을 피하라는 뜻이 담겨 있었다. 왕휘 역시 그 뜻을 잘 알고 있었지만 피가 식지 않은 남아 아닌가. 벌써 2년 넘게 산중에 묶여 있는 자신의 처지를 생각하면 무력한 분노가 가슴 속에서 들끓곤 했다.

긴 탄식을 삼키고 제단에 마지막 잔을 올릴 때, 신경에 거슬리는 묘한 신음소리가 들렸다. 왕휘의 손길이 멎었다. 그의 움직임에 호위 무사들이 먼저 긴장한다. 잔을 내려놓고 조용히 칼을 뽑았다. 모두들 왕휘를 따라 발소리를 죽이고 다가갔다. 풀숲으로 가까이 가면 갈수록 신음 소리는 점점 커졌다. 이를 악물고 고통을 참아 내는 소리. 이럴 때는 전광석화 같아야 한다. 무성한 풀들을 단칼에 베어 내며 외쳤다.

"누구냐!"

으앙! 난데없이 아기의 울음소리가 터져 나왔다. 먼 훗날, 왕휘는 그 순간을 평생 잊을 수 없노라고 말하곤 했다. 칼을 들이댄 끝에서 새로운 생명이 세상을 향해 나오고 있었던 것이다. 한 여인이 숲속에서 홀로 해산 중이었다. 왕휘와 무사들이 예상치 못한 눈앞의 광경에 당황하는 동안 탄생의 고고성을 들은 해상이 달려와 아기를 받았다. 오로지 이 아기를 세상에 내어놓기 위해 차마 죽을 수도 없었던 산모가 마지막 원기를 쥐어짰다.

"부, 부탁합니다. 이 아이를, 이 아이를 살려 주세요."

여자들은 언제 이런 것을 배우는 것일까. 해상은 낯선 여인의 탯줄을 자신의 이로 끊어 내고 치맛자락을 찢어 막 태어난 아이의 몸을 감쌌다.

"어쩌자고! 어쩌자고 이 몸을 해가지고 산 속에서……."
"귀, 귀한 핏줄을 타고난 아이입니다."
"누구의 자식이요?"

기력이 다한 산모에게서는 목소리가 나오지 않았다. 해상이 그녀

에게 귀를 기울였다. 산모는 들릴 듯 말 듯 희미하게 아기 아버지의
이름을 속삭이고 절명했다. 이제야 비로소 죽을 수 있게 되었다는
듯. 해상이 왕휘에게 다가가 산모에게서 들은 바를 전했다.

왕휘는 무사들에게 산모를 묻어 주라 명했다. 해상이 죽은 여인의
보따리를 풀자 배내옷이 들어 있었다. 남자의 동곳과 반 토막 난 대
금 하나도.

왕휘가 동곳을 집어 들었다.

"그것이 제 아비와의 인연을 증거하는 표지가 되겠군요."

해상의 말에 왕휘는 엉뚱한 답을 했다.

"유모를 구해야겠어."

해상이 놀라서 다시 물었다.

"아비에게 데려다주는 게 아니었습니까?"

왕휘가 다가와 갓난아기를 들여다본다.

"이 아이가 아비를 만날 시기는, 천천히 정하도록 하지."

쉽게 납득하지 못하는 해상에게 왕휘는 자신의 속내를 드러냈다.

"제 발로 들어온…… 비장의 무기가 아닌가……."
"그렇다고 천륜을……."

왕휘는 해상의 반감을 그대로 묵살하고 물었다.

"아들인가, 딸인가?"

해상은 왕휘를 바라보았다. 고려의 마지막 희망이라 불리던 영명한 공자였다. 그가 무슨 생각을, 어떤 계획을 품게 된 것인지……. 젖 한 번 물지 못하고 태어나자마자 어미를 잃은 가여운 아기는 제 앞에 펼쳐진 가파른 운명을 알지 못하고 탄생의 피로에 지쳐 잠들어 있을 뿐이었다.

01
내 이름은 사월

- 사월

내 이름은 사월이다.

봄처럼 싱그러워서 사월이냐고? 아님 봄꽃처럼 어여뻐서 사월이
냐고? 천만의 말씀. 그냥 4월에 태어났다고 사월이다. 내가 사는 부
원군 댁에는 삼월이도 있고, 오월이, 유월이도 있고, 심지어 시월이
까지 있다. 그러니까 우리들의 이름은 아무 생각 없이 태어난 달을
그대로 갖다 붙인, 참으로 무성의한 작명이라 하겠다.

그래도 나는 이 이름이 고맙다. 어미 얼굴도, 아비 이름도 모르는
주제에 그나마 태어난 달이라도 알 수 있었던 것은 순전히 사월이라
는 이름 덕분이니까.

여느 종년이 다 그렇듯 나 역시 성씨조차 없는 신세. 내 어미도 나

에게 젖을 먹였으련만, 그리하여 내가 살을 얻고 뼈가 단단해졌으련만…… 기억 속에는 어미의 다사로운 손길도, 푸근한 가슴도 없다.

서너 살 때부터였을까, 대여섯 살이나 먹어서였을까. 어렴풋이 세상을 인지하고 생각이라는 것을 하기 시작했을 때부터 이미 나는 아이도, 누군가의 딸도, 그 무엇도 아닌 그저 아가씨의 몸종이었다. 오로지 아가씨의 존재만이 내 생에 각인된 유일무이의 무엇이었다. 내 최초의 기억이 아가씨였고, 내 유일한 관계도 아가씨였으며, 나의 미래 또한 아가씨를 통해서만 그려지는 것이었다. 섬겨야 할 주인이자 유일한 어미인 동시에 한시도 쉴 틈 없이 돌봐야 할 딸 같은 존재였던……

인엽 아가씨.

그녀 역시 나처럼 어미 없는 자식이었다.

내가 아무리 천출이라지만 솔직히 같은 또래인 아가씨를 매순간 빈 틈 없이 온 마음으로 상전 대우하기가 그리 쉬운 일은 아니다. 그런데도 아가씨에게 저어하는 마음 없이 충심을 바칠 수 있었던 것은 그녀 역시 태어난 순간 엄마를 잃은 불쌍한 아이였기 때문이다.

아무리 새 나라 개국공신의 귀한 외동딸이면 무얼 하나. 세상에 엄마 없는 아이만큼 불쌍한 존재는 없는 법이다. 아무리 돈이 많아도, 이 세상에서 가장 귀한 신분이라 해도 엄마가 없는 빈자리는 채워지지 않는다. 그 공허한 자리, 바다처럼 깊은 외로움이 아가씨와 나를 잇는 끈이었다. 나는 인엽 아가씨를 머리칼 한 올까지 섬기고 보살폈으며 아가씨 역시 나를 유일한 의지처로 삼아 마음껏 기대고 어리광을 피웠다. 그러다가도 주인이라는 본래의 마음자리는 바뀌지 않아서 느닷없는 심술과 변덕으로 내가 아가씨의 친구가 아니라 천한 몸종이라는 사실을 각인시켰다. 넘을 수 없는 신분의 벽이 가끔은 내 가슴에 상처를 남겼지만, 그마저도 감당해야 할 당연한 몫이기에 이내 순응하며 받아들였다. 세상에 익숙해지지 않는 것은 없는 법이다.

새벽부터 늦은 밤까지 죽어라 일을 하지만 하루 두 끼 제대로 먹는 것조차 버거운 게 행랑 팔자다. 얼굴 반반한 가비(家婢, 여자 노비)와 허우대 멀쩡한 가노(家奴, 남자 노비)들은 주인들의 노리개가 되기 일쑤였다. 안방마님들에게 들통이 나도 양반네들은 그것을 허물이나 수치로 여기지 않았다. 행랑에서 혼인하여 아이를 낳으면 주인들은 이를 무척 기뻐했는데, 그 이유는 오로지 재산이 늘어났기 때문이었다. 소가 송아지를 낳으면 기뻐하는 것과 마찬가지였다. 노비는 사람이 아니라, 재산이었다.

하지만 이 모든 것은 다 남의 집 사정이다. 우리 집 행랑 식구들이 자유롭거나 호사를 누리는 것은 아니었지만 적어도 다른 집 행랑처럼 참담한 지경은 아니었다. 우리 대감마님이 계집종을 건드린다는 것은 상상조차 할 수 없는 일이었고, 가노들을 다스릴 때도 공명정대하셨다. 인엽 아가씨가 때때로 까탈을 부려 우리를 들었다 놓았다 하기는 했지만, 그 일로 경을 치르거나 치도곤을 당하는 지경에까지 이르지는 않았다. 대감마님은 인품이 훌륭하여 식솔들 중 어느한 사람 흠을 잡거나 앙심을 품은 이가 없었고, 아가씨는 상전 노릇을 단단히 하시면서도 대우가 후하여 크게 미움이 쌓이지는 않았다. 무엇보다도 우리가 여느 집 행랑과 다른 것은 희망을 품고 살아가고 있다는 사실이었다. 대대로 이 댁에 종속되어 오랫동안 집안을 돌본 충실한 노비들은 따로 살림을 차리는 혜택을 누려 왔던 것이다. 대감마님의 조부께서 그러하셨고, 부친 또한 그러하셨으며, 우리 대감마님 또한 그러하셨다. 솔거노비였다가 최근에 외거노비가 되어 도성 밖에 살림을 낸 덕구가 한 사례였다. 대감마님의 수족 노릇을 하던 덕구는 작년에 가족 모두가 도성 밖의 새 집으로 옮겨 가는 배려를 받았다. 본댁의 토지를 경작하면서 살도록 했으나 덕구는 대감마님 곁을 떠날 수 없다며 자신의 집과 주인댁을 오가면서 여전히 종노릇을 하였다.

안방마님이 아니 계신 집에서 아가씨와 내가 서로를 의지하며 도담도담 자라는 동안 대감마님께서는 북방의 신흥세력, 도성의 신진 사대부들과 더불어 역사를 만들고 계셨다. 무진년(1388년)부터였을 것이다. 요동 정벌에 나섰던 이성계 장군과 조민수 장군이 위화도에서 말의 기수를 돌려 개경의 왕실을 향해 칼을 겨누는 천지개벽할 일이 일어났다. 이를 저지하던 팔도도통사 최영 장군은 체포되어 참형을 당했다. 결국 이성계 장군은 스스로 왕위에 올라 이 씨 왕조의 새 나라 조선을 열었다. 우리 대감마님은 새 임금의 장자방이라 불리던 삼봉 정도전과 함께 조선 건국의 주역으로 위세가 드높았으니 자연 집안일보다는 나랏일로 정신이 없으셨다. 아가씨를 사랑하시되 나랏일보다 앞에 두기는 어려우셨던 게다. 소중한 것과 중요한 것은 다른 법이니까. 여자들은 소중한 것을 먼저 생각하지만 남자들은 중요한 것을 먼저 생각한다. 하여 그 두 가지가 길항할 때 여자들은 서럽고, 남자들은 고독하다.

안방마님이 없는 집.

부원군에 오르신 대감마님께서는 후실을 들이지 않으시고 아가씨로 하여금 안채를 쓰게 하셨다. 어려서부터 아가씨는 이 집의 당당한 안주인이었던 셈이다. 바깥세상을 모르던 어린 시절에는 그저 유모와 하녀들의 떠받듦을 받으면서 자신에게 엄마라는 존재가 없는 줄도 몰랐다. 엄마가 원래 있어야 하는 줄을 알지 못했던 것이다. 세상 모든 아이들이 바쁜 아버지를 둔 채 집안에서 하인들의 보살핌을 받으며 사는 줄로만 아셨다. 갖고 싶은 것은 다 가질 수 있었고, 입고 싶은 것은 무엇이든 입을 수 있었고, 먹고 싶은 것도 얼마든지 먹을 수 있었다. 그러나 절대로 가질 수 없는 것이 하나 있었으니, 그것은 바로……

엄마였다.

그래서였다. 아가씨께서 어린 나이에 연모의 늪에 빠져든 까닭은.

일찍이 부모의 사랑을 풍족하게 받고 자란 사람은 친구를 탐하지 않고 이성에 집착하지 않는 법이다. 그럴 필요가 없으니까. 허나 우리 아가씨께서는 어미의 사랑을 받아 본 적이 없고 부친은 바쁘기만 하시니, 몸종인 나에게 의지하는 것으로 충족되지 않는 허함을 은기 도련님에게 마음 주는 것으로 채우셨다. 은기 도련님은 아직 천도하기 전 개성에 살 때 이웃이었던 김 판서 댁의 막내 도련님이다. 형들만 있고 아래로 형제자매가 없었던 도련님은 깜찍한 아가씨께서 오라버니라 부르며 따라다니는 것이 싫지 않으셨던 모양이다. 이웃 담장을 넘나들며 소꿉장난과 술래잡기로 소일하더니 급기야 인엽이는 내 색시라고 선언을 해 버리셨다. 어른들이야 내일이면 까맣게 잊어버릴 꼬맹이들의 장난쯤으로 치부하며 웃어넘기셨지만 두 사람은 진지했다. 자라서도 그 언약을 잊지 않았던 것이다.

허나 두 분이 혼기에 이르렀어도 정혼은 쉽게 이루어지지 않았다. 도련님의 부친이신 김치권 대감이 금상의 사람이었던 까닭이다. 지금 경복궁의 주인 되시는 금상께서는 새 나라를 여신 창업 군주이자 부왕인 이성계 장군을 쫓아내고 무도하게 형제들을 살육하여 왕좌를 차지한 분이다. 여러 왕자들 가운데 부왕을 가장 많이 닮은 아들, 과거에 급제한 문인이면서도 무인 기질이 호방했던 그분은 장자 상속의 원칙을 내세워 첫 번째 왕자의 난을 일으키셨고 잠시 형님이신 방과 왕자에게 왕위를 양보하는 듯했으나 재위 2년 만에 형님을 상왕으로 밀어내고 스스로 보위에 오르셨다. 이로써 새 나라 조선은 개국 10년 만에 벌써 세 번째 임금을 맞게 되니 그것이 벌써 2년 전인 경진년(1400년) 11월의 일이었다. 김치권 대감은 무인년의 그 유명한 왕자의 난을 주도하여 정사공신에 책록되었으니 바야흐로 작금의 한양에는 개국공신의 시대가 가고 정사공신의 시대가 도래했던 것이다.

창업 군주의 신하였던 부원군 국유 대감과 그 아들의 신하인 호조 판서 김치권 대감은 서로가 정적이라 할 수 있겠다. 정도전과 남은, 심효생 등 수많은 개국공신들이 난군의 칼에 스러져 갔으나 비교적 온건한 중도파였던 부원군께서는 당시 세자였던 방석 왕자를 지지하지 않았다는 이유로 살아남을 수 있었다. 비록 목숨을 부지했다고는 하나 난군의 입장에서 부원군은 도태되어야 할 구신에 지나지 않았다. 주군이 상왕으로 밀려나고, 다시 태상왕으로 밀려났으니 나 같은 무지렁이 하녀가 보기에도 대감마님께서 조정의 실세에서 떨어져 나오는 것은 자명한 이치였다. 피붙이를 향해 칼끝을 겨눈 아들의 행태에 진노하신 태상왕께서는 스스로 보위에 오르신 아드님께 옥새를 내어주지 않은 채 멀리 함흥으로 가 버리셨다. 그리고 돌아오지 않으셨다.

효를 으뜸으로 치는 유교를 국시로 세운 나라에서 아버지와 불화하는 임금의 자리는 위태롭기만 했다. 금상께서는 부왕의 인정을 받고 옥새를 넘겨받아 명실공히 조선의 후계다운 위엄을 세우는 것이 절체절명의 과제였다. 해서 함흥에 차사를 보내 태상왕 전하를 환궁시키려 하였지만 함흥 행궁에서는 차사가 도착하는 족족 베어 버린다는 흉흉한 소문만 돌았다. 하여 저자에서는 한 번 가서 돌아오지 않는 사람을 가리켜 함흥차사라 이르는 새로운 말이 생겨났다. 사태가 이러하니 조정에서 함흥차사에 뽑히는 것은 참수형을 받은 것이나 진배없는 일로 여겼는데…… 불운하게도 우리 대감마님께서 함흥으로 가라는 어명을 받게 되시었다. 달포 전의 일이다.

빈객들이 자취를 감춘 안국방의 저택은 빈집처럼 조용했다. 멀리 대궐이 바라보이는 우리 집은 손님들의 부러움을 사는 길지였지만 당주(當主)가 위기에 빠지자 사랑을 꽉 채우던 손님들이 일시에 자취를 감추었다. 헌데 분루를 흘리며 두문불출하던 아가씨께서 어느 날 갑자기 뜬금없는 화전놀이를 나가신다는 게 아닌가! 그럴 분위기가 아닌 것 같다고 말려도 소용이 없었다. 아가씨는 원래 어려서부터 고집이 세서 아랫것들 이야기는 귓등으로도 안 들으셨다. 목욕 준비나 하라고 성화를 부리셨다.

후원의 노천탕은 개성 살던 시절에 대감마님께서 세상을 떠난 안방마님을 위해 집 안에 만들었던 것을 한양으로 옮겨 온 뒤 그대로 흉내 내어 다시 지은 것이었다. 원래는 좀처럼 호사를 부리지 않는 분이었으나 안방마님께서 태중에 새 생명을 가진 동안 노천탕 공사에 공을 많이 들이셨다. 어떻게 하면 안방마님이 더욱 편안하고 안락하게 이용할 수 있을까 싶어 세심한 부분까지 신경을 쓰셨다. 후원의 담장을 높이기보다는 대나무를 빽빽하게 심어 가리자는 것도 대감마님의 생각이었다. 하지만 안방마님은 딸을 해산하는 동안 세상을 떠나고 말았다. 노천탕은 마님을 꼭 빼닮은 아가씨의 차지가 되었다. 개성 살 때부터 노천을 즐겼던 아가씨는 한양으로 옮겨 온 뒤에도 노천탕을 갖기를 원하셨다. 그래서 개성의 것을 그대로 베껴 다시 지은 것이었다.

준비실에는 아궁이가 두 개였다. 한쪽에서는 탕에 들어갈 온수를 끓이고 다른 한쪽에서는 물이 식지 말라고 탕 속에 넣어 둘 돌들을 달구었다. 아가씨가 노천탕을 쓰시는 날이면 하녀들은 발바닥에 불이 났다. 물을 끓이고, 돌을 달구고, 유자즙을 내서 탕 물에 섞고, 물

위에 띄울 꽃잎들을 따느라 정신이 없었다.

달궈진 돌들이 가득 담긴 함지가 날라져 왔다. 혹여 물이 식어 아가씨가 감기라도 걸리실까 봐 재빨리 물속으로 옮겨 넣었다. 돌들이 피시식 소리를 내면서 물을 덥혔다.

"듣자 하니, 요즘 니들끼리 예서 목욕을 한다지?"

느닷없는 아가씨의 물음에 기겁을 했다. 아가씨의 목소리는 더욱 날카로워졌다.

"감히 상전이 쓰는 탕을 아랫것들이 함부로 더럽혀? 그러고도 너희들이 무사할 성싶으냐!"

나는 바닥에 납작 엎드렸다.

"용서하십시오. 죽을죄를 지었습니다."

"노천탕이 그리 탐나?"

지난번에 아가씨가 노천탕에서 목욕을 하고 난 뒤 물에 온기가 남

아 있는 동안 하녀들끼리 잠깐 떡을 감은 적이 있었다. 내가 주동자
는 아니었다. 허나 나서서 말리지도 않았으니 달리 할 말이 없었다.

"그럼, 어디 한번 들어와 보너라."

이게 무슨 소리인가.

"예에?"
"들어와 보라니까!"

아가씨의 진의를 알 수 없었다. 나는 쩔쩔매기만 하였다.

"쇤네가 어찌 감히……."

아가씨께서 옷자락을 슬쩍 잡아채어 나를 탕 속으로 넘어뜨리셨
다. 내가 푸푸거리는 모양을 보고 어찌나 좋아하시던지! 그제야 아
가씨의 장난인 줄을 알았다.

"아가씨!"

아가씨의 어투가 대번에 친근하게 바뀌었다.

"혼자선 심심하단 말이야. 같이 해!"

"진짜루 화나신 줄 알았잖아요."

"누가 화 안 났대? 나 화 났어."

나는 다시 긴장했다.

"탕 물리고 대궁 받는 건 사월이 너만 되는 거야. 딴 애들은 안 돼."

"죄송해요. 지들은 그저 아가씨 목욕 끝나시믄 버릴 물이 아까워서……."

변명은 집어치우라는 듯 물보라가 날아왔다. 에라 모르겠다! 나 역시 질세라 받아쳤다. 아가씨의 높은 웃음소리가 대나무 울타리를 넘어간다. 오랜만에 접하는 아가씨의 웃음이라 나도 기분이 좋아졌다.

목욕이 끝난 후 속적삼을 입혀 드리고 젖은 머리를 빗겨 드렸다. 차분히 빗질을 하고 있노라니 새삼스레 걱정이 다시 올라왔다. 대감마님도 안 계신 터에 난데없이 화전놀이라니.

"꼭…… 가셔야겠어요?"

"윤옥이가 자기 신랑감 좀 봐 달라잖아."

같은 북촌에 사는 윤옥 아가씨는 병판 댁 막내 따님이시다. 얼굴이 동그랗고 피부가 하얘서 귀여워 보이는 생김새였다. 달걀처럼 갸름한 얼굴에 이목구비가 또렷한 우리 인엽 아가씨 같은 성숙한 미모는 아니었다. 실제 나이도 우리 아가씨가 두어 살 더 위고. 언니 소리는 해도 동무처럼 지내는데 두 사람의 속내를 좀 더 깊이 더듬어 보면 우정보다 질투가 앞서는 걸 알 수 있다. 우리 아가씨야 윤옥 아가씨를 한 수 아래로 보지만서두.

"남정네들의 시회에 갔다가 자칫 말이라도 나면 어쩌시려구……."
"우린, 어디까지나 화전놀이 가는 거야. 마침 거기서 시회가 열리는 건 그냥 우연의 일치라구."
"대감마님도 안 계신데 쇤네는 아무래도……."

아가씨가 장난기를 거두고 이르셨다.

"아버님은 꼭 돌아오셔. 내가 아무렇지도 않다는 걸, 우리 집은 건재하다는 걸 보여 주고 싶단 말이야."

걱정이 서린 집안 분위기와 맞지 않게 화전놀이에 나서는 아가씨의 마음이 비로소 잡혔다.

함흥차사의 어명을 받기 전에 금상께서는 부왕의 구신들을 달래고자 개국공신 국유 부원군의 따님인 우리 인엽 아가씨와 정사공신 김치권 대감의 아드님 은기 도련님의 혼사를 명하셨다. 연모를 나누고 있던 두 분에게는 참으로 잘된 일이었다. 허나 어찌된 일인지 은기 도련님 댁에서는 사주단자도 보내지 아니하고 정혼 사실도 비밀에 부치며 혼사를 차일피일 미루기만 하였다. 그 와중에 대감마님이 함흥차사로 떠나시게 되자 이후로 온 도성이 우리 집을 초상집 대하듯 멀리하는 게 아닌가. 아가씨는 이런 도성 분위기가 싫었던 것이다. 아무 일도 없는 것처럼, 평소와 다름없이 밝고 의연하게 지내는 모습을 보여서 사지에 계신 부친의 무사함을 기원하고 싶은 마음.

나는 더 이상 아가씨의 외출을 말릴 수 없었다.

화전놀이가 열리는 인왕산 청풍계에 도착해 보니 병판 댁 가비들이 분주히 움직이고 있었다. 중인들이 시회를 자주 여는 이 계곡은 아름다운 경치로 유명한 곳이었다. 불을 피워 솥뚜껑을 걸고 한쪽에서는 냇물에 밀가루 반죽을 치대는 등 준비가 한창이었다. 얼굴이 익은 하녀 단지와 개똥이가 보인다. 단지가 찬방 소속답게 준비를 주도하는 태가 났다. 치마 띠로는 제대로 눌러지지도 않을 만큼 가슴이 큰 단지는 천비들 사이에서 최고의 색기를 자랑한다. 또래 여자들은 싫어하는 이가 많지만 어린 나이에도 손맛이 뛰어나고 일솜씨가 야무지기로 소문이 나서 찬방 어른들한테는 제법 예쁨을 받는 편이었다. 개똥이는 윤옥 아가씨의 몸종이었다. 눈치가 없고 다소 맹한 아이인데 어떻게 몸종이 되었는지 모르겠다. 단지의 요리 솜씨가 너무 뛰어나서 아가씨 몸종으로 눌러앉지 못한 탓이리라.

두 분 아가씨는 대바구니를 하나씩 들고 근처로 꽃을 따러 나섰다. 산자락에는 분홍빛 진달래가 지천이다. 나무들 사이로, 꽃무리 사이로 언뜻언뜻 보이는 두 아가씨의 비단옷조차 꽃송이 같았으니 이제 한창 물이 오른 미모가 봄꽃의 자태에 뒤질 바가 아니었다.

"당최 구분이 안 가네요?"

겉으로는 늘 사이좋은 척하지만 속으로는 첨예한 경쟁심을 잊지 않는 윤옥 아가씨였다.

"인엽 언니 옷이 너무 화사해서 진달래가 꽃인지 언니가 꽃인지."

호의적인 시작에 우리 인엽 아가씨도 인심을 쓴다.

"화사하기로는 윤옥이 너를 따를 수가 없지."
"아이, 저야 언니보다 어리잖아요. 비단옷에 기대지 않아도 화사한 나이죠."

오호라, 이것 봐라. 우리 아가씨의 얼굴에 살짝 빗금이 갔다. 꽃들의 전투가 시작되었다.

"하긴, 너의 가장 큰 무기는 어린 나이 아니겠니? 더 나이 들기 전에 하루라도 빨리 시집가야지."

윤옥 아가씨의 말문이 막혔다. 그녀는 역시 우리 아가씨보다 하수가 틀림없다.

"그래, 혼담이 오간다던 니 신랑감은 언제 지나간다는 거야?"

여유를 되찾은 인엽 아가씨의 질문에 대답이라도 하듯 구종이 이끄는 말 한 마리가 도착했다.

"저 사람이에요."

인엽 아가씨가 고개를 돌렸다.

"울 윤서 오라버니 친구라서 더러 집에 놀러오군 했는데, 연이 되려구 그랬나 봐요. 이제 와 생각하니 어려서부터 날 보는 눈빛이 남달랐던 거 같아……."

아직 당사자의 얼굴이 확인되지 않았다. 조바심이 난 두 아가씨가 말 쪽으로 가까이 다가간다.

"인물은 괜찮은 거 같죠? 우리 집보다야 빠지지만 호판 댁이면 뭐 그럭저럭……."

호판 댁이라고?

"난 집안이구 뭐구 간에 신랑 인물이 젤 중요하니까."

우리 아가씨는 이미 충격으로 얼어붙었다. 세상에 호판 댁이라니! 윤옥 아가씨가 봐 달라는 신랑감은 바로 우리 아가씨의 정혼자 은기 도련님이었던 것이다. 순간적으로 굳어 있던 아가씨는 꽃바구니를 윤옥 아가씨에게 턱하니 안기고 도련님께 곧장 돌진했다. 나 역시 무슨 사단이 날까 싶어 앞치마를 내던지고 바로 쫓아갔다.

은기 도련님은 갑자기 나타난 아가씨를 보고 몹시 놀라는 눈치였다. 도대체 어찌시려나. 뺨을 치려나, 그 자리에 주저앉아 통곡을 하시려나! 아가씨를 끌고 와야 할지, 두 분의 사이를 막아서기라도 해야 할지 판단이 안 서는데, 세상에! 역시 우리 아가씨였다. 도련님의 볼에 쪽, 하고 입을 맞추신 것이다! 상황은 단박에 종료되었다.

윤옥 아가씨의 놀란 얼굴은 참으로 볼 만했다. 오는 사내 막지 않고 가는 사내 잡지 않는다는 소문난 바람둥이 단지도 우리 아가씨의 대담함에 두 손 들어 버린 눈치다. 인엽 아가씨는 아직도 당황해서 어쩔 줄 모르는 은기 도련님의 손을 잡고 계곡 상류 폭포 쪽으로 가 버리셨다.

윤옥 아가씨는 단지가 올린 화전 접시를 집어던졌다.

"내가 지금 한가하게 이 따위 화전이나 먹구 있게 생겼어!"

단지는 별로 놀라지도 않는다. 제 주인 아가씨의 성질에 익숙해진 탓이다. 윤옥 아가씨는 자기 뜻이 굽혀지는 걸 못 참는 사람이었다. 그거야 우리 인엽 아가씨도 마찬가지고 양반가 사람들이 대부분 그렇지만 윤옥 아가씨는 유독 더 그랬다. 고명딸이라 어른들이 오냐 오냐 키운 탓이다. 인엽 아가씨도 외동딸이기는 하지만 부모 사랑을 제대로 받은 적이 없어서 겉으로야 당당한 척해도 내심 사람들의 눈치를 보곤 했다.

찍어 둔 신랑감을 눈앞에서 빼앗긴 것이 못내 억울했는지 다음날, 윤옥 아가씨 댁에서 초대가 있었다. 이번에도 역시 만류했지만 언제나처럼 아가씨는 내 말을 안 들으셨다. 오히려 한껏 성장을 하고 병판 댁으로 향하셨다.

"꽃만 따고 화전은 한 점도 못 들고 가셨잖아요? 맛은 보셔야 할 거 같아서……."

단지가 부쳤을 화전은 꽃잎이 그대로 살아 있었다. 나도 바느질은 좀 하지만 단지 같은 음식 솜씨는 없다. 천하에 음식 소박은 없다는데, 그 순간 재주 있는 단지가 부러웠다.

"마음 씀씀이가 어찌 이리 고울까?"

단지가 솜씨를 발휘한 진달래 화전을 입에 넣고 두 아가씨가 마음에도 없는 웃음을 지었다.

"윤옥이 너두 이젠 다 알았겠지만 은기 도련님과 나는 오래전에 정혼한 사이란다."
"언니 혼자만 그렇게 생각하는 건 아니구요?"

저런, 인엽 아가씨의 얼굴이 굳는다.

"이상하잖아요. 우리 집에 혼담은 뭣 하러 넣었대?"
"매파의 착오겠지."
"뭐, 언니가 그렇다면 그런 줄 알아야지요."
"그러니까 더 이상 그분을 욕심내는 일은 없었으면 해. 이미 임자 있는 사람을 넘보는 거, 추하지 않니?"

단지와 나는 슬그머니 자리를 피했다. 이 정도 되면 서로 어떤 말이 오갈지 몰라 눈치 있게 방을 비우는 것이 아랫것들의 예의다. 양반들이란 평소에 천것들을 있는 듯 없는 듯 물건처럼 대하다가도 문득 자기들이 뱉은 말을 기억하고 다른 데 옮길까 봐 노심초사하는 존재니까. 알아서 물러나고 나 몰라라 귀를 막는 것이 수였다.

마루에서 내려서던 단지는 댓돌 위에 놓인 우리 아가씨의 꽃신을 보고 감탄사를 올렸다.

"이쁘다! 이렇게 고운 신은 첨 봐."
"우리 아가씨가 신발에 민감하거든. 장안 최고 갖바치 솜씨가 아니면 쳐다보지도 않으셔."
"다른 신발도 엄청 많지?"

"그런 편이지. 꽃신으로만 한 백 켤레는 될려나?"

단지가 기함을 한다.

"배, 백 켤레?"
"신발뿐인가? 사흘이 멀다 하고 새 옷을 지어 대니…… 옷도 장난 아니야."

주인의 위세가 제 것인 양 착각하는 노비들의 꼴불견을 제일 싫어하면서 나도 이럴 때는 어쩔 수 없는 속물 노릇이다. 주인이 가진 것에 절로 어깨가 으쓱해지는.

단지는 부러움을 넘어 아예 짜증이 솟는 모양이다.

"그냥 이 자리서 칵! 혀 깨물어 죽고 양반으로 다시 태어나든지 해야지. 같은 여자끼리 팔자가 달라도 어쩜 이리 다르냐."

그러면서 꽃신에 발을 넣어 보는 게 아닌가.

"야아, 안 돼! 무슨 경을 칠라구!
"잠깐 넣어만 보는 건데 뭐. 닳냐?"

꽃신 제대로 신고 치마를 깡충 들어 보이는 단지.

"어때? 이뻐?"

개발에 편자였다.

"신발만 이쁘문 뭐해. 옷이랑 격이 맞아야지."

순식간에 단지 입이 댓 발은 튀어나왔다. 저도 제 입성이 마음에
안 드는 것이다. 그때였다.

"인엽이가 왔다면서?"

이 댁 안방마님이신 정부인께서 별채로 드시었다. 단지와 나는 후
다닥 마루 밑으로 내려가 머리를 조아렸다. 정부인께서 심상하게 안
으로 드시려다가 움직임을 멈추셨다.

"윤옥이 넌 어려서부터 내가 하는 건 뭐든지 따라 하구 내가 가진
건 똑같이 가져야 직성이 풀리는 애잖아."

인엽 아가씨의 목소리였다. 정부인께서 문을 열어 드리려 하는 단

지를 제지하고 가만히 안에서 새어 나오는 소리를 듣고 계시었다.

"어쩜 이렇게 서로 기억이 다를까아? 내가 아니라 언니가 그런 거 같은데에……."

"가질 수 없으면, 내 껄 망쳐 버렸지."

"기분이 점점 나빠질라 그르네?"

"너를 위한 배려야. 은기 오라버니한테, 미련 버려."

윤옥 아가씨가 코웃음을 친다.

"그 배려, 내가 싫다면?"

"어차피 네가 가질 수 있는 사람 아니야. 탐내 봤자, 상처만 받아."

"그렇게 자신 있음, 버텨 보든가. 괜히 나한테 으름장 놓지 말구."

"네가 아무리 어리석어두 내 경고는 알아들었으리라 믿는다."

말릴 새도 없이, 방 안에 이를 새도 없이 방문이 거칠게 열려 버렸다.

"경고? 예가 어디라고 감히! 어미 없이 자라 가정 교육 못 받은 티를 내는 것이냐!"

어미 없이 자라…… 가정 교육 못 받은……. 질끈 눈을 감았다. 우리 아가씨가 제일 싫어하는 말이었다. 가장 상처받는 말이었다.

"동무끼리 나눌 얘기가 있었을 뿐입니다."

나는 알았다, 아가씨가 지금 얼마나 온 힘을 다해 참고 있는지. 느껴졌다, 그녀의 쓰라림이.

"예절도 뭣도 모르는 너 같은 애하구 우리 딸을 동무 시킬 생각 없다! 내 집에서 썩 나가거라!"

가혹한 주인 소리까지는 안 들어도 엄격하기가 겨울 찬바람 같은 마님이었다. 단신에도 존재감이 마당을 꽉 채우는 분이다. 아랫것들에게 엄하고 지아비나 아들에게도 곁을 안 주지만 오로지 외동딸 윤옥 아가씨한테만큼은 조건 없는 사랑을 쏟아붓는다 들은 바가 있다. 소문에는 젊은 날에 강짜가 심해 대감마님의 소실을 죽게 만든 뒤로 부부 사이가 멀어져 외동딸만 끼고 산다는 말이 있었다. 우리 아가씨께서 얼어붙었다. 윤옥 아가씨의 입가에는 승자의 미소가 어렸다. 애들 싸움에 어른이 나서면 승패는 빤해진다. 우리 아가씨에게는 나서 줄 어른이 아니 계셨다.

"발칙한 것 같으니라구."

정부인의 마지막 모욕이 아가씨의 심정에 철퇴를 가했다. 얼음이 된 우리 아가씨는 여전히 미동 없이 앉아 계셨다. 나는 보았다. 아가씨의 얼굴에 엄마 없는 설움이 가득 차오르는 것을. 유모와 하녀들 손에서 제멋대로 자라난 아가씨는 평소에 잔소리를 하고 눌러 주는 사람이 없어 천방지축 안하무인인 경향이 좀 있었다. 그럴 때마다 이웃들이, 오가는 친척들이 뒤에서 수군거리는 소리.

'어미가 없어서 저래. 역시 어미 없이 자란 티가 나.'
아가씨의 가슴엔 그런 말들로 못이 박혀 있다.

"사월아!"

이제 그만 이 집을 나서려는 아가씨의 부름에 가슴이 철렁했다. 댓돌이 비어 있었던 것이다. 단지가 아직도 신발을 안 벗은 줄 몰랐다. 마루를 내려서려던 아가씨의 시선이 단지의 발을 향했다.

"네가 지금 감히 누구의 신을 신고 있는 것이냐?"
"죄송합니다, 신이 너무 예뻐서 그만, 잠시만 신어 본다는 것이……."

단지가 후다닥 신을 벗어서 댓돌 위에 올린다. 얼른 달려들어 소매로 신발을 닦아 드렸지만 아가씨의 분노는 터지고야 말았다.

"갖다 버려!"

"아가씨……."

"그걸 지금 나더러 신으라는 것이냐? 천비가 발을 댄 것이다! 어찌 다시 신을 수 있겠느냐!"

"그래도, 가마를 타시려면…… 거기까지는 걸어가셔야……."

아가씨는 이 집에서 받은 설움 때문에 더 당당하고 싶으신 모양이다. 우기셨다.

"허면 가마를 바로 대거라."

아무도 뭐라 대꾸를 못했다. 어쩌지도 못했다. 뜰 안에 침묵이 고여 갔다.

"웬만하면 그냥 신으시지요."

이 댁의 수노 무명이었다. 천출인 것이 믿기지 않을 만큼 귀티가 나서 천비들 사이에 최고의 인기를 누리고 있는 가노다. 소문에는 반가의 마님들이 은밀하게 규방으로 불러 댈 만큼 신분 고하를 막론하고 여자들의 애를 태우는 사내라 했다. 허나 그는 '이름이 없다'는 뜻을 가진 제 이름처럼 도저히 속을 알 수 없었다. 어디서 태어났는지 원래의 신분은 무엇인지 출신도 분명하지 않았다. 원래부터 이 집에 있던 가노가 아니라 가주인 병판 허응참 대감과 교분이 두터운 만계 스님의 추천으로 뒤늦게 행랑에 들어온 이였다.

무명이 들어오기 전까지 수노직을 맡았던 청지기 아재의 얘기에 따르면 정부인은 무명을 행랑에 들이는 것을 꺼렸다 한다. 장대한 기골과 지나치게 잘생긴 얼굴이 문제였다. 행랑 하녀들과 엮여서 분란이 이는 것도 마땅치 않고 혼기 찬 여식이 있는 집안이라는 것도 마음에 걸리셨던 모양이다. 잘못하다간 호사가들의 입방아에 오를 빌미를 제공할 수도 있음이었다. 허나 이례적인 대감마님의 명이 있어 거절하지 못하였다는데 지금은 어떠한가. 허 판서 내외의 신뢰를 등에 업고 승승장구하고 있었다. 노비가 잘되어 봐야 얼마나 잘될까마는 무명의 지위는 이미 청지기 아재를 넘어서 있었다. 도성 밖 전답을 관리하는 것도 무명의 몫이고, 집안의 대소사를 관장하는 것도 그의 몫이었다. 허 판서에게는 집안의 심복이고, 윤 씨 부인에게는 믿음직한 집사다. 졸지에 수노 자리를 새파랗게 젊은 무명에게 넘기게 된 청지기 아재는 처음에는 충격이 컸다. 하지만 매사에 경우가 바른 무명은 다른 노비들 앞에서도 청지기 아재를 깍듯이 대했다. 뿐만 아니라 식솔이 많은 청지기 아재를 위해 따로 목돈을 챙겨 준다는 소문이었다. 주인 내외의 측근 자리에서는 다소 멀어진 감이 있지만 덕분에 말년에 일도 줄고 호의호식하게 되어 불만은 금세 누그러들었다. 그런 무명이 손님인 우리 아가씨를 타이르고 있었던 것이다.

"가마는 중문을 통과하지 못합니다."

아가씨의 기분은 더 나빠졌다.

"못 신어. 안 신어!"

방문 밖의 소란에 윤옥 아가씨도 안에서 나오셨다.

"그럼 업히십시오. 모셔다 드리겠습니다."

무명의 제안에 우리 아가씨가 성깔을 부리셨다.

"치워라! 어디다 그 더러운 등을 들이미느냐?"
"그럼, 가마 앞까지 비단이라도 깔아 드리리까?"
"그러든지."

아가씨의 무리한 요구에 윤옥 아가씨가 시원하게 명했다. 천진해 보이는 얼굴에 비웃음을 담뿍 담고.

"깔아 드려라. 내 집을 찾아온 손님인데, 대접이 소홀해서야 되겠느냐?"

정부인도 고개를 끄덕이셨다.

"침모에게 비단을 내오라 일러라. 중문 밖까지 가려면 적어도 다섯 필은 있어야 할 터! 천비가 신어 버린 신발에는 발을 댈 수 없다는 손님에게! 하인이 업어다 주는 것도 싫다는 요조숙녀에게! 가시는 걸음마다 비단길을 깔아 드려라!"

오금이 저렸다. 아가씨가 성깔 부리고 모질게 나오는 것이 처음은 아니었다. 하지만 아랫것들한테나 그런 줄 알았지, 같은 양반님네들 앞에서도 저리 나오시리라고는 꿈에도 생각지 못했다. 무명이 침방에 가서 비단을 가져오는 동안 우리 아가씨는 처음 자세를 조금도 풀지 않고 꼿꼿이 서 있었다. 눈치를 살피던 가노들이 비단길을 만들기 시작했다. 처음에는 노란색 명주가 깔렸다. 노란색 명주는 별당 출입문까지 닿지도 않았다. 이어서 붉은색 명주가 깔렸다. 붉은색 명주가 별당 출입문을 넘어서자 아가씨가 정말로 비단 위에 발을 올렸다. 이집 사람들이 아가씨가 정말 비단을 밟고 가는지 보려고 부러 그러는 줄 다 알았지만 새삼 별 도리가 없었다. 인엽 아가씨께서는 누가 이기나 보자는 심산으로 비단길 위에 버선발을 내리시었다. 내친 길이었다. 새삼스레 굽힐 수는 없었다. 쭉 가는 수밖에! 단지는 바짝 엎드린 채 겁에 질려 울고 있었고, 나는 이 집 가노들 보기가 민망하여 눈길을 아래로 떨어뜨렸다. 정부인과 윤옥 아가씨의 시선이 느껴졌다.

'오냐, 네 마음대로 해 보아라. 똑똑히 기억해 두마.'

눈으로 그런 말을 하는 것만 같았다. 마당을 가로질러 중문으로 향하는데 그 너머에 비로소 가마가 보였다. 마음 같아서는 걸음을 재게 놀려 어서 이 판국에서 벗어나고 싶었지만, 아가씨는 평소보다 더 느린 걸음이었다. 중문 밖 가마 곁에 서 있던 덕구의 눈이 동그래져 있었다. 그 눈빛이 나에게 많은 것을 묻고 있었지만, 당장은 아무것도 답할 수가 없었다. 가마 주변에는 진기한 광경을 구경하고 선 집안사람들로 가득했다. 아가씨께서는 끝까지 도도한 걸음걸이를 보여 주시었다. 또한 가마에 오를 때까지도 표정 하나 변하지 않았다.

이런 사람이 바로 나의 주인, 인엽 아가씨였다.

02
함흥차사

- 국유

　나의 주군, 태상왕 전하를 생각하면 가슴에 돌덩이가 얹힌 것 같았다. 창업 군주의 말로가 이럴 수는 없는 법이다.

　창업 군주를 태상왕으로 밀어낸 아들, 금상이 누구시던가. 이 땅의 조정 중신들이 정몽주를 위시한 고려의 수구파와 이성계 장군 중심의 개혁파로 갈려 필사적으로 대립할 때, 선지교에서 정몽주를 척살하는 것으로 단칼에 판을 정리해 버린 결단의 소유자다. 새 나라 조선의 건국에 누구보다 공이 크다고 자부해 오던 터에 공신 책록에서 푸대접을 받고 나이 어린 의붓동생에게 세자위마저 빼앗겼으니……. 그가 순순히 물러날 사람이던가.

전하께서는 화가위국의 자부심으로 그만 방심하고 계셨던 것이다. 호랑이 새끼가 어떻게 나올지 미리 수를 읽고 대비했어야 하거늘……. 장자 상속의 원칙이 지켜져야 형제간에 분란이 없을 거라 충언을 드렸지만 전하께서는 계비 소생인 막내 아드님에게 왕권을 넘기고자 하셨다. 개국의 자부심 이면에 충성을 바쳐 오던 고려의 왕실을 무너뜨렸다는 죄의식을 갖고 계신 전하였다. 사가에서 자란 아들들보다, 궁에서 키워 왕실의 환경을 제대로 누리고 왕재 교육도 확실하게 받은 막내 방석 왕자를 후계자 감이라 여기셨던 것이다. 헤어져 살던 향처보다 일상을 늘 함께 한 경처에 대한 애정이 더 크셨기에 경처인 계비 소생에 대한 배려였다고 생각하는 사람들이 많지만 전하의 뜻은 보다 깊었다.

보잘것없는 변방의 무장 출신인 당신이 창업 군주가 되었기에 후계는 어려서부터 왕도 교육을 제대로 시켜 이상적인 유교 정치를 구현하고자 하셨던 것이다. 전하께서 품으신 이상의 밑그림을 그린 것은 삼봉 정도전이었다. 강력한 왕권 정치가 아닌 신권 중심의 이상 국가를 꿈꾸었던 그는 강력한 군주가 될 것이 빤한 방원 왕자보다 아직 어린 탓에 개국공신들이 쉽게 다룰 수 있는 방석 왕자 뒤에 섰다.

나는 정도전의 선택이 순리에 어긋난다고 보았다. 이상이란 얼마든지 꿈꿀 수 있는 것이다. 이상이 없는 사내를 어찌 사대부라 할 수 있으랴. 허나 이상을 실현시키려면 사람들이 받아들일 수 있는 속도로 순차에 맞게 단계를 밟아 가며 오랜 세월 천천히 걸어가야 할 게 아니던가. 근본 없는 유목민도 아닌 터에 경우에 없는 말자 상속을 조정에서 순순히 인정할 리 만무했다.

방원 왕자의 면면이 모두 마음에 드는 것은 아니었지만 국초의 혼란을 가라앉히기 위해서는 그가 최선의 선택이라는 것이 내 생각이었다. 그러나 전하께서는 나의 의견을 가납하지 않으셨다.

세자위는 당연히 자기 것이라 여기고 있었던 방원 왕자의 충격을 말해 무엇 하랴. 나는 불안했다. 정몽주를 격살하던 그의 전적이 못내 걸렸다. 그대로 물러날 사람이 아니었다.

무인년의 8월, 방원 왕자는 결국 난을 일으켜 이복형제들을 주살하고 정도전과 남은 등 반대 세력을 모두 제거했다. 나는 방석 왕자의 세자 책봉을 반대했다는 이유로 삼봉의 측근 중 유일하게 살아남았다. 다행이랄 것도 없는 생존이었다. 나의 주군은 전하시지 방원 왕자가 아니었다. 전하가 당하시는 치욕이 곧 나의 절망이었다.

와병 중이던 전하께서 상왕으로 밀려나셨다. 난의 명분이 장자 상속이 지켜져야 한다는 것이었으므로 방원 왕자는 임시로 형 방과 왕자를 옹립하고 스스로 형님의 세자가 되어 후계 구도를 잡았다. 2년도 안 돼 양위를 받아내고 방원 왕자는 드디어 꿈에 그리던 용상에 앉았으나 전하께서는 상왕에서 태상왕으로 격상되며 다시 한 번 통한의 눈물을 흘리셨다. 왕자의 난에 잃은 것은 두 아들 뿐만이 아니었다. 방석 왕자 편에 섰던 부마 이제도 죽음을 당했다.

전하께서는 졸지에 청상이 된 경순 공주님의 머리칼을 손수 깎아주시며 비구니가 되게 하셨다. 그러고는 그 길로 함흥으로 내려가 아드님을 보지 않고 사셨다. 나 역시 주군을 모시고 가고자 하였으나 금상이 막았다. 도성에 남아 부자 사이를 잇는 다리가 되어 달라는 것이었다. 내키지는 않았으나 싫든 좋든 이제 그가 왕이었다. 나는 전하를 위해 마지막 할 일이 남아 있음을 느끼며 도성에 머물렀다.

나를 믿지 못해서였을까, 아니면 잡아 두고자 함이었을까? 금상께서는 개국공신인 우리 집안에 정사공신인 당신의 측근 호판 김치권 집안과 정혼을 하라 명하셨다. 임금의 말을 누가 거역하랴. 호판과 나는 예비 사돈이 되었다. 그러나 호판은 아직 우리끼리 알고 있자며 공표를 미룬다. 함흥 행궁과 한양 경복궁 사이의 기류가 심상치 않으니 정세가 안정된 다음에 혼례를 올리자는 것이었다. 나는 투명하지 않은 그의 태도가 예전부터 거슬렸으나 나라 위한 충정인 양 명분을 세웠기에 따르지 않을 도리가 없었다.

이 혼담을 받아들인 가장 큰 이유는 금상의 권유 때문이 아니라 딸아이 인엽의 마음 때문이었다. 옛 도읍 개성에 살던 시절, 나의 여식 인엽이는 이웃집 오라비인 호판의 막내아들 은기 도령을 친동기간처럼 따랐다. 어미 없이 자라 외로운 데다 형제자매 하나 없으니 이웃집 또래에게라도 의지하며 살아가야 했으리라. 유일한 혈친인 아비는 나라를 세운답시고 밖으로만 도니 인엽이는 사실상 고아처럼 혼자 자란 아이였다. 반가의 여식으로 호사는 누렸지만 피붙이의 정을 담뿍 받지는 못했으니. 어지러운 세상을 평정하고 새 나라를 세운 장부의 인생, 이만하면 후회 없이 살았다고 자부할 만하지만, 딸아이에게는 할 말이 없다. 나는 계모조차 만들어 주지 못했던 것이다.

인엽이를 위해서는 후처를 들여 안정적인 가정을 만들어야 했지만 시절이 어지러웠다. 후일의 목숨을 기약할 수 없는 처지라 재혼을 하지 않았다. 할 수 없었다. 역성혁명이라는 것이 성공하면 건국이지만 실패하면 역모가 아니던가. 역모는 삼족을 멸한다. 불확실한 도박에 식구들 수를 늘리는 것이 부담스러웠다.

막상 새 왕조가 선 다음에는 나랏일로 정신이 없었고, 어느 정도 안정이 된 후에 돌아보니 내 나이가 너무 많았다. 이제 와 새삼스레 후처를 들인다는 것이 민망한 짓 같았다. 인엽이 역시 어느새 다 자라 있었고. 선영봉사(先塋奉祀)야 인엽을 시집보낸 후에 일가친척 중에서 적당한 아이를 골라 양자를 들이면 될 것이었다.

딸아이는 평소 마음 주고 있던 은기 도령과의 혼담이 기쁜 듯했다. 평소에도 낯모르는 이에게 시집가 무의미하게 평생을 사는 일은 죽어도 안 하겠다고 입버릇처럼 말하던 녀석이었다. 정혼을 시켜 주지 않았으면 자기가 나서서 은기 도령에게 시집가겠다고 했을 것이다.

그러나 딸아이의 기쁨은 오래가지 않았다. 애비가 죽음의 사자, 함흥차사가 된 탓이다.

함흥에 행궁을 지어 아예 거기서 살고 계신 태상왕께서는 아드님이 용서를 비는 차사를 보낼 때마다 가차 없이 베어 버리는 것으로 자신의 의지를 보여 주셨다. 태상왕 전하께서는 금상을 용서할 마음이 없으셨던 것이다. 고려의 구신들과 백성들은 창업 군주 부자의 불화를 흥미진진하게 지켜보고 있다. 아직 옥새도 넘겨받지 못한 금상은 부왕의 인정만이 왕통을 공고히 할 수 있는 유일한 길이기에 무슨 수를 써서라도 전하를 환궁시키고자 했다. 그러나 아직까지 그 누구도 태상왕 전하의 환궁을 성사시키지 못했다.

금상께서는 어전 회의에 나를 불러내셨다.

"과인이 비록 용상에는 앉아 있으나 옥새는 아바마마께서 들고 계시니 반쪽짜리 왕에 지나지 않소. 백성들은 수군거리고 명나라는 과인에게 의심의 눈초리를 보내고 있어요! 이 사태를 해결할 신하가 단 한 사람도 없단 말이오?"

중신들은 서로 눈치만 보면서 금상의 시선을 피하였다.

"병판!"
"망극하오나 신에게는 병든 부친이 계시어……."
"예판은 갈 수 있습니까!"
"송구합니다. 신은 요즘 지병이 재발하여……."

예판은 부러 기침까지 하였다. 어성이 점점 커졌다.

"말이 됩니까! 함흥에 가서 아바마마를 모셔올 신하가 단 한 사람도 없다니!"

목숨을 걸어야 하는 일이었다. 좌중은 쥐죽은 듯 조용하기만 했다.

내가 나설 때였다. 현직에 있지도 않은 나를 불러낸 것 자체가 어심을 드러내는 신호였다. 공연히 다른 신하들에게 진노를 보이는 것은 구신이 스스로 나서기를 기다리고 계신 게 아니겠는가.

"전하……."

금상의 눈길이 나를 향했다.

"신 부원군 국유는 태상왕 전하를 모시던 몸입니다. 옛 기억을 잃지 않으셨다면 박절하게 대하지는 않으실 것입니다."

"부원군께서 과인에게 옥새를 가져다줄 수 있겠소?"

"전하의 애타는 효심을 전하고 민심의 안정과 사직을 위해 도성으로 돌아오실 것을 청해 보겠습니다."

"함흥으로 떠난 차사는 아무도 살아 돌아오지 못했습니다. 아무리 경이 아바마마의 공신이라 하나…… 각오는 되셨습니까?"

나는 고개를 들었다.

"전하. 신은 누군가의 신하로 함흥에 가고자 하는 것이 아니옵니다. 둘로 쪼개진 왕실을 합쳐 보려는 조선의 신하로 가는 것이옵니다."

나의 대답에 금상은 더 이상 말이 없었다.

함흥차사의 직분을 받잡고 편전을 나오자 병판 허웅참과 호판 김치권이 다가왔다. 예비 사돈 김치권은 몹시 언짢은 듯했다.

"무엇 때문에 죽을지 살지 모르는 차사를 자청하셨습니까! 양가의 혼사는 어찌하구요!"

"집안일을 나랏일보다 앞에 둘 수는 없는 법 아닙니까. 양해해 주셨으면 합니다."

병판도 나를 말렸다. 병조의 수장인 허웅참 대감은 금상의 신하들 가운데 비교적 담백하고 중도파인 사람으로 친분이 제법 있는 사이였다.

"가지 마시게. 목숨을 보장할 수 없는 일이야."

"대신할 사람이 있는가."

아무도 대답을 못했다.

"나 살자고 다른 사람을 밀어 넣을 순 없네. 사복시에 얘기해서 말이나 좀 준비해 주게."

병판이 나무라는 빛을 보였다.

"집에도 안 들를 생각인가!"

"공연히 들렀다가 딸아이의 눈물 바람에 휘말리느니 그냥 조용히 출발하는 게 좋을 듯싶네."

호판이 더 이상 말해 봤자 소용이 없는 것을 알았는지 포기하고 물었다.

"수행원을 꾸려 드리지요. 관원들 중에 누굴 데려가시겠습니까?"
"혼자 가겠소이다."
"이보게!"
"혹여 불상사를 겪게 된다면 일행이라고 어찌 무사할 수 있겠나. 다들 피하는 함흥차사…… 강제로 징발해 간다 해도 마지못해 따르는 것이니 임무에 충실할 수가 없을 것이야. 구종 하나 데리고 단신으로 가겠네."

그리하여 나는 딸아이 인엽의 얼굴도 보지 않고 함흥으로 떠나게 되었던 것이다. 참으로 무정한 아비였다. 어려서부터 이런 아비에게 익숙해져 있을 것이라며 자위를 해도 속으로는 뜨거운 눈물이 흘렀다.

객관에 행장을 풀고 나서 비로소 서찰을 한 통 썼다.
'사랑하는 내 딸 인엽아! 인사도 없이 떠나와 지금쯤 아비를 원망하고 있겠구나. 어른들의 세상, 남자들의 세계란 때로 모든 것을 일

일이 다 설명할 수 없는, 그런 순간이 있는 법이다. 허나 이면의 고뇌까지 없었을 거라 그렇게 생각지는 말아 다오.

지엄한 왕명을 받들어 먼 길을 떠났으나 멀어지는 발자국마다 두고 온 네 생각에 물이 고였다. 집을 잘 지키고 있거라. 아비는 아들 못지않은 너를 믿기에, 두 말 없이 떠나올 수 있었다……'

쓰다가 잠시 손을 멈추었다. 인엽이 울지는 않을까 걱정이 되었다. 딸을 울리지 않으면서 마음을 다독이는 문장은 무엇이 있을까. 그러나 무어라 써도 인엽은 서러운 눈물을 흘릴 것 같았다.

새벽에 객관을 나서면 고성 가는 길로 방향을 잡을 생각이었다. 험한 산을 몇 개 돌아야 하는 험로였지만, 일단 고성에 도착하고 나면 바다를 낀 비교적 수월한 길로 원산에 이를 수 있었고, 원산부터 함흥까지는 여정이 좋은 편이었다. 간만에 바다를 보겠구나. 좋은 시절, 인엽과 함께 보는 풍경이라면 얼마나 좋으리……

한양의 숙정문을 나선 지 열하루 되던 날, 드디어 함흥 행궁 앞에이르렀다. 말에 박차를 가했다면 사흘이면 도착할 수 있는 거리였으나 굳이 서두르고 싶지 않았다. 태상왕 전하를 만나 어떻게 설득하면 좋을지 이 궁리 저 궁리를 해 보며 어쩌면 마지막이 될지도 모르는 이 땅의 산하를 눈에 담기 위해서였다. 행궁의 전하는 무장이면서도 학문을 좋아하고 인재를 아끼며 잔정이 많은 성품이었으나, 자신이 옳다고 믿는 것에 대해서는 결코 신념을 굽히지 않았다. 역성혁명을 일으키고 조선을 개국한 것도 그러한 신념에서 비롯된 행동이었고, 아들을 외면하고 이 행궁에 틀어박힌 것도 자신의 신념에 따른 결정이었다. 금상이 보낸 차사들이 생환하지 못한 것 역시 그 굳은 신념 때문이었을 것이다. 그러니 이전에 아무리 전하와의 교분이 두터웠다고 하나 차사의 신분으로 이곳에 온 이상은 살아서 돌아가기 어려우리라는 것을 각오하고 있었다.

함흥은 태상왕 전하의 고향이라 알려져 있으나, 이는 사실이 아니다. 고려의 신하로서 교유하던 시절에는 편관이란 곳에서 태어났다고 말씀하시곤 했다. 편관은 지금은 명에 귀속되어 조선의 국경 밖에 위치하고 있었다. 창업 군주의 출생지가 이국땅이라는 사실이 알려지면 왕실의 정통성을 의심받을 수 있다고 여기어 선조가 살았던 전주를 본관으로 삼고 함흥을 고향이라고 내세운 것이다.

행궁의 규모는 예상 밖이었다. 일국의 왕궁이라 해도 손색이 없을 만큼 크고 웅장했다. 수비에 용이한 요새처럼 보이기도 했다. 첫날부터 의외의 환대가 이어졌다. 행궁 수비를 위한 최소의 병력만 남게 하고 병사들에게 휴식을 취하도록 하면서 술과 고기를 내렸다. 멀리 한양의 임금이지만 서로가 대치 상황에 있느라 그동안 바짝 날이

서 있었던 행궁의 가신들과 병사들은 오랜만에 여흥을 즐기며 몸과 마음을 쉴 수 있었다. 몇날며칠 잔치 분위기가 가시지 않았다. 전하께서는 내가 금상의 차사로 온 것을 짐짓 모른 척하시고 그저 옛 주군을 만나러 온 사적인 방문으로 여기셨다. 나는 굳이 전하의 심기를 거스르지 않으려고 달포가 지나는 동안 경복궁 이야기는 한 줄도 전하지 아니하였다. 다른 이야기는 무엇이든 할 수 있지만 경복궁의 일만은 둘 사이에 금기였다. 긴장이 고조되면 바둑을 두며 다시 안온한 분위기로 돌렸다. 오랜 세월 처소에서 꼼짝 않고 안에만 계시던 전하께서 해가 좋은 점심 무렵이면 함께 뜰을 거니셨다. 기력이 좋으신 날은 사냥도 나가고 밤에는 술친구를 해 드렸다. 모시는 동안 시종일관 표정이 밝으셨고 때때로 호탕한 웃음을 터뜨리셨다. 저녁이 되면 행궁의 연못가에 있는 큼지막한 정자에서 연회가 열렸다. 함께하지 못한 지난 세월을 짧은 시간 동안 만회하려는 듯 밤잠을 주무실 때 말고는 언제 어디서나 수행하게 하셨다.

신선놀음 같은 나날들이 며칠이나 지났을까. 다시 연회가 열렸다. 고려 호족의 후손인 함흥의 유지들이 행궁을 찾아와 흥을 돋우던 날이었다. 무희들이 춤사위를 펼치는 동안 전하께서는 손바닥으로 의자의 팔걸이를 두드리며 박자를 맞추셨다. 그동안 숱한 대화를 나누었으나 이야기는 항상 과거만을 맴돌았다. 몇 차례 틈을 보아 환궁 문제를 꺼내려 했으나, 그때마다 말꼬리를 다른 방향으로 돌려 버린 전하가 아니신가. 깊은 눈길로 건네지던 눈빛은 이렇게 말하고 있었다.

'이보게 친구, 아직은 헤어질 때가 아니네.'

하지만 언제까지나 유폐된 시간 속에서 지낼 수만은 없었다. 작심을 하고 말을 꺼냈다.

"전하, 언제까지 이곳에 계실 생각이시옵니까?"
"이곳 함흥은 내가 자란 편관과 풍광이 유사하여 마음이 편하네. 이곳을 떠나 어디로 가겠나?"
"금상께서 애타게 기다리십니다."

갑자기 무거운 침묵이 흘렀다. 어렵사리 도성의 일을 언급하자 처음 본 사람처럼 싸늘하게 굳어 버리셨다.

그 길로 끌려 나갔다.

마당에 의자가 놓이고 좌우로 호위 무사들이 늘어서 순식간에 임시 국문장이 마련되었다.

"말하라! 경은 지금 누구의 신하로 여기에 온 것인가!"

그동안의 환대가 거짓말인양 어성이 서릿발처럼 차가웠다.

"전하…… 신 국유입니다. 새 나라 조선의 개국에 온몸을 바쳤던, 전하의 사람이옵니다."

"나는…… 내가 만든 나라에서 쫓겨난 왕일세. 무도한 아들에게 밀려난 못난 아비지."

당신의 자조가 가슴 아팠다. 전하께서는 왕조를 바꾸는 위대한 업적을 이루신 분이나 개인적으로는 불행으로 점철된 인생을 살아오셨다. 향처였던 첫 부인 신의왕후 한 씨는 개국을 불과 1년 앞두고 유명을 달리했고 경처였던 신덕왕후 강 씨 또한 일찍 승하하시어 처복이 있다 하기 어려웠다. 그 와중에 두 왕비의 소생들이 서로 죽고 죽이며 형제간에 비극을 일으키니 아비로서 그 참담함을 어찌 말로 다 할 수 있으랴. 아비가 사는 궁을 향해 칼을 들었던 아들. 지금은 그 아들에게 왕위를 빼앗기고 북방을 떠도는 신세였다. 전하의 가슴에 켜켜이 쌓인 한을 미루어 짐작할 수 있었다. 그 한을 몰라서 여기 온 것이 아니었다. 군주의 선택은 범인의 한계치를 뛰어넘는 것이어야 했다. 전하께서는 이제 분노하는 아비의 자리가 아닌 개국의 위대한 주인공으로서 나라를 안정시키기 위한 결단을 내리실 때가 되었던 것이다.

"방원이 그놈은 이제 강제로 빼앗은 용상만으로 성에 안 차는지 뒤늦게 아비의 인정을 갈망하고 있네. 경의 눈에는 내가 그리도 속 없는 사람으로 보이는가?"

무사 두 명이 양쪽에서 나에게 칼을 겨눈다. 긴장으로 온몸이 굳었다.

"말하라! 경은 누구의 신하로 여기에 온 것인가!"

"신은…… 조선의 신하로 여기에 온 것입니다."

"무어라!"

"지금 조선은 나라를 여신 전하와 보위를 이으신 아드님의 불화가 끊이지 않아 민심이 어지러워진 지 오래입니다. 아직도 망국의 발호가 진정되지 않아 흉흉하니 부디 대승적 차원에서 결단을 내리시어 오랜 불화를 청산하시고……."

전하께서 자리를 박차고 일어나셨다.

"닥쳐라! 네놈 역시 나의 신하가 아니라 방원의 신하로구나!"

"전하!"

전하의 통한은 무인년의 그날에서 단 한 치도 누그러지지 않았다. 전하께서는 여전히 아픈 아비였고, 슬픈 군주였으며, 분노한 사내였다.

"형제를 주살하고 제 아비를 밀어낸 무도한 놈의 사자다! 방원이 대신 주륙하여 세상에 경계를 보이라!"

"언제까지 이렇게 천하를 떠도실 작정이옵니까! 조선을 세울 때 이미 전하께 바친 몸이옵니다. 지금 신의 목숨을 거두신다 해도 조금도 아깝지 않사오나 세상과 불화하고, 아드님과 불화하시는 전하를 두고 가자니…… 이승의 발길이 떨어지지 않사옵니다……."

"닥쳐라! 패륜아의 가신 주제에 무슨 할 말이 그리 많으냐! 어서 저 입을 막지 못할까!"

무사들이 나의 목을 베기 위해 칼을 높이 들었다.

끝장이었다.

인엽의 얼굴이 제일 먼저 떠올랐다. 혼자 남은 인엽의 앞날은, 그 애의 혼사는 또 어찌 될지. 결국 이렇게 내 딸을 고아로 만들고 마는 것인가, 뼈아픈 회한 속에 어디선가 인엽의 목소리가 들렸다. 꿈인가, 헛것인가…… 남장을 하고 미친 듯이 뛰어오는 인엽의 얼굴이 보였다. 믿을 수가 없었다. 인엽이가 달려들어 나를 감싸 안기 전까지는.

"아버님! 아버님!"

꿈인지 생신지 아직도 분간이 안 갔다. 인엽의 얼굴을 어루만져 보았다.

"아가, 아가. 어쩌자고…… 어쩌자고 네가 여길…….."

인엽의 얼굴은 이미 눈물범벅이었다. 이 세상에서 오로지 태상왕 전하의 명만을 받드는 무사들은 때 아닌 부녀 상봉에도 전혀 흔들림이 없었다.

"비켜라!"

무사들이 창을 들이대자 인엽이 앞뒤 분간 없이 아비인 내 앞을 가로막았다.

"안 됩니다. 차라리 나를 베어 주시오!"
"인엽아, 너까지 상한다. 몸을 피하거라."

인엽이 땅바닥에 엎드렸다.

"전하, 살려 주십시오. 소녀의 아버님은 아무 죄가 없습니다. 어찌하여 죄 없는 사람을 함부로 죽여서 역사에 잔인한 군주로 남으려 하십니까!"

주군을 모욕하는 말에 무사의 칼날이 인엽에게 향해졌다.

"무엄하다! 너부터 죽고 싶은 게냐!"

전하께서 인엽에게도 분노를 퍼부으셨다.

"발칙하구나. 자식까지 동원하여 나를 능멸하는 것이냐!"
"전하! 소녀는 그런 거 모릅니다. 도성에 계신 임금의 뜻이 무엇인지, 한때는 전하의 신하였던 아버님께서 왜 지금 칼을 받고 계신 것인지 소녀는 아무것도 모릅니다! 소녀는 다만, 제 아버님의 딸로써 여기 왔을 뿐입니다."

인엽은 다급하게 등짐에서 상자를 꺼내 바쳤다.

"무엇이냐!"
"열어 보십시오."

내관이 상자를 받아다 전하께 바쳤다. 상자 안에는 여인의 머리채가 들어 있었다.

"경순 공주님의 머리칼입니다."

경순 공주라는 말에 전하의 손길이 멎으셨다.

"청룡사에 계신 공주님께서 전하께 전해 달라 하셨지요."

경순 공주가 누구던가. 전하의 가장 아픈 딸이었다. 피맺힌 한이었다.

"부마를 잃으시고 절망에 빠진 공주님을…… 손수 머리를 깎아 주셨다고 들었습니다. 전하의 눈물이 머리칼을 적셨고, 세상 사람들은 그 슬픈 장면을 두고두고 이야기하며 전하의 애틋한 부정을 이야기합니다. 아버님을 잃고 나면 소녀도 비구니가 되어야 하는 것입니까? 전하의 엉뚱한 분풀이로 죽어가는 사람들에게도 가족이 있고 자식이 있습니다. 정 제 아버님을 죽여야 하신다면, 저도 함께 베어 주십시오. 혼자서 살아 돌아가지는 않겠습니다."

"네 이름이 무엇이냐?"
"소녀, 인엽이라 하옵니다."
"너는 죽음이 두렵지 않느냐?"
"두렵습니다……. 무섭습니다."

전하와 인엽의 실랑이에 피가 마르는 듯했다.

"허나, 아버님을 잃는 고통보다 더 두렵지는 않습니다."

전하께서는 잠시 아무 말이 없으셨다. 생과 사를 가르는 침묵이었다.

"네 아비가 부럽구나."

비로소 숨을 내려놓을 수 있었다. 마침내 전하께서 진노를 거두신 것이다. 평상심을 되찾으신 전하께서는 시녀들에게 일러 인엽의 거처를 마련케 하셨다.

인엽이 이 아비의 목숨을 구한 것이다.

그날 밤, 행궁 후원에 술상이 차려졌다. 잠시나마 저승 문 앞에 갔다 온 신하를 위로하기 위한 자리였다.

"전하."
"말씀하시게."
"아직도 노여움이 그토록 깊으십니까?"

전하는 말씀이 없으셨다.

"변란의 그날, 흥분한 무리들이 시키지도 않은 짓을 많이 하였습니다. 위로가 되지는 않으시겠지만…… 불가항력. 주상의 뜻만은 아니었을 것입니다."

"신하들이 숱하게 죽어갔고, 두 아들과 사위가 목숨을 잃었네. 딸은 내 손으로 머리를 깎아 비구니를 만들었고. 불타던 분노는 재가되어…… 이제 쓰라린 한이 되었다네."

"전하의 심정을 어찌 모르겠습니까. 허나 언제까지 전하의 나라를 외면만 하고 계실 것인지……."

"나의 나라라고?"

"새 나라 조선은 그 누가 뭐라 해도 전하께서 세우신, 전하의 나라입니다. 주상이 미우실 것입니다. 자식이 아니라 원수 같기도 하겠지요. 허나, 왕실이 서로 피 흘리며 싸우는 동안 이 나라는 어디로 가겠습니까? 고려의 잔당들은 아직도 조선 땅 곳곳에 숨어 있고, 조금 세가 있다 싶으면 너도 나도 개국의 주인공이 되어 보겠다, 역심을 품습니다. 아무리 미우셔도…… 결국은 전하의 아들에게 물려줘야 할 나라입니다. 그런데도 나라의 안정보다 왕실의 복수가 더 중요하신지요."

"오늘은 그냥 술이나 마시게. 경의 딸이 이미 나를 충분히 아프게하였어."

호랑이도 제 말 하면 온다더니 남장을 벗어 버리고 여인네의 옷으로 갈아입은 인엽이 후원에 들었다. 헌데 머리채가 깡똥했다. 불길한 예감이 엄습했다.

"그리 차려입으니 보기 좋구나."

"실은…… 전하께 죄를 지은 것이 있어, 한시라도 빨리 자복을 해야겠기에……."

"또 무엇인고?"

인엽이 바닥에 털썩 무릎을 꿇었다.

"죽여주십시오. 낮에 전하께 올린 머리칼은 경순 공주님의 것이 아니었사옵니다."

전하께서는 차분히 물으셨다.

"그럼 누구의 것이었더냐?"

"제 것이었사옵니다."

나는 경악했다.

"네가…… 감히 거짓 물건으로 전하를 속였더란 말이냐!"

"아버님을 살리고자 하는 마음에 그만…… 씻지 못할 불경을 저질렀사옵니다. 어떤 벌을 주셔도 달게 받겠사옵니다."

"전하, 이 모든 것이 신 때문에 일어난 일이옵니다. 신부터 벌해 주시옵고……."

전하께서 나의 말문을 막으셨다.

"다 알고 있었느니라."

부녀가 다 같이 놀랐다.

"공주의 머리를 깎아 준 사람이 누구냐? 바로 내가 아니냐? 출가
할 때 따로 머리칼을 챙긴 적이 없거늘, 갑자기 웬 머리칼을 내게 보
내겠느냐? 모두가 아비를 살리려는 너의 지략임을 알고 있었다."
"불민한 소녀가 전하의 크신 뜻을 헤아리지 못하고……."
"되었다, 이미 다 알고 용서하였으니 마음에 두지 말거라."

나는 몸 둘 바를 모르게 되었다. 전하께서 웃으셨다.

"외동딸이라지? 아들이 아닌 것이 아깝겠어."

인엽이 더없이 안도하며 나를 바라보았다. 또 한 번의 위기를 넘
긴 셈이었다. 인엽을 처소로 돌려보낸 뒤, 나는 도박을 걸어 보았다.
이제는 전하께서 진심으로 이야기를 들어 주실 때가 온 것 같았다.

"전하, 신이 전하를 모시고 도성으로 돌아가면 안 되겠습니까?"

전하의 눈빛이 짙어졌다. 희망이 솟았다. 적어도 다시 진노하지는 않으셨다.

"나의 환궁에는, 선결되어야 할 문제가 하나 있네."
"그 문제가 무엇인지…… 소신이 여쭈어도 되겠사옵니까?"
"주상이 그토록 나의 환궁을 원하는 것은 그 무엇도 아닌 옥새 때문일 것이야."
"꼭 그것만은 아니옵니다. 전하에 대한 효심과, 왕실의 불화를 막아 보려는 진정이 계시옵니다."
"그것도 아주 없다고는 할 수 없겠지. 허나 주상이 옥새만 쥐고 있다면 내가 조선 팔도 어디를 헤매 다니든, 이렇게 애타게 돌아오라 매달리지는 않을 걸세."

아니라고 부정할 수 없었다.

"나에게는 이제 사람이 없어. 환궁이…… 오로지 자네 손에 달렸네."

그날 밤, 전하께서는 밀지를 내리셨다. 그때부터 나의 운명은, 우리 가문의 앞날은 파란 속으로 접어들고 있었다. 내가 함흥차사로 나서지 않았더라면, 태상왕 전하의 밀지를 받지 않았더라면 그 모든 비극을 피할 수 있었을까? 그리하여 내 딸의 운명을 지옥으로 떨어뜨리지 않아도 되었을까?

역사에는 가정이 없으며 운명에는 연습이 없다. 위험한 일이라는 것은 알았으나 명을 받자온 이상 거부할 길은 없었다. 명분이 있고 의가 살아 있었으므로 나는 가야 했다.

행궁을 떠나는 날, 인엽과 함께 태상왕 전하께 하직 인사를 올렸다.

"너의 효심과 용기가 나의 몽매를 깨우고, 아비의 목숨을 살렸다. 부디 그 기개에 어울리는 좋은 배필을 만나 백년해로하도록 하라."
"소녀, 전하의 크신 은혜를 잊지 않겠사옵니다."
"인엽이라 했지?"
"예, 전하."
"내 너를 손주 며느리 삼구 싶은데…… 어떠냐? 왕실로 시집올 생각이 있느냐?"

인엽이 당황한 얼굴로 나를 보았다. 아비가 나설 차례였다.

"송구하옵니다, 전하. 안타까옵게도 신의 여식은 이미 정혼자가 있사옵니다."

"경이 허락해 준다면 그 집안에 양해를 구하고 이 아이를 왕실로 들이고 싶소."

이번에는 인엽이 나섰다.

"어여삐 봐 주신 것에는 감읍하오나 소녀, 왕실의 여인이 되고 싶지 않사옵니다."

"어째서냐?"

"나랏일이 곧 집안일인 왕실보다는 그저 한 남자의 전부가 되어, 저 또한 그 사람을 생의 전부로 삼아 은애하고 은애하며 그렇게 살기를 원하옵니다."

"어릴 때는 시집가기 싫다고, 이 아비만 있으면 족하다고 하더니……. 전하, 딸자식 키우는 일이 이렇게 덧없습니다."

인엽의 얼굴이 붉어졌다.

전하께서는 유쾌하게 웃으셨다.

"너의 뜻은 잘 알았다. 사랑과 자식 일만은 세상에 뜻대로 되지 않는 것이니 운명이 너의 인생에 어떤 남자를 준비하였는지, 궁금하구나."

하직 인사를 마치고 행궁을 나섰다. 살아서 돌아가는 것에 안도하며, 인엽과 함께인 것을 기뻐하며 마치 유람하듯 가벼운 귀경길이었지만 그때는 몰랐다. 우리 부녀가 몰락을 향해 가고 있다는 것을.

03
이름 없는 남자

- 무명

대숲은 고요했다. 허나 청정한 대나무 향에도 내 마음은 가라앉지 못했다. 기부가 되어 달라는 가희아의 청을 거절하고 돌아왔기에.

가희아.

출신으로 따지자면 색향 개성에서 이름을 날리고 있어야 하나 고려가 몰락하면서 도읍을 한양으로 옮긴 탓에 그녀도 따라서 터를 옮겼다. 술장사야 손님 따라 가는 법, 조정의 실세들과 재산가들이 새나라의 도읍으로 모두 옮겨 가니 그녀도 결국은 한양 기생이 되는 수밖에 없었다. 가희아는 당대의 내로라하는 정승 판서들이 그녀를 두고 길바닥에서 결투를 벌일 만큼 소문난 명기다. 그런 여인의 청을 또 한 번 거절하고 온 것이다.

"기부가 되어 달라고 그렇게 매달렸는데…… 매몰차게 뿌리치고
가서 기껏 한다는 일이, 남의 집 종살이야?"

그녀가 기가 막힌다는 표정으로 물었다.

"기녀가 된 게 니 선택이 아니었듯이…… 알잖아? 내가 선택할 수
있는 일이 아니란 거."
"당신이 끝까지 거절하면, 다른 남자를 찾을 수밖에 없어."
"나는 널 책임질 수 없어. 너 아니라 다른 어떤 여자도 마찬가지야."

고운 눈에 물기가 어렸다. 그녀가 얼마나 필사적으로 눈물을 참고
있는지…… 보였다.
그녀의 목소리에도 울음이 묻었다.

"차라리, 내가 싫다구 해."

무슨 말을 할 수 있으랴.

"그럼, 더 아파할 거잖아."

받아 주지도 못할 거, 읽어 내지나 말지. 그녀가 혹한 것은 행랑 하녀들이 찬탄해마지 않는 나의 외양이 아니었다. 외로운 기생 팔자, 말없이 그녀의 마음을 읽어 내는 고아 청년에게 공감했을 뿐이다.

우리는 서로를 알아보았다. 붉은 화장으로도 감춰지지 않는, 손에 든 비수로도 베어지지 않는 태생의 외로움을.

허나 우리는 서로 알아볼 수는 있어도 함께할 수는 없었다. 그녀는 기적에서 나와 밥하고 빨래하고 끼니 걱정하며 살아갈 자신이 없었고, 나는 밸 빠진 기둥서방으로 살아갈 명분이 없었다.

태어나서 유일하게 마음 준 여인은 함께할 수 없는데, 원하지도 않는 여인들은 함부로 유혹의 그물을 던졌다. 사내를 쉽게 만날 수 없는 규방의 여인들은 심부름이다 뭐다 핑계를 대 가며 마음에 드는 가노들을 은밀히 불러들이곤 했다. 아랫것들의 입장에서야 상전의 요구를 함부로 거절하기 어려운 법. 울며 겨자 먹기로 묵묵히 윗전의 뜻을 따르거나 다른 것을 바치며 고역에서 빠져나와야 했다.

노비 노릇도 무사히 잘해 먹으려면 밑천이 들어간다. 양반들은 새경을 주는 것이 아니라 거꾸로 빼앗아 가는 경우도 많았다. 노비의 재산이라 할지라도 자식이 있으면 상속이 가능하기 때문에 주인들은 일부러 천륜을 끊어 생이별을 시켰다. 어릴 때 팔려가서 이 집 저

집을 전전하다 보면 부모와 소식이 끊기게 마련이다. 노비가 죽으면 그 재산은 주인의 것이 되었다.

애끓는 이별, 부당한 수탈……. 그러나 그들은 어디 가서 하소연할 데도 없었다. 법은 가진 자의 편이었다.

대금을 꺼냈다. 음률은 울지 못하는 사내들이 눈물 대신 흘리는 것이다. 내가 대금을 들 때는 바로 울고 싶은 때다.

"명인은 눈 감고도 불 수 있겠지? 정인은 향기만으로도 알아보고."

순간, 심장이 멎는 것 같았다. 가희아가 온 줄 알았다. 왜 그런 착각을 했을까. 분명 그녀의 목소리가 아니었는데……. 장난스럽게 내 눈을 가리고 있는 손목을 단번에 낚아챘다. 품속에 떨어진 여인은 처음 보는 얼굴이었다. 본인도 놀라서 정신을 못 차리고 있었다.

"뭘 원하시는지요?"

여인은 말문이 막힌 듯했다. 차림새를 보아하니 멀쩡한 반가의 규수였다.

"아직 시집도 안 간 아가씨 같으신데, 첫날밤 치르기 전에 예행연습이라도 하고 싶으신 겝니까?"

여인의 눈동자가 경악으로 커져 갔다.

"어디까지 가르쳐 드릴까요? 입맞춤이라면 여기서도 가능하고, 긴 밤을 원하시면 자리를 옮기시지요."

"뭐, 뭐라구? 이 무엄한!"

"왜요? 원하는 걸 너무 쉽게 들어 주니 당황스러우십니까? 천한 것과, 이룰 수 없는 연모 같은 사치스런 감정놀음이라도 바라셨는지요?"

여인은 진저리를 치며 내 품을 벗어났다. 한 차례 뺨이라도 칠 기세였으나 이미 내 손에 의해 제지당한 뒤였다. 얼마나 놀라고 분했는지 말을 다 더듬거렸다.

"사사, 사람을 잘못 보았을 뿐이다. 뉘집 가노인지는 모르겠다만 천것이 분명한데 반가의 처자한테 이 무슨 무례냐!"

속으로 바들바들 떨고 있을 게 빤한데 겉으로 허세를 부리고 있는 여인에게 피식, 웃음이 새어 나왔다. 여인은 더욱 분을 냈다.

"치도곤을 맞을 것이다!"

"먼저 수작을 건 사람은 그쪽입니다."

천것의 당당한 반격에 여인이 당황했다.

"아, 사람을 잘못 봤다 그랬나? 그 같잖은 변명이 사실이래두 뭐 그리 떳떳한 처지는 아니십니다. 반가의 규수가 대숲에서 밀회라……."

"우, 우린 이미 정혼한 사이다."

나는 여전히 피식거렸다. 여인은 바짝 약이 올랐다.

"진짜란 말이다!"

이쯤에서 실랑이를 접을 심산이었다. 그녀가 더 이상 도발해 오지 않는다면.

"어느 댁 가노냐!"

"아가씨를 못 본 걸로 하겠습니다. 그쪽도 없었던 일로 하시지요."

여인은 나를 혼내 주고 싶은 마음이 굴뚝같을 터였다. 다만 자신도 당당한 처지가 아니라 머뭇거리고 있었다.

발자국 소리가 들렸다.

"오래 기다렸어?"

양반가의 도령이었다. 여인이 기다리다 별꼴을 다 당했다는 듯 도령의 소매를 잡아끌었다.

나는 이미 바람처럼 모습을 감춘 뒤였다. 두 사람의 눈에는 진즉에 내 모습이 보이지 않았다.

"무슨 일 있었어?"

도령이 물었다. 허나 무슨 말을 하랴. 아무리 대나무 뒤에 앉아 있어 팔밖에 안 보였다지만 다른 남자를, 그것도 천것을 당신으로 착각하여 눈을 가리고 말았다고, 장난 끝에 그만 그 남자의 품에 안겨버렸다고…….

여인은 결국 아무 말도 하지 못하고 대숲만 노려보고 서 있었다.

쏴아아아.

대숲이 바람에 흔들렸다.

대숲에서 만난 그녀와의 인연은 그것이 끝이 아니었다. 병판 댁에서 그녀를 다시 보게 되었던 것이다. 막내 따님인 윤옥 아가씨의 동무로 놀러 왔다 뭔가에 기분이 상해 돌아가는 길인 듯했다. 예쁜 것만 보면 탐심을 내는 가비 단지가 손님의 신발을 신어 본 것이 화근이었다. 그녀는 천비가 발을 댄 것은 도로 신을 수 없다며 말도 안 되는 까탈을 부렸다. 대숲에서는 밀회를 하러 나온 규방 아가씨의 일탈이 일면 깜찍해 보이기도 했지만 아랫것들을 사람 취급하지 않는 안하무인은 도저히 봐 줄 수가 없었다. 비단이라도 깔아 달란 말이냐고 비아냥거렸더니 진짜로 깔란다. 빈정이 상한 윤옥 아가씨가 어디 한번 해 볼 테면 해 보자는 심정으로 깔아 주라는 명을 내렸다.

결국 가마까지 비단길이 깔리고 그녀는 버선발로 그 위를 걸어갔다. 사나흘이면 장안에 소문이 짜하게 날 것이다. 부원군 댁 외동딸이 비단길을 밟고 돌아갔다고. 바로 혼삿길 막힐 일이다. 그런 고약한 여자는 보다보다 처음이다.

사람들은 나를 무명이라 부른다. 이름이 없다는 뜻의 무명. 그게 바로 내 이름이다.

나는 세습된 노비가 아니다. 부모 없이 자라 이름도 갖지 못했지만 노비는 아니었다. 그런데도 제 발로 이 집을 찾아와 스스로 수노가 되었다. 병판 댁과 인연 깊은 산사의 스님이 소개를 하신 덕에 집안에 쉽게 들어오긴 했지만 식구들의 신뢰를 얻는 것은 오로지 내 몫이었다.

어린 시절, 개성 상단에서 잔뼈가 굵은 나는 이재에 밝았다. 이 댁은 오로지 나랏일에만 신경 쓰는 지아비를 대신하여 안방마님께서 집안 살림을 도맡고 있었다. 그녀가 아무리 사내 못지않은 배포와 담력의 소유자라 해도 여인은 여인이었다. 상것들과의 만남이나 출입이 자유롭지 않은 탓에 알게 모르게 새는 돈이 많았다. 내가 들어온 뒤 지출이 줄고 재산이 눈에 띄게 불어나자 마님은 청지기를 뛰어넘는 전권을 주셨다.

수청방을 차지하고 있던 청지기 아재는 충격이 컸다. 그러나 내가 새경을 뚝 떼어 주자 불만 없이 바로 뒤로 물러났다. 일이 줄고 수입은 오히려 늘어서 도리어 더 좋아하는 것 같기도 하다. 가노들 사이에 위엄이 망가지는 일이 없도록 알아서 모시는 분위기를 내는 것만 신경 쓰면 되었다. 뭐 그게 별 소용이 없는 배려인 것 같기는 하지만. 내가 오기 전에도 가노들 사이에 청지기 아재의 존재감은 크지 않았다. 마음이 약하고 게으른 그는 사람이야 착하고 좋지만 일처리 능력이 떨어져서 번번이 무시를 당하는 처지였다. 내가 들어온 뒤 오히려 그의 위상이 높아졌다고 보아도 무방했다. 그는 나에게 받는 존중으로 가노들 위에 군림할 수 있었고 날이 갈수록 주머니가 든든해지자 좋은 티를 감추지 않았다.

그것이 바로 내가 원하는 것이었다. 이 집 식구들을 모두 내 손아귀에 넣는 것. 그러기 위해서는 새경을 다 날려도 좋았다. 한 푼 두 푼 모아서 장가가고 새끼 낳아 오순도순 사는 것. 내게 허락된 운명은 그런 평범한 일상이 아니었기에.

객주께서 나에게 한 번도 기회를 안 주신 것은 아니다. 나와 가희아 사이의 일을 알고 계셨던 그분은 정 원한다면 그녀에게 가서 살아도 좋다고, 그 삶을 택한다 해도 이해하겠노라 말씀하신 바 있다. 그럼에도 불구하고 나는 차마 가희아를 택할 수는 없었다.

내가 원하는 대로 사는 것, 그게 무엇인지 나는 알지 못한다. 무엇을 원한다는 게 어떤 것인지 짐작조차 되지 않는다. 아비에게선 버려지고, 태어나는 순간 어미를 죽게 만든 나로서는 걸음마를 시작하고 입을 떼는 그 순간부터 해야 할 일을 찾아 필요한 사람이 되는 것이 유일한 생존의 방식이었다. 나는 노비가 아니라 했지만, 정신과 영혼은 그 누구보다 더 바닥까지 노예인지도 모른다. 그들이 원하는 삶을 살아 내는 것, 그것이 이 생에 나에게 주어진 의무였다.

도성 안에는 흥미로운 소문이 돌고 있었다. 살아 돌아온 함흥차사가 역모를 꾸미다 구종의 밀고로 발각되어 참수를 당한다는 것이었다. 도성의 하인과 하녀들은 온통 그 구종이 받게 될 포상에 관심이 쏠려 있었다. 상전을 밀고하는 것은 원래 법으로 금지되어 있으나 역모만은 예외였다. 상전들이 꾸미는 역모는 아랫것들에게 인생 역전의 기회이기도 했다. 심부름꾼으로 가담해서 성공 후 혜택을 누리는 길도 있었고, 사전에 고변하여 면천의 자유를 누리게 되는 길도 있었다. 생의 굴레를 벗어날 길 없는 노비 신분에서는 어느 쪽이나 다 뿌리치기 어려운 강렬한 유혹이다.

다들 주먹밥과 주전부리할 거리를 챙겨서 새남터로 몰려갔다. 구경거리가 별로 없는 백성들에게 죄인의 처형만큼 짜릿한 오락은 없다. 죽어 마땅한 나쁜 놈이라면 돌을 던지고, 억울하게 당하는 이라면 눈물을 뿌려 준다. 막상 코앞에서 목격을 하게 되면 이내 고개를 돌리고 눈을 감게 되는 잔인한 참수의 현장이지만 볼거리를 놓칠 수는 없었다. 현장에 있어야 목격자들과 두고두고 이야기를 나눌 수 있고, 보지 못한 사람들에게 잘난 척하며 뒷말을 전해 줄 수도 있기 때문이다. 청지기 아재는 사람 목이 날아가는 걸 보고 나면 술로 눈과 목을 씻어 내야 한다며 주머니를 털었다. 술병까지 차고 몰려가는 사람들의 행렬은 어디 잔칫집에라도 가는 분위기였다.

사람들에게 동정을 산 것은 처형장에 무릎 꿇은 죄인이 아니라 아비의 죽음을 목격하게 될 부원군의 딸이었다. 혼례 당일 금부도사가 들이닥쳐 원삼 입은 그대로 국문을 받고 옥살이를 하는 기구한 팔자였다. 놀러 왔다가 공연한 까탈을 피우는 통에 그녀에게 학을 뗀 적이 있는 병판 댁 사람들은 마냥 불쌍한 생각만 든 것은 아니었는지 다들 표정이 묘했다. 그녀를 본 적 없는 청지기 아재가 혼잣말처럼 중얼거렸다.

"저 원삼 입은 처자는 뭐다냐?"
누군가 대답을 해 주었다.

"혼례 올리다가 끌려 왔다잖아요."

"아, 신랑은 어쩌고?"
"당연히 도망갔겠지요……."
"팔자도 참…… 기구하고 불쌍해 부네이……."

그녀에게 호되게 당한 적이 있는 단지가 혼잣말처럼 중얼거린다.

"신발이 백 켤레면 뭐해. 하루아침에 종년보다 못한 죄인 신세로 떨어질 걸."

망나니의 춤이 시작되었다. 아버님! 아버님! 부원군의 딸이 목이 찢어져라 울면서 소리쳤다. 군졸들이 그녀를 가로막았다. 구경하던 여인네들이 옷고름에 눈물을 찍었다. 생이별의 현장. 여인들은 다른 사람의 아픔에 금세 공감한다.

"살아야 한다, 살아야 해, 인엽아! 살아서 태상왕 전하를 찾아가거라. 그 길만이 네가 살고, 우리 가문이 다시 살아나는 길이야."

부원군의 마지막 유언이었다. 나는 그의 말을 기억했다.

"아가씨를, 아가씨를 부탁한다! 사월아!"

딸의 몸종밖에는 그 안위를 부탁할 사람이 없다니. 처연한 부정이었다. 이제 그 딸도 천비의 나락으로 떨어질 텐데 몸종의 충성심이 지켜질 리 만무했다. 보복이나 안 당하면 다행이지.

망나니의 춤이 절정에 이르고 칼날 위로 술이 뿜어졌다. 모든 것은 순식간에 이루어졌다. 칼이 날고 피가 솟았다. 모두가 눈을 감았다. 원삼 차림의 그녀는 나무토막처럼 쓰러졌다. 정신을 잃은 것이다.

04

별리

- 인엽

윤옥은 물었다. 어느 게 더 슬프냐고. 아버님의 죽음으로 인한 몰락과 잃어버린 신랑 중에서. 나에게 칼이 있었다면 천진한 얼굴로 잔인한 질문을 서슴없이 해대는 그녀를 찔러 버렸을지도 모른다. 이전처럼 윤옥과 같은 신분이었다면 뺨이라도 때렸을 것이다. 그러나 지금은 할 수 있는 게 없다. 온몸을 부들부들 떨며 어떤 모욕도 그저 참아내는 것밖에는.

내가 시집가던 날, 5월의 하늘은 맑고 푸르기만 했다. 불길한 전조는 어디에도 없었다. 부엌에는 온갖 전들과 떡, 찐 닭, 색색의 과일과 음식들이 가득했고 뒷마당에도 접대용 각상과 먹거리가 다락처럼 쌓여 있었다. 동네 사람들이 모두 다 몰려 온 듯 축하객이 넘쳐났고 신나게 뛰어다니는 아이들조차 잔치 분위기를 더 흥겹게 만들었다. 그러나 나의 귀에는 아무 소리도 안 들렸다. 평생 사랑해 온 아버님을 두고 가야 하는 아픔, 앞으로 영원히 사랑해야 할 지아비와 함께하는 행복이 씨줄과 날줄로 뒤섞여 웃어야 할지 울어야 할지 갈피를 잡을 수 없었다. 이런 나의 복잡한 속내를 아는지 모르는지 신랑은 오늘이 그저 기쁘기만 한 것 같았다. 그는 종종 뜨겁고 깊은 눈빛으로 신부인 나를 쳐다보았다. 느껴졌다. 그가 품고 있는 갈망의 무게가.

외로움을 느꼈다. 아버지에게도, 신랑에게도 설명하기 힘든 이 미묘한 마음. 아마 이런 감정은 어머니만이 이해해 줄 수 있는 종류의 것인지도 모른다. 어머니와 딸. 모녀가 어떤 이야기를 나누고 무엇을 함께하며 살아가는지 경험이 없어 알지는 못하지만, 아마도 어머니란 존재는 이런 이야기를 털어 놓고 이해받을 수 있는 유일한 대상이 아닐는지.

어머니.

보고 계신가요? 당신의 딸이 이제 신부가 되었습니다. 혼례를 마치고 아내로서 살아가다 보면 언젠가 저도 아이를 낳고 엄마가 되겠지요? 당신이 없어 천형처럼 품고 산 마음의 허기가 그때쯤에는 채워질는지요.

아무도 모르는 내 마음의 일렁임. 누구에게도 설명할 수 없는 미묘한 아픔. 나는 그것을 알 리 없는, 몰라 주는 신랑에게 공연히 원망이 들기도 하였다. 곧이어 밀어닥칠 파란은 꿈에도 모르고.

"대역죄인 국유는 나와서 오라를 받으라!"

부선재배와 서답일배가 끝나기도 전이었다. 금부도사와 나졸들이 들이닥쳤다. 혼배상이 엎어지고, 손님들은 놀라서 비명을 지르며 흩어졌다. 신랑이 신부를 지켜 보려 하였으나 부질없었다.

우리는 아버님과 같이 포박되어 금부로 끌려갔다.

국문의 과정은 참혹했다. 사금파리 위에 꿇어 앉혀진 아버님의 무릎 위에 압슬이 얹어졌다. 우지끈! 무릎 뼈 부서지는 소리가 선명하게 들렸다. 그 고통을 멈출 수만 있다면, 없던 죄도 당장 만들어 낼 판이었다.

야속하게도 추국관은 윤옥의 부친인 병조판서 허웅참 대감이었다.

"죄인 국유는 새 나라의 개국공신으로 부원군의 작호까지 받은 국은을 저버리고! 고려의 잔당들에 줄을 대어 모역을 도모하였다. 이를 인정하겠는가!"

가슴이 서늘해졌다.

이거였나? 태상왕 전하께서 아버님에게 내린 밀명이? 이런 엄청난 것이었단 말인가…….

"모함이오! 태상왕 전하를 받들어 새 왕조를 창업했거늘! 누가 나에게 그런 모함을 한단 말이오!"

아버님은 고통 속에서도 당당한 위엄을 잃지 않으셨다. 나도 가슴을 펴려 애썼다. 내 아버지는 죄인이 아니다. 나 역시 죄인의 딸이 아니다. 겁먹은 태도를 보이지 말자.

"증인을 데려오라!"

추국관의 말이 떨어지기 무섭게 누군가 질질질 끌려 나왔다. 기함하는 줄 알았다. 증인이란 게 바로 우리 집 구종인 덕구였다. 이미 압슬로 무릎 아래가 나간 덕구는 자기 힘으로 걷지도 못하는 지경이었다.

"대질을 시켜도 잡아뗄 셈인가? 이 자가 이미 모든 것을 자백했소. 고려 왕 씨의 잔당인 만월당을 오가며 연락책을 맡았고, 죄인 국유는 만월당의 숨은 후원자라는 것을!"

기도 안 찼다.

"덕구야! 이게 무슨 말이냐? 고문에 못 이겨 거짓 자백을 했더란 말이냐!"

덕구는 아버님의 얼굴을 쳐다보지도 못했다. 추국관의 호령이 떨어졌다.

"다시 한 번 진실을 털어 놓거라!"
"저의 주인은 고려의 왕 씨들에게 군자금을 댔고, 가노였던 저를 만월당의 일원으로 삼았습니다."

덕구는 마치 외운 듯이 대답을 했다. 아버님은 절망적인 얼굴로 눈을 감았다. 신음 소리가 새어 나왔다. 국문은 피가 튀고 살이 절단 나는 가운데 결론 없이 끝났다.

사월과 나는 여죄수 옥사에 갇히는 몸이 되었다. 이 모든 일이 마치 꿈인 듯했다. 입고 있는 원삼이 기가 막혔다. 오늘이 무슨 날이었나. 나의 혼례일이었다. 우리 신랑은, 나의 정인인 은기 오라버니는 어디에 있는지…….

나의 동무, 나의 오라비, 나의 연인, 나의 모든 것…… 그는 어디에 있는가.

우리가 처음 만나던 때가 떠올랐다.

다섯 살이었던가, 여섯 살이었던가······. 집 안에만 있게 하려는 유모와 사월이를 피해 도망가다가 치맛자락을 밟고 콩 넘어졌을 때, "우앙!" 울음을 터뜨리기도 전에 눈앞에 내밀어진 손. 목까지 올라온 울음은 쏙 들어갔다. 손을 따라 팔을 따라 눈길을 더듬어 올라가 보니 깎아 놓은 밤톨처럼 잘생긴 꼬마 공자의 얼굴이 있었다. 웃고 있지는 않았다. 그저 가만히 손을 내밀고 있었다. 나는 잠시 망설였다. 처음 보는 그 아이의 손을 잡아도 되는 것인지 판단이 서질 않았다. 그 사이 손이 거두어졌다. 싫으면 관두라는 듯 미련 없이 돌아섰다.

나는 그제야 울음을 터뜨렸다. 쫓아 나온 유모가 나를 안아 올리고, 사월이가 애를 태우는 사이 꼬마 공자는 가 버리고 말았다. 나는 무언가를 가질 수 있었는데 잃어버린 듯하여 더욱 서럽게 울었다.

유모는 내가 어미젖을 먹지 못해 유난히 울음이 섧다며 혀를 찼다.

그때 본 꼬마 공자가 은기 오라버니였을까? 훗날 내가 물었지만 오라버니는 대답하지 않았다.

그 후로 오랫동안 나는 미처 잡지 못했던 그 손에 대해서 생각했다. 다시 또 그 손을 만나게 된다면, 이번에는 놓치지 말아야지, 그런 결심도 했던 것 같다.

아버님께서 집을 떠날 때마다 나는 울었다.

맨발로 쫓아 나가 번번이 아버님의 바짓가랑이를 잡고 늘어지는 통에 먼 길 가실 때마다 곤혹스러운 적이 한두 번이 아니셨다. 그 때문에 꾀를 내신 것이 내가 곤히 잠든 새벽에 길을 떠나시는 방법이다.

몇 번을 당한 나는 사랑에서 아버님의 머리맡을 지키기도 했으나 번번이 잠의 마수에 빠져 아버님을 잡을 수가 없었다. 깨어나 보면 또다시 덩그러니 혼자만 남아 있었다. 그럴 땐 아버님을 눈앞에서 놓친 것보다 더 억울해서 평소보다 두 배로 크게 악을 쓰며 울었다.

아주 오래.

그런 날이면 공연히 후원의 오동나무를 못살게 굴었다. 주인이 집을 비우면 혼자 있는 것이 싫어 아무 데나 똥오줌을 싸면서 말썽을 피우는 강아지처럼.

오동나무는 내가 태어나기도 전에 부모님이 같이 심으신 것이다. 원래 딸을 위해서 오동나무를 심는 거라며. 성장 속도가 빠른 오동나무는 여식이 출가할 때쯤에는 혼수로 장을 짜서 보낼 수 있을 만큼 큰 나무로 자란다고 한다. 오동나무를 잘라서 장을 만들 수 있을지는 모르겠지만 포도송이처럼 피어나는 보라색 꽃이 탐스러워 어릴 때부터 그 나무를 좋아했다. 그러나 아버님이 인사도 없이 사라지신 날이면 어김없이 나의 화풀이 대상이 되었다. 한양으로 옮겨와 버린 지금 그 오동나무로 혼수를 해 갈 수는 없겠지만 아직도 보랏빛을 좋아하는 것은 오동나무 꽃에 대한 기억 때문일 것이다. 보랏빛은 저세상에 계신 어머님과 늘 출타 중이신 아버님께서 그래도 한때는 나를 사랑하여 두 분이 같이 딸을 위한 나무를 심었다는 증표의 색깔이었다.

외유가 너무 길고 지나치게 바빠서 그렇지 아버님이 막상 집에 계실 때는 외동딸인 나를 더없이 아껴 주셨다. 그래서 그 부재가 더 미칠 것 같았던 것이다. 끼니때가 되면 어린 나를 무릎에 앉히고 손수 밥을 떠 먹이셨다. 백김치, 계란찜, 구운 김……. 상 위의 반찬을 골고루 올려 주셨으며 생선 가시도 잘 발라 주셨다.

밥을 먹고 나면 손을 잡고 산책을 나가셨다. 길을 가다 제비꽃이 보이면 멈춰 서서 보라색 꽃반지를 만들어 주셨고 등꽃이 피는 시절에는 어린 나로 하여금 잠시 그 아래에 서 있게 하셨다.

향기가 온몸에 스미라고.

사내는 묵묵한 서향이 나야 하며, 여인은 은은한 화향이 나야 한다 하셨다. 독한 분 냄새로 남자를 홀리는 것은 기품 있는 여인이 아니라고도. 늘 좋은 향을 가까이 두고 온몸에 저절로 그 냄새가 배게 하라 하셨다. 어머니 없이 자라고 있는 딸에게 여인의 몸가짐을 가르쳐 주신 것은 그때가 처음이자 마지막이었다.

"가장 신경 써야 할 것은 심향이란다. 몸의 향기보다 마음의 향기가 피어나야 해……."

심향.

깊은 울림으로 각인되는 단어였다.

산책에서 돌아오면 아버님께서는 사랑에 종이를 펴셨다. 사군자 중에 매화를 즐겨 그리셨으나 주로 글씨 연습을 하실 때가 많았다. 왜구의 침범이 하도 잦아서 전장의 피비린내가 지겨우니 서권기로 역한 냄새들을 다스린다 하셨다. 나는 아버님 옆에서 먹을 가는 것이 좋았다. 쉬운 일은 아니어서 손목이 새큰하고 허리도 아팠지만 어린 나도 뭔가 도움을 드릴 수 있다는 사실이 기뻤다. 아버님께서는 세상에서 우리 인엽이가 먹을 제일 잘 간다며 칭찬해 주셨다. 세상에서 제일 잘하는 일이 있다는 것은 얼마나 자랑스러운 기분인지.

가끔씩 아버님은 누군가를 그리다 말곤 했다. 여인의 얼굴, 여인의 복색. 한 번도 완성한 적은 없으나 늘 시도는 하셨다. 얼굴선을 그리고 눈동자를 찍다가 종이를 치워 버리고, 콧날부터 만지다가 붓질이 거칠어지기도 하셨다.

단 한 번도 완성하지 못한 그림……

단 한 번도 끝까지 그려내지 못한 얼굴. 나에게 무언가를 보여 주려 하신다는 것은 알았으나 차마 물을 수가 없었다.

누구를 그리시나요? 혹시 어머니의 얼굴인가요?

저녁상을 물리고 밤이 찾아오면, 아버님은 나를 안채에 누이고 잠들 때까지 한시를 읽어 주셨다.

好雨知時節(호우지시절)

좋은 비는 그 내릴 시절을 알고 있나니

當春乃發生(당춘내발생)

봄이 되면 내려서 만물을 소생하게 하는구나.

隨風潛入夜(수풍잠입야)

비는 바람 따라 살며시 밤에 내리나니

潤物細無聲(윤물세무성)

사물을 적시거늘 가늘어서 소리가 없도다.

野經雲俱黑(야경운구흑)

들길은 낮게 드리운 구름과 함께 캄캄하고

江船火獨明(강선화독명)

강 위에 떠 있는 배의 고기잡이 불만 밝게 보인다.

曉看紅濕處(효간홍습처)

날 밝으면 붉게 비에 젖어 잇는 곳을 보게 되리니

花重錦官城(화중금관성)

금관성에 만발한 꽃들도 함초롬히 비에 젖어 있으리라.

_두보의 〈춘야희우(春夜喜雨)〉

무슨 뜻인지 속 깊이 알 수는 없었지만 한시를 읽고 풀이하는 아
버님의 목소리는 한없이 다정하고 따뜻해서 안에 담긴 뜻이야 몰라
도 상관없었다. 세상의 어머니들은 자장가를 불러 주는 모양이지만
아버님이 읊어 주는 한시를 들으며 잠드는 아이에게도 행복은 있는
법이다.

다만 너무 짧은 행복이었다.

새벽녘에 아버님이 사라지신 날이면 나는 한 사나흘은 밥도 제대

로 안 먹고 식구들에게 심술을 피웠다. 유모가 얼마나 진심으로 나를 보살피는지 뻔히 알면서, 사월이가 누구보다 착하고 성실한 몸종인지 잘 알면서도 솟아오르는 분노와 상실감을 제어할 수 없었다. 어머니는 느껴 본 적도 없고, 아버지는 늘 사라지신다. 내 옆을 지키는 것은 언제나 내 맘대로 할 수 있는 하인들뿐.

그들은 복종하지만 나를 사랑하는 것은 아니었다. 나는 명령할 수 있을 뿐, 그들을 사랑할 순 없었다. 물론 그들에게는 진심이 있었다. 유모는 나를 딸처럼 여겼고, 사월이는 자매 같았다. 나 역시 그들에게 의지했다. 그러나 그들은 딸 같고 자매 같은 것이지 진짜 가족은 아니었다. 같은 계급도 아니었다. 우리 사이에는 신분과 위계라는 넘을 수 없는 제약이 있었다. 계급이 먼저지 사랑이 먼저는 아니었다.

외로웠다.

네 살 때부터 글공부를 시작하여 신동 소리를 듣던 이웃집 꼬마도령은 하루가 멀다 하고 울어 대는 나의 존재를 참아내기 어려웠던가 보다. 그날도 후원의 오동나무를 발로 차 대며 아무도 들어 주지 않는 울음을 서럽게 이어가는데 어디선가 도토리 한 알이 날아와 뒤통수를 맞췄다. 잠시 놀라서 울음을 멈췄던 나는 약이 올라서 더 큰 소리로 울어 대기 시작했다. 하나, 둘, 셋……. 날아오는 도토리가 점

차로 많아지더니 우박처럼 한꺼번에 도토리들이 쏟아졌다. 장독대에 올라선 이웃집 꼬마 도령이 나를 향해 던지고 있었던 것이다.

눈물은 쏙 들어가고 분노가 솟았다.

"왜 그래?"

"시끄러워서 공부를 할 수가 없다. 울고 싶으면 숨어서 혼자 조용히 울어. 아무도 듣지 못하게, 누구도 보지 못하게."

어린 마음에 뭔지 모를 부끄러움이 확 올라왔지만, 나는 고집 센 아이였다. 잘못했다는 말을 하는 법이 없고, 그 누구의 말도 듣지 않았다. 당하고만 있을 내가 아니었다. 언젠가 넘어진 나를 위해 손을 내밀어 준 적이 있을지도 모르는 그 아이를 향해 나는 닥치는 대로 뭔가를 던지기 시작했다. 옆집에서 날아온 도토리를 돌려보내는 것으로 모자라서 후원 구석에 뒹굴던 짱돌까지 마구 던져 버렸다.

쟁그랑!

장독 깨지는 소리가 났다. 심지어 그 아이의 이마에서는 피가 나고 있었다. 큰일이었다. 버릇없고 안하무인으로 구는 것 같지만 사실 나는 다른 사람의 눈치만 보는 어린애였다. 무슨 일이 생겼을 때 나를 지키고 보호해 줄 어른이 집에 안 계셨기 때문에. 하인들이야 그저 양반들 말에 네네 굽실거리기나 할 뿐 큰일이 생기면 내 편을 들어 줄 수가 없었다.

나는 본능적으로 그 자리에서 도망쳤다.

이웃집에서 잡으러 올까 봐 겁이 났던 나는 하루 종일 벽장에 숨어 있었다. 배가 고프지만 않았어도 다음날까지 숨어 있을 참이었는데, 저녁때쯤 되니 허기를 참을 수가 없어졌다. 모양새 없이 도로 나와 저녁상을 받았지만 이후로는 소리 내어 우는 일이 없어졌다. 옆집에 우는 소리가 넘어가면 당장이라도 누가 달려올까 봐 겁이 났던 것이다. 이마에 피를 흘리던 그 애는 죽었는지 살았는지……. 살았으면 다행이지만 만약 무슨 일이 생겼다면 꼼짝없이 내 탓이 될 판이었다.

불안한 나날들이 지나가는 가운데, 어느 날 우리 집 마당으로 강아지 한 마리가 들어왔다. 새하얀 털이 보송보송한 예쁜 녀석이라 사월이가 나에게 구경시켜 주겠다며 안채로 안고 왔다. 너무 작아서 녀석이 움직이고 있는 것이 신기할 정도였다. 유모의 말에 따르면 삽살개라고 한다. 신라 때에는 왕실에서나 키우던 귀한 종이었으나 고려조에 이르러 일반으로 널리 퍼졌다고 했다.

녀석을 품에 안았을 때, 나의 작은 가슴에 뭉클한 느낌이 들었다. 따뜻하고 보드라운 그것. 누군가의 손길을 필요로 하면서 한없이 품속으로 들어오는 강아지의 파고듦이 왠지 사무쳤다.

삶은 밤을 숟가락으로 이겨 주었다. 잘 먹었다. 내가 엄마가 된 기분이었다. 엄마를 가져 본 적 없으나 엄마가 된 기분은 뭔지 알 것 같았다.

"얘, 내가 키울래."

사월에게 선언해 버렸다.

"주인이 있을지도 몰라요. 찾으러 오면 내 줘야 해요, 아가씨."
"흥, 자기가 잃어버려 놓고 뒤늦게 찾으면 뭐해? 그런 주인은 얘도 필요 없을 거야. 빨리 이름 하나 지어 봐. 이름 붙여 주고 우리 꺼라 우기면 되지 뭐."

하지만 불행히도 우길 수가 없었다. 강아지의 주인은 도토리와 짱돌로 투석전을 벌인 바 있는 이웃집 꼬마 도령이었기 때문이다. 작은 번개 흉터가 생긴 이마를 하고서 우리 집에 강아지를 찾으러 왔다. 하인만 보내면 될 것을 굳이 동행까지 한 것을 보면 녀석을 애타게 찾고 있었던 모양이었다. 나는 지은 죄가 있어 별 대꾸도 못하고 강아지를 고스란히 내주고 말았다.

삐죽거리던 내 입 때문이었을까? 아니면 눈가에 그렁한 물기를 보았을까……. 꼬마 도령이 나가다 돌아섰다.

"보고 싶으면…… 보러 와도 돼."
"아가씨가 강아지 좋아하시는 모양인데 한 마리 나눠 드리세요. 어차피 다섯 마리 다 못 키워요."

도령을 모시고 온 그 집 가노가 거들었다. 꼬마 도령의 집에서는 키우던 개가 새끼를 다섯 마리나 낳았다고 했다.

"잘 키울 자신 있어?"

나는 고개를 끄덕였다.

"이 녀석은 문열이로 나온 놈이라 안 되고, 튼튼한 녀석으로 보내 줄게."

제때 밥 주고 냄새 나지 않게 잘 씻겨라, 매양 묶어 두지 말고 함께

놀아 주어라, 정해 놓고 제 어미와 만날 수 있는 시간을 줘야 한다, 말 못하는 짐승이라고 함부로 대하면 도로 가져가겠다 등등 수많은 약속과 다짐 후에 비로소 내 품에 강아지가 안겨졌다. 처음으로 가져 보는 온기 있는 동물이었다. 그리고 동무까지.

꼬마 도령의 이름은 은기였다.

강아지 상봉을 핑계로 이웃간에 왕래를 시작한 우리는 선혈이 낭자했던 과거는 없었던 일처럼 시치미를 떼고 각자 키우는 강아지의 엄마아빠로서 친분을 쌓아 갔다. 나보다 나이가 많은 사내아이를 오라버니라고 불러야 한다는 것도 그때 처음 알았다.

그는 나의 오라버니가 된 것이다.

시간이 지나며 돈독하던 이웃지간의 남매애는 남녀지간의 연모로 자라났다.

먼 훗날, 그가 자라서 이야기하기를 어린 날에 우리 집에 들어왔던 강아지는 나와 싸운 뒤에 일부러 대문 안에 들여보낸 것이었다 한다. 외로움을 앙탈과 울음으로만 풀어내는 나에게 강아지란 존재가 보여 주는 무조건적이고 헌신적인 사랑이 위로가 될 것이라 여겼단다. 우는 여자애를 달래 주기는커녕 도토리를 던질 만큼 무정한 사람으로 보이지만, 기실 그의 속내는 울지 말라는 말을 하고 싶은 것이었다. 내 사람이 되고 난 뒤에야 열어 보이는 진짜 따뜻함. 거기에 닿기 전까지는 추위를 감수해야 하지만 은기 오라버니는 그만큼의 가치가 있는 사람이었다.

오라버니는 부모님을 좋아하지 않았다. 결국 그도 외로웠던 것이다.

부모가 없는 나, 부모가 싫은 오라버니. 우리는 자라면서 서로에게 의지할 수밖에 없었다. 두 사람의 인연은 선택이 아니라 운명이었다.

그러나…….

나에게 있어 혼인이 꼭 좋은 일만은 아니었다.

오라버니의 신부가 된다는 것. 그것은 우리 집에서 떠나야 한다는 것을 의미했다. 홀로 되실 아버님을 생각하면. 내 마음은 바늘방석이었다. 아버님은 늘 나를 두고 가셨지만, 나는 아버지를 두고 갈 수가 없었다.

미래의 시모가 되실 정부인을 찾아가 데릴사위를 청했다. 은기 오라버니가 막내아들이니 부모님의 허락만 있으면 안 될 일도 아니라고 생각했는데, 정부인께서는 혼약을 깨는 한이 있어도 데릴사위는 안 된다며 노발대발하셨다. 그리고 실제로 혼약을 무르기 위한 행동에 착수하셨다. 병조 판서 허응찬 대감의 고명딸 윤옥에게 새로 혼담을 넣은 것이다.

함흥차사로 떠나신 아버님은 돌아오지 않으시고 나는 파혼을 당할 위기였다. 아버님이 계셔야 했다. 어머니 없는 설움도 지겨웠는데 이제 아버님마저 잃게 된다면…… 생각만 해도 내 생이 끔찍했다.

함흥으로 달려갔다. 가서 아버님을 모셔오는 것이, 아버님을 구해 내고 위기에 빠진 나의 운명을 구해 내는 것이 목표였다. 달리는 말 위에서 계속 고민했다. 어떤 말로, 그 무엇으로 얼어붙은 태상왕 전하의 마음을 녹일 수 있을 것인가. 내가 할 수 있는 일이 무엇인가.

나는 딸이다. 아버님의 딸이며 태상왕 전하의 백성이다. 그것에 호소하는 길밖에 없었다. 머리칼을 잘라 내어 태상왕 전하의 따님이신 경순 공주 이야기를 꺼냈다. 나의 속임수를 아시고도 태상왕 전하는 모든 것을 용서하셨다. 전하께서는 애초에 아버님을 처형할 마음이 없으셨다. 그저 당신의 울분을 토해 냈을 뿐이다.

전하는 상처받은 아비였다.

함흥 행궁을 떠나기 전까지 전하와 아버님께서 어떤 말씀을 나누셨는지 나는 모른다. 그러나 조선의 앞날에 관한 중요한 말씀들을 나누셨고, 아버님께 어떤 임무를 주셨다는 것 정도는 눈치 채고 있었다. 그러나 정말 추국관의 말대로, 덕구의 증언대로 고려의 잔당들과 손을 잡게 하신 것일까?

나라가 망하기도 하는데 집안이 망하지 말란 법은 없다. 왕족이었다가 하루아침에 수장을 당하기도 하는데, 반가의 여식이 하녀가 되지 말란 법도 없다. 그러나 그것은 어디까지나 남의 일이었다. 그런 비극의 당사자가 나 자신이 될 줄은 꿈에도 몰랐다. 모든 불행의 주인공들은 나와 같은 심정이리라. 우리는 살면서 행운만을 바라고 불운은 그저 비껴 갈 거라고 기대한다, 어리석게도.

아버님께서 새 나라 건설을 위해 역성혁명을 도모하실 때조차도, 저 일이 실패해서 우리가 죽게 되면 어쩌나 하는 걱정 같은 건 안 했다. 실패와 비극은 남의 일이고 우리 집은, 아버님과 나는 영원히 행복하게 잘 살아갈 줄만 알았던 것이다.

그들은 바로 내 눈앞에서 나의 아버지를 베었다.

새남터.

그곳에서 나의 생은 끝났다.

05
새로 온 하녀

- 단지

하녀가 새로 왔다. 우리는 하녀의 과거를 묻지 않는다. 그녀가 아는 얼굴이라면 더욱 더. 반가의 여식이면 무얼 하고 정경부인이면 무얼 하나. 어차피 여기서는 저나 나나 다 같은 종년인데. 신세 한탄? 그런 거 해 본 적 솔직히 없⋯⋯지는 않고 있다. 안방마님 분첩이, 작은 마님 노리개가, 윤옥 아가씨 꽃신이 탐났을 때, 나도 저런 걸 가질 수 있는 양반이었으면! 맘껏 치장해 볼 수 있는 반가의 여자였으면! 한탄이 가슴을 파고들었다. 그렇지만 장탄식 끌어 봤자 생기는 것도 없이 몸만 축난다. 바로 맘 고쳐먹었다. 인생 뭐 별것 있나? 한 세상 신간이라도 편하게 살아 보자는 게 내 신조다.

우리 엄마도 그랬다. 하녀였지만 팔자 고쳐 양반 댁 노인네 소실로 들어가 잘 먹고 잘 산다. 다만 자기 자식을 버리고 가서 그렇지.

하지만 다 이해한다.

그 노인네가 아무리 여자한테 혼이 나갔어도 누군지도 모르는 사내와 낳은 딸까지 거둬 줄 리는 만무했다. 더구나 나는 병판 댁 소속이 아닌가. 노비는 재산이지 사람이 아니어서 주인집 사정대로 식구들끼리 헤어지고 여기저기 팔려 가는 일이 비일비재했다.

다 이해하고 모두 받아들이지만······

가끔씩 엄마가 보고 싶다. 소식 한자 없는 게 원망스러울 때가 왜 없겠는가.

그러나 머리 한 번 흔들고 곧 잊어버린다. 원망은 품고 있으면 병이 된다. 나에게는 타고난 미모가 있지 않은가! 얼굴 예쁘지, 몸매 죽이지, 게다가 음식까지 잘하지······. 아무리 뜯어봐도 어디 하나 모자란 데가 없다. 누구라도 좋다. 구겨진 인생을 다리미처럼 좍좍 펴 줄 사내라면!

내 이름은 단지.

무엇이든 담을 수 있는 단지 그릇처럼 이 남자 저 남자 다 담을 수 있다. 그렇다고 아무나 담지는 않는다. 상대는 내가 고른다. 아무리 양반이라 해도 예외는 없다. 그러나 규칙은 하나 있다. 대감마님과 윤서 도련님은 열외라는 것! 왜냐고? 호랑이 안방마님에게 걸리는 날엔 끝장이니까. 팔자 펴려다 자칫 명석이라도 펴지는 날엔…… 으, 생각만 해도 끔찍하다. 소문에는 안방마님께서 젊은 날, 대감마님 소실을 쥐도 새도 모르게 죽여 버렸다는 말도 있다. 자기 남편도 아니고 설마 아들의 여자까지 죽이기야 할까 싶지만 안전제일! 조금이라도 위험 부담이 있는 모험은 사양이다. 세상에 남자가 하나밖에 없는 것도 아니고.

그러나 어디 마음먹은 대로 되는 게 세상일이던가?

윤서 도련님, 그분의 이야기를 해야겠다.

한 나라의 병권을 책임지는 병조의 수장 자리. 그 자리가 어떤 자리던가. 어쩌면 삼정승보다 더 중책일 수 있는 요직이다. 우리 대감께서 바로 그런 요직에 오르신 분이다. 새 임금의 신임이 두텁기로 유명하니 사랑은 조정에 줄을 대려는 지방 선비들과 문객들로 문전성시를 이루었다. 명문가 출신인 안방마님은 내조의 여왕 소리를 들을 만하다. 친정에서 물려받은 엄청난 유산을 몇 배로 불려서 오늘날 도성 내 손 꼽히는 자산가 소리를 들을 만큼 살림을 일구셨다. 이런 부모를 타고난 것은 분명 행운이나, 그릇이 안 되는 자식에게는 굴레이기도 하다.

우리 윤서 도련님이 그랬다.

학식 높고 유능한 부모, 반듯하고 부유한 가정, 그러나 당신들은 그 모든 것을 너무 쉽게, 혹은 당연하게 이루었기에 기준에 못 미치는 자식들에 대한 이해와 배려가 없었다. 누군 천자문을 한 달 만에 떼지만 어떤 아이는 일 년이 가도 버벅거리기만 하는 법이다. 윤서 도련님은 후자였다.

안방마님처럼 엄하지도 않은데 왠지 어려운 대감마님. 윤서 도련님은 아버지 앞에만 가면 말을 더듬었다. 안방마님 앞에서는 아예 말을 안 했다.

그는 때로 내 앞에서 눈물을 훔친다. 남자는 울지 않는다고? 천만의 말씀, 그들은 사내가 울면 안 된다는 굴레 때문에 아무도 없는 곳에서, 눈물을 보여도 욕을 덜 먹는 여자의 치마폭에 싸여 운다. 집안에서 가장 낮은 사람, 그 누구도 신경 쓰지 않는 하녀 앞에서만 그는 울 수 있었다.

내 이름은 단지. 속없이 무르기만 한 부원군 댁 사월이도 아니고, 개념 없는 별당 소속 개똥이도 아닌데 남자가 내 앞에서 눈물이나 찔찔 짠다고 치맛자락 걷어 올리는 얼치기가 아니다. 윤서 도련님은 내 앞에서 약한 모습을 보인 게 무안했는지 선물 공세로 체면치레를 하려 들었다. 나는 그의 눈물에 무너진 것이 아니라 그가 주는 선물에 무너졌다. 내가 하녀치고 쏠쏠히 재산을 모으게 된 데는 물심양면 그의 도움이 컸다고 볼 수 있다.

그러나……

밀월의 시간은 오래가지 않았다. 도련님께서 장가를 가시게 된 것이다. 이런 날이 올 줄은 알고 있었지만, 내가 받은 충격은 미처 예상치 못한 것이었다. 이런 느낌일 줄은 몰랐다. 마치…… 내 남자를 빼앗긴 기분이었다. 윤서 도련님은…… 내 남자였던 것이다. 하지만 나는 그저 종년. 백번을 양보할 수밖에 없다. 나의 마지막 희망은 도련님께서 장가를 가시고 나서 그분의 소실이 되는 것이다. 아무리 천한 종년이라 하나 나도 여인이었다. 마음껏 사랑하고, 소중하게 여겨지고 싶었다.

신부의 얼굴을 보고 나서 기대감이 한층 더 높아졌다. 아무리 양반이면 뭘 하나, 여자가 박색이면 그 일생, 소박이나 안 맞으면 다행이지. 내 마음은 밥물처럼 부풀어 올랐다.

도련님에서 작은 서방님이 되신 나의 정인은 장가간 뒤에도 나에 대한 마음이 변하지 않았다. 변하지 않은 것, 그게 문제였다. 나는 변했으니까. 나는 더 이상 작은 서방님의 숨겨진 여자로 살기 싫었다.

그가 총각 때 받은 선물은 사랑의 증표였지만 혼인한 뒤에 내미는 선물은 화대나 되는 것처럼 모욕적이었다. 언감생심 정실 자리야 꿈도 꾸지 않았지만 나는 믿었던 것이다. 작은 방 하나 내어 주고 첩살림 정도는 차려 줄 거라고. 장가간 뒤에도 나를 그저 잠자리 동무로나 삼으며 함부로 대할 줄은 꿈에도 몰랐다.

어느 밤, 그가 내미는 옥반지를 가만히 보고 있던 나는 그대로 일어섰다.

"차라리 창기한테 가세요. 화대를 받고 치마끈을 푸는 건 창기나 하는 일입니다."

그는 갑자기 무슨 소리냐며, 자기는 나밖에 없다고 종아리를 끌어안고 매달렸지만 나는 단호했다. 사람들이 나를 헤프게만 보는데 천만의 말씀. 어디까지나 오해다. 이래봬도 한 번 마음먹은 건 칼같이 지키는 자존심 있는 여자다. 나는 작은 서방님과 연을 끊었다. 허나 마음까지 쉽게 끊어지지는 않아서 그를 향한 복수로 세월을 보낸다. 가진 것 없고 힘없는 내가 할 수 있는 복수란 게 뭐가 있겠는가? 그저 그의 심정을 상하게 하는 일 외에는.

나는 아직도 나를 향해 몸이 달고 애가 끓는 작은 서방님을 제외

하고 다른 남자에게 몸을 주기 시작했다. 같은 종놈은 싫다. 그건 서방님과 나를 동시에 모욕하는 일이라고 생각한다. 적어도 나는 양반의 사랑을 받았던 몸이다. 왕의 여자는 왕이 죽은 뒤에도 남자를 만날 수 없다지 않는가. 나는 남자를 가려 만나며 나름대로 예를 차린 것이다. 내 실속과도 관계있는 문제긴 했지만.

수시로 드나드는 사랑채 손님 중 괜찮다 싶은 양반님네가 있으면 꾸준히 유혹의 그물을 던졌다. 솔직히 말하면 구태여 나서서 유혹할 필요까지도 없었다. 나 같은 하녀가 시중든다고 방 안에서 왔다 갔다 하면 고자 아닌 다음에야 무조건 음심이 동하게 마련이니까. 이왕이면 다홍치마, 종놈의 여자로 사느니 비록 소실이라도 양반의 여자로 살고 싶다. 작은 서방님을 상대로는 실패했지만 인생은 길고 청춘은 아직 끝나지 않았다. 우리 집 하인들은 하룻밤 노리개로 버려지는 것이 뭐가 좋으냐며, 양반 거시기나 종놈 거시기나 똑같은 거시기라고 비아냥거렸지만 뭘 모르는 소리. 양반이 재수 없으면 천것으로 떨어지지만 종놈은 죽어도 양반이 될 수 없다.

가진 게 없는 놈은 제 마누라도 못 지킨다. 아무리 금쪽같은 마누라, 토끼 같은 딸이어도 상전의 눈짓 한 번에 목욕시켜 방으로 들여보내는 모지리들이 얼마나 많은가. 안 된다고 반항이라도 해 보든가, 차라리 너 죽고 나 죽자 낫이라도 들어 보든가. 아내와 딸이 상전

방에서 물러나올 때까지 담배나 피우며 기다리는 게 그들이다. 지켜주지도 못했으면서 몸 버린 년이라고 이후로 매질이나 안 하면 다행이지. 버림을 받아도 양반 사내에게 당하면 그래, 신분이 다르니 어쩔 수 없지 포기라도 하는데 같은 종놈한테 차이면 기분 더 더럽다. 못난 놈의 한 여자로 평생을 지지리 궁상으로 사느니 잘난 놈의 여러 여자 중 하나로 때깔 나게 살겠다는데, 내가 뭐 틀린 말 했나? 손에 물 마를 날 없는 찬방 종년 주제에 뒷방 소실 자리라도 하나 꿰차면 그야말로 장땡 아닌가! 난 꿈이 소박한 여자다. 누가 정실 자리를 달래, 고래 등 같은 기와집을 달래. 그저 진 일 안 해도 되게 부엌에서 탈출만 시켜 달라는 거다.

헌데 아직은 그 누구도 안 걸린다. 죄다 하룻밤 춘정만 쌓고 다음 날이면 인사도 없이 떠나 버린다. 부원군 댁 몸종 사월이 년은 뭣도 모르면서 행실 조심하라고 종시 잔소리다. 정조 지켜 뭐하게? 기를 쓰고 지켜 봐야 양반 나리가 한 번 찍으면 알아서 바쳐야 한다. 내 몸이 내 것이 아닌데 지키려고 용 써 봐야 힘만 빠진다. 나는 달라기 전에 주고 대신 원하는 걸 갖는다. 그게 현명한 거다. 사월이처럼 살 생각은, 절대 없다. 생각만 해도 갑갑증에 목이 마른다.

새로 들어온 하녀는 초장부터 말썽이었다. 우리들 다 입는 하녀복을 못 입겠다고 버틴 것이다. 국인엽. 내가 자기 신발 한 번 신어 봤다고 신발을 버려라 말아라, 비단을 깔아라 말아라 난리를 치던 그 위인이었다. 덕분에 치도곤을 당하고 발목까지 나갈 뻔했는데 바로 그 국인엽이 하녀가 되어 눈앞에 나타난 것이다.

"늬들이 감히 어느 안전이라고!"

훗, 이 아가씨는 아직 상황 파악이 안 되는 모양이다. 자기가 아직도 양반집 규수인 줄 안다. 찬모인 차 상궁 마마가 깔끔하게 정리하셨다.

"안행랑은 하녀들의 숙소다. 동료들과 같은 옷 입기를 거부했으니 너는 여기 머무를 자격이 없다. 달리 마땅한 처소가 없으니 한뎃잠을 자는 수밖에."

그 한마디에 인엽의 숙소는 헛간으로 결정되었다.

"그 누구도 이 아이한테 억지로 강요할 거 없다. 다 저 하구 싶은 대로 놔둬. 다만, 자기 행동에 책임만 지게 하면 되는 것이다."

과연, 구중궁궐에서 수백 명의 나인들을 관리하던 상궁 출신다웠다. 아무도 끽 소리 못하는 해결책이 아닌가. 인엽은 분했겠지만 어쩔 도리가 없었다. 하녀 복을 입든가, 아니면 헛간에서 자야 했다. 죽어도 자존심을 버릴 수 없는 그놈의 양반 근성은 하녀 복을 입느니 헛간에서 자겠다는 최악의 선택을 하게 만들었다.

윤옥 아가씨는 국인엽이 우리 집에서 보내는 첫날밤을 헛간에서 자게 되었다는 소식에 고소를 금치 못하셨다.

"원래대로라면 한창 신혼의 단꿈에 부풀어 꽃잠 자고 있을 때가 아니냐. 신랑이 옷고름도 못 풀어 주고 헛간에서 신부 혼자 독방이라……. 참으로 기구한 팔자로구나."

윤옥 아가씨는 나락으로 떨어진 적수의 비참한 꼴을 직접 목격하기 위해 이불을 한 채 준비시키셨다. 동정을 빙자한 야유가 목적이었다.

"그래도 옛정이 있는데 마냥 모른 척할 수가 있어야지. 이불이라도 좀 덮으라구."

천장은 거미줄투성이에 짚더미 안에서는 벌레들이 스멀거리며 기어 나왔다. 헛간 안의 인엽은 몸서리가 쳐진다는 얼굴로 등도 못 붙이고 어디 앉지도 못한 채 그냥 서 있었다.

"내가 궁금한 게 있는데…… 좀 물어봐도 될까?"

윤옥 아가씨는 아주 순진한 얼굴로 정말 궁금하다는 듯 잔인한 질문을 던졌다.

"우리 집 하녀가 된 게 속상해, 아님 첫날밤도 못 치르구 깻박친 혼례가 더 속상해?"

인엽이 모욕을 참느라 입술을 깨물었다. 붉은 피가 금방이라도 뚝 하고 떨어질 것만 같다.

"옛정이 있다 했니?"

반말이었다. 아무리 신분이 바뀐 지 얼마 되지 않았다지만 엄연한 상전을 앞에 두고 오만방자한 반말이라니. 이건 막 가자는 얘기다.

"깨알만큼이라도 그런 게 남아 있다면, 차라리 나를 모르는 척해 주는 게 예의가 아닐까?"

가만히 보고 있던 아가씨가 느닷없이 뺨을 쳤다. 인엽의 고개가 돌아갔다. 반말은 해도 그 이상은 할 수 없었던가 보았다. 제 처지에 대해서, 적어도 그 정도는 인지하고 있다는 말이다.

"예의? 상전에게 반말 짓거리가 예의냐? 똑바로 알아 둬. 나야 너를 동정할 수 있지만 네가 가져야 할 건 윗전에 대한 복종뿐이라는 거!"

그녀의 눈가에 차오르는 것은 무엇이었을까? 단순한 눈물이 아니었다. 앞으로 자기가 살아 내야 할 길고 긴 모멸의 세월에 대한 예감 같은 거였다.

그녀에게 이불이 던져졌다. 윤옥 아가씨는 다시 친절한 말투로 되돌아갔다.

"기어오르지만 마. 그거만 조심하면, 난 아주 너그러운 상전이니까."

헛간을 나왔다. 조소로 가득 찬 그 속에 인엽을 홀로 남겨 두고.

06
사랑의 역사

- 은기

아버지는 종종 집을 비웠다. 어쩌다 집에 계실 때에도 사랑에 가
득한 객들과 밀담을 나누느라 한창 자라고 있는 자식들은 뒷전이었
다. 안채의 부인은 말할 것도 없었다. 그 시대 어느 아비가 그러지 않
았으랴. 이 땅이 격변의 소용돌이에 휘말려 있던 때였다. 고려 왕조
가 무너지고 조선이라는 새 나라가 세워지던 때. 사내라면, 더구나
벼슬길에 나아가 있는 사대부라면 지나간 왕조의 편에 서든 새로 일
어서는 이성계 장군 쪽에 서든 간에 양단간에 결단을 해야 했다. 어
느 편이든 하루하루가 긴박하게 흘러가는 정세의 물결에서 자유로
울 수 없었다. 나라가 서야 가정이 서는 법. 망하는 나라의 강에 배를
띄울 것인가, 새로운 물결을 탈 것인가! 온 나라의 가장들이 각자 자
기 몫의 명운을 걸고 엄청난 도박을 하고 있었다.

1392년 7월 16일, 마침내 고려는 역사 속으로 사라져 갔다. 자기 손으로 500년 왕업을 닫을 수 없다며 망조가 든 나라의 왕이 되기를 한사코 거부했던 공양왕. 울면서 울면서 용상에 올랐던 고려의 마지막 왕은 내려올 때도 울면서 내려왔다고 전한다. 대비전에서 강탈하다시피 빼앗은 옥새를 들고 배극렴을 위시한 문무백관들이 이성계 장군의 집으로 찾아갔을 때, 마침 점심때라 찬 물에 밥을 말아 먹고 있었던 그는 몹시 당황했다. 갑자기 몰려온 대신들을 보고 놀라서 대문을 굳게 걸어 잠그고 나오지도 않았다.

땡볕 아래 대문이 열리기를 기다리던 신하들은 격렬하게 권하고 적극적으로 나서는 것이 새 임금에게 충성을 보일 수 있는 길이라 여겼다. 하여 참람하게도 대문을 부수고 들어갔다. 장군의 사저가 대궐이라도 되는 양 마당에 백관들이 도열하여 새 임금을 향해 부복했다. 몇 번이고 사양하던 장군이 마침내 떨리는 손으로 대보를 받으니 이로써 조선의 창업 군주가 되시었다.

나의 아버지 역시 그 왕권 교체의 현장에 계셨다. 하루 종일 계속되는 정권 이양의 실랑이 때문에 연일 집에도 못 들어오시던 나날, 지아비가 그렇게 국운이 갈리는 역사의 거대한 흐름을 만들어 내고 있을 때, 나의 어머니는 안방 병풍 뒤에 이부자리를 펴고 계셨다. 겉치마는 둘렀으되 저고리는 속옷 차림이라 어린 내 눈에도 분위기가 묘해 보였다.

"어맛, 깜짝이야! 넌 왜 기척도 안 하고 다니니!"

어머니는 묻지도 않았는데 서둘러 변명을 늘어놓았다.

"내가 머리가 좀 아파서 누워 있으려 그런다. 걸리적거리니까 넌 그만 나가 있어. 글을 읽든지, 밖에 나가 동무들이랑 놀든지."

나는 자리에서 움직이지 않았다. 어머니가 바로 역정을 내셨다.

"아, 나가 있으란 소리 안 들리느냐!"

나는 알고 있었다. 어머니가 사내를 맞을 준비를 하고 있다는 것을. 그 사내는 물론 아버지가 아니었다. 어머니의 방에 드는 사내는 우리 집에서 얼굴이 가장 반반한 하인일 때도 있었고, 양반가를 돌아다니며 이야기를 들려주는 얘기꾼일 때도 있었다. 방물장수가 여장을 하고 들어갈 때도 있었고, 아버지를 찾아온 시골의 젊은 선비가 홍조 띤 얼굴로 눈치를 보며 들어갈 때도 있었다.

의심을 피하고 싶었던 어머니는 종종 나를 이용한 거짓말로 위기를 모면했다. 은기랑 있었어요, 그렇지? 은기 데리고 어딜 갔었어요.

애한테 물어보세요……. 아버지는 별다른 질문 없이 어머니의 거짓 말에 넘어가 주었다. 사실 아버지는 어머니가 하는 말이 진짠지 아닌지 관심조차 없었다. 아버지는 어머니가 어떤 생각을 하고 무슨 짓을 하는지 신경도 쓰지 않았다. 그의 관심은 오로지 대문 바깥을 향해 있었다. 세상에서 무슨 일이 일어나고 있는지. 고려의 유신이 되어야 할지, 새 나라의 기둥이 되어야 할지 같은 중대 사안을 결정 해야 했기에 정작 집 안에서 일어나는 사소한 일들에 신경 쓸 겨를 이 없었던 것이다.

어린 나는 아버지가 밖에서 무슨 일을 하시는지 알 수 없었던 것 처럼 어머니가 방 안에서 무슨 짓을 하는지도 알 수 없었다. 그러나 뭔가 막연하게 기분이 좋지 않았다. 그 방이 불쾌했고, 그 시간이 불 온했고, 그 방을 드나드는 사내들에게 살의가 들었다. 사내들이 들어 왔다 나가고 나면 나른하게 널브러져 있는 어머니도 보기 싫었다.

그날은 누가 왔던가. 얘기꾼이었던가, 방물장수였던가…….

아무도 없는 후원에서 온몸을 태우는 불쾌한 기운을 애써 참고 있 는데 분노에 기름을 붓듯 짜증스러운 계집애 울음소리가 들렸다. 또 냐? 안 봐도 빤했다. 옆집 사는 꼬마 계집애는 성깔이 장난 아니었 다. 한번 울기 시작하면 몇 시간을 질기게 끌고 뭔가 비위에 안 맞으면 사나흘은 족히 심술을 피웠다. 어머니께서 이르시길 그 아이가 편부 슬하에서 버릇없이 자란 탓이라 했다. 어머니가 없는 아이. 나는 순간 그 아이가 부러웠다. 이상한 짓 하는 어머니도 없는데 쟤는 뭐가 불만이라고 저렇게 울어 대는 거야! 돋워 놓은 장독대에 올라가 이웃집 담장을 넘겨다보니 가관이었다. 몸종들도 지쳤는지 모두 도망가고 아무도 없는 데서 계집아이 혼자 몸부림을 치며 울고 있었다. 순간 깨달았다. 저 아이는 우는 것 말고는 길을 모르는구나. 제가 원하는 바를 다른 이에게 전달할 줄 모르는구나.

울음을 그치게 하려면 관심을 끌 만한 움직임이 있어야 했다. 장독대 한쪽에 말리려고 널어놓은 도토리 알들이 보였다. 하나를 던졌다. 빗나갔다. 두 번째 알을 던졌다. 계집애의 뒤통수를 정통으로 맞췄다. 울음이 뚝 그쳤다. 가짜 울음이니 맺고 끊기도 쉬웠을 것이다. 내가 던진 것을 알았을까? 곧 이어 더 큰 울음이 터졌다.

"울고 싶으면 숨어서 혼자 조용히 울어. 아무도 듣지 못하게, 누구도 보지 못하게."

이런! 마음과 달리 말이 차게 나갔다. 계집애의 눈에 분기가 서렸다 싶은 순간, 내가 던진 도토리 알들이 반격으로 날아왔다. 거기다 돌멩이까지 더해져서. 장독이 깨지고 이마에 피가 났다. 예상치 못한 사태에 겁이 난 계집애는 눈치를 보다 냅다 도망가 버렸다. 달려온 하인들에게 나는 옆집 계집애 얘기는 하지 않았다. 장독은 내가 깬 것이 되었고 소동에 놀란 어머니는 사내를 돌려보냈다. 어쨌든 목적은 달성된 셈이다.

내가 어머니를 미워했다고 해서 반대로 아버지를 좋아했을 거란 추측은 금물이다. 아버지. 그분에게 내가 느낀 감정은…… 사랑이나 존경은 아니었다. 정직하게 말해서 두려움에 가까웠다. 아버지는 좋아하거나 싫어할 수가 없는 사람이다. 누군가를 좋아하거나 싫어하려면 일단 그가 어떤 사람인지를 알아야 한다. 그래야 호감과 비호감이 생기고 그 감정에 따라 상대방을 대하는 나의 태도를 결정할 수 있게 된다. 아버지는 일반적으로 그런 판단이 가능한 사람이 아니었다.

아버지는 집에서 거의 말이 없었다. 말수가 적은 천성 때문이 아니라 머릿속으로 너무 많은 생각이 지나가는 탓에 그걸 입 밖으로 꺼낼 틈이 없는 사람이라고 보는 게 맞을 것 같다. 밖에서 보이는 아버지의 모습은 다양했다. 근엄하고 자애롭고 활달하고 다정하고 기민한 여러 가지 모습을 연출했다. 일관된 상이 있는 게 아니라 상대하는 사람에 따라서 분위기가 달라졌다. 식구들은 두려울 수밖에 없었다. 아버지가 무섭게 굴어서가 아니라 도무지 어떤 게 그의 진짜 모습인지를 알 수 없었기 때문에. 어머니가 다른 사내에게 눈을 돌린 것은 그런 불안감에서 도망가고 싶은 안간힘이었을지도 모른다는 이해는 먼 훗날 내가 어른이 되어 사랑의 아픔을 충분히 겪어 본 후에 든 것이다.

속을 알 수 없는 아버지와 부정한 어머니 속에서 나는 말수 적은 아이로 자랐다. 비밀을 품은 아이는 말이 많아질 수가 없다. 언제 어떻게 비밀이 튀어나올지 몰라 매사를 조심해야 하기 때문이다.

신분이 미천한 하인들 사이에서도 나는 모멸감을 느꼈다. 이들은 어머니의 부정을 알고 있다. 뒤에서는 어머니를 비웃고 나를 비웃고 있을 것이다. 나는 조심하지 않아도 되는 사람, 나를 뒤에서 비웃지 않을 동무가 필요했다.

그 아이는 누구를 필요로 할까? 세상을 향해 그토록 울어 대는 것은 제 안에 쌓인 설움을 알아 달라고 하는 것이겠지.

삽살개가 새끼를 낳았다. 하얗고 고물고물한 것들이 다섯 마리. 보고 있으면 마음이 평화로워지는 보물들이었다. 나는 최초로 어미 문을 열고 나오느라 제일 비실거리는 첫째를 그 애가 사는 이웃집에 들여보냈다. 잃어버린 강아지를 찾으러 가는 척하고 그 집에 가 보니 계집애는 벌써 강아지에 푹 빠져 있었다. 계집애의 이름은 인엽이라 했다.

인엽은 주인만 따라다니면서 한결같은 충심을 보여 주는 강아지에게 정을 붙였다. 정을 주는 존재가 생기니 마음의 문이 저절로 열렸다. 심술꾸러기 울보 안에 숨어 있던 사랑스러운 소녀가 꺼내진 것이다.

아이는 자라서 소년이 되고 소년은 금방 어른이 된다. 내가 의사 표현을 제대로 할 수 없는 어린애였을 때 처신에 절도가 없었던 어머니는 내 턱에 수염이 나기 시작하면서 아들을 껄끄러운 존재로 인식하기 시작했다. 어머니의 불륜은 더욱 은밀해졌고 아들이 무엇을 기억하고 어디까지 아는지를 몰라 늘 살피는 눈으로 나를 관찰했다.
걱정하지 마세요, 어머니. 당신의 흠결은 곧 저의 치욕이니까요.

어머니는 편부 슬하의 인엽이 마음에 안 들었지만 감히 내가 원하는 혼사에 반대 의견을 표하지 못했다. 드러내 놓고 말하지는 않았지만 어머니는 아들에게 약점을 잡힌 셈이다. 평생 가는.

아버지는 다르다. 나에게 약점을 잡힌 일이 없다. 그래서 늘 당당하게 아버지의 권리를 행사하신다. 때로는 월권까지.

신랑신부 맞절 올리다 영문도 모르고 끌려와 옥사에 갇히는 몸이 되어서도 나는 마음 한구석 믿는 데가 있었다. 아버지가 손 놓고 구경만 하지는 않으실 거라는. 역시 나는 아버지를 모른다. 아버지는 단 한 번 나를 찾았을 뿐이다.

"잘 들어라. 국문이 끝날 때까지, 나는 널 모른 척할 것이다. 아비가 찾아오는 것도 이게 처음이자 마지막이야."

아버지의 목소리에서 찬바람이 부는 것 같았다. 당황스럽게도 눈시울이 뜨거워지려 하고 있었다. 서운했다. 결국 잘난 척하던 나 역시 평범한 보통 아들들의 속내를 지니고 있었던 것이다. 아버지에게 칭찬받고 싶어 하고 어려운 일이 있으면 기대고 싶은.

"부원군의 가노인 덕구의 토설로 만월당의 산채를 알아냈다. 이미 토벌대가 떠났으니 조만간 진상이 밝혀질 것이야."
"모함입니다. 부원군의 충심은 아버님께서 너무나 잘 알고 계시지 않습니까!"
"고려의 멸망을 보고도 모르느냐? 그까짓 충 따위…… 인간의 욕망 앞에서는 언제든 쉽게 버려지는 것이다."
"아버님!"
"아무 소리도 하지 말고, 그 누구도 입에 담지 말고 조용히 있어! 그게 네가 살 길이야."
"인엽이는요, 인엽이는 어찌 되는 것입니까."

아버지의 목소리는 더욱 차게 가라앉았다.

"네 걱정이나 해라."

합쳐서 일주일을 못 채운 옥살이였지만 내 생에 가장 길고 답답한 시간이었다. 어머니는 내가 소풍이라도 온 줄 아시는지 하루 세끼를 열심히 챙겨 보내셨다. 바우가 들고 온 바구니를 볼 때마다 속이 터져 나갈 것 같았다. 고기 산적에, 주먹밥, 모양낸 전에 과일까지…… 옥리들 보기가 민망할 정도였다. 입맛이 있을 리 없는 내가 그들에게 바구니를 양보하면, 옥리들은 한 달은 굶은 듯이 순식간에 음식을 해치웠다. 밥 배달을 온 바우에게 부원군과 인엽의 소식을 물었지만 잘 모른다는 대답뿐이었다. 바우의 눈동자에 어린 두려움의 빛으로 보아 아버지에게 단속을 당한 듯했다.

현실적으로 부원군이 역모의 혐의를 피하기는 어려워 보였다. 나는 인엽의 생사 여부를 알지 못해 입안이 바짝바짝 말랐다. 역모에 휩쓸리면 삼족을 멸하게 되지만 인엽이는 여식이었다. 여식까지 사사(賜死)하는 경우는 드물었다. 어떻게 해서든 인엽이라도 살려야 했다. 그러나 나는 옥사에 갇혀 있지 않은가. 국문도 안 할 거면서 나를 왜 이리 가둬 두는 것인지…….

순간, 섬광처럼 머리를 스치는 생각. 나를 가둬 두는 것은 의금부가 아니라 아버지라는. 나에게 혐의가 있으면 국문을 했을 것이다. 혐의가 없으면 풀어 줬을 것이다. 정 3품 판서의 아들을 이리 대우하지는 않는 법. 나를 가둬 두는 사람은 아마도 아버지일 것이다. 부원군과 인엽의 처리가 끝날 때까지 나의 경거망동을 막기 위해 죄인 취급하며 잡아 두는 게 틀림없었다.

나는 포효했다. 더 이상 무기력하게 옥사에만 앉아 있을 수는 없었다. 벽에 머리를 찧었다. 옥문을 향해 돌진했다. 살갗이 터져도 좋았다. 뼈가 부러져도 상관없었다. 인엽을, 나의 신부를 구하러 가야 했다.

나의 몸부림이 상부에 전해지고, 결국은 아버지가 나를 데리러 오셨다. 그러나 끔찍한 소식과 함께였다.

"부원군은 참수당했고, 인엽이도 죽었다."
나는 내 귀를 의심했다.

"뭐, 뭐라 하셨습니까?"
"다 죽었다고."

심장이 멎는 것 같았다.

"전하께서 네 무고함을 아시고 너만은 특별히 사은을 내려 주셨어."

전하고 뭐고, 사은이고 뭐고 그런 건 하나도 상관없었다. 나는 악을 썼다.

"인엽이는요!"
"국 씨 집안과의 혼례는 없었던 일이 될 것이며 차후로 그 집안과 관련된 모든 일을 불문에 붙이기로 하셨다."
"그게 무슨 말씀이십니까?"

아직 혼례도 다 못 치렀는데…… 족두리도 못 내려 줬는데…… 죽다니…… 내 신부가 죽다니……. 믿을 수 없었다. 믿어서는 안 되었다.

나는 아버지를 이리도 모르는데 아버지는 나를 너무도 잘 알았다. 가노들이 허약해진 내 몸을 가격했다. 순순히 귀가하는 것이 어려우리라는 것을 미리 짐작하시고 납치하듯 나를 데려가셨다.

악몽이 시작되었다.

탕약 속에는 정신을 혼미하게 하는 약이 들어 있었다. 나는 며칠 동안 정신을 못 차리고 앓아누웠다. 한심한 일이었다. 가수면 상태의 혼미함 속에서 시간이 흘러갔다. 꿈속에서 인엽을 보았다. 우리가 자주 만나곤 하던 대숲이었다. 그 숲에서 인엽에게 언약의 반지를 건네었는데…….

"혼인 전이니까 아직은 하나만 낄 수 있어."

쌍으로 된 가락지는 결혼한 부인들이나 끼는 것이다. 나는 인엽의 가녀린 손을 잡고 약지에 반지를 끼워 주었다.

"예쁘다……."

똑같은 반지가 하나 더 있었다.

"혼례 올리고 나면, 이거까지 해서 가락지로 만들어 줄게. 그때까지는 하나씩 나눠 끼고 있는 거야."

나는 새끼손가락에 언약 반지를 끼웠다. 우리가 같은 반지를 끼고 있는 것이 흐뭇했다. 그러나 부원군을 함흥에 보내고 노심초사하고 있는 인엽은 걱정이 많았다. 우리 부모님께서 다른 혼처를 알아보기 시작한 것도 그녀의 불안을 부채질하고 있었다.

"가락지 만들 수 있는 날이…… 올까?"

"정인들 사이에 제일 중요한 게 뭔지 알아? 믿음이야. 날 믿어. 나를 못 믿겠다면, 우리가 나눈 시간과 애정을 믿어. 이미 지나간 것은 변하지 않으니까."

반지 낀 손을 서로 마주 잡는 대목에서 소스라쳐 깨어났다. 내 앞에 인엽은 없었다. 다만 새끼손가락에 나눠 낀 반지만이 우리가 나눈 시간이 그저 꿈이 아니었음을 말해 주고 있었다.

부원군의 죽음은 인정하고 싶지 않아도 생생하게 실감이 났다. 숭례문 밖에 참수당한 부원군의 머리가 효수되어 있었기 때문이다. 그러나 그 어디에서도 인엽이의 시신은 찾을 수가 없었다. 부원군의 딸이 죽음을 당했다는 소문도 없었다.

나는 인엽의 죽음을 믿지 않기로 했다. 그녀의 행방을 찾아내는 것이 급선무였지만, 일개 서생에 지나지 않는 내가 얼마나 무력한 존재인지를 철저히 깨달았을 뿐이다. 아버지의 협조가 없으면 관의 도움을 받을 수 없고 가노들조차 제대로 부릴 수 없는 나는 별 수 없이 낮에는 효수터를 지키고 밤에는 폐허가 된 인엽의 집을 지켰다.

인엽이 살아 있다면 부친의 시신을 거두려 하지 않겠는가. 도성에 있다면 자기 집에 한 번쯤은 와 볼 것이라는 게 내 짐작이었다. 불확실한 기대 속에 밤낮으로 그녀를 기다리며, 나는 살아갔다. 그녀가 정말로 죽었다면 나 역시 따라가면 그만이다. 그녀가 살아 있을 거라는 기대와 희망이 이 삶을 이어 가게 하였다.

07
부치지 못한 편지

- 인엽

목 놓아 울었습니다. 우물가에서 끝없이 세수를 하며 눈물을 감추
었지만 통곡이 손가락 사이로 빠져나갑니다. 나는 무엇이 슬픈 걸까
요. 다시는 보지 못하리라 여겼던 당신, 꿈에서나 볼 수 있었던 당신
을 다시 만난 것이 슬픈 걸까요, 초라한 내 모습이 슬픈 걸까요.

효수터에 서 있던 당신. 나는 당신을 한눈에 알아봤습니다. 얼굴
이 전보다 야위었지만 그 깊은 눈빛은 여전하고 늠름한 자태도 변함
이 없었습니다.

나는 앞으로 나아가지 못했습니다. 뒤돌아 뛰어가지도 못했어요.
내 발은 바닥에 붙어 버린 것만 같았습니다. 어쩌면 이런 걸 바랐는

지도 모르죠. 당신에게 달려갈 용기는 없지만, 당신에게서 도망치기에도 미련이 남아 당신이 먼저 나를 알아봐 주고, 당신이 먼저 손을 내밀며 달려와 주기를 간절히 바랐는지도.

그러나 당신은……

당신은……

나를 알아보지 못하셨습니다.

고운 꽃신 대신 짚신을 신은 나를, 나비 날개 같은 삼회장저고리, 스란치마 대신 민저고리에 두루치를 아무렇게나 둘러 입은 나를, 씻지도 못하고 헛간에서 자느라 온몸에 역한 냄새가 밴 나를, 잔머리가 사정없이 삐져나와 동네의 미친 여자처럼 보이는 나를, 입술이 부르터서 병자 꼴이 다 된 나를, 끔찍한 일들을 순식간에 너무 많이 겪어 내느라 십 년은 늙어 버린 나를, 빨래와 걸레질 때문에 손등이 곱아 터진 나를……

당신은 알아보지 못하셨습니다.

멍하게 서 있는 소녀를 그냥 스쳐 지나가셨지요. 나는 깨달았습니다. 당신이 아는 인엽은 이제 이 세상에 없다는 것을. 나는 그저 얼굴도 모르고 이름도 알 필요 없는, 하고 많은 하녀들 중 하나일 뿐이라고.

그래요. 당신이 나를 알아보지 못해서 슬펐습니다. 당신이 나를 그저 스쳐 지나가서 쓰라린 것이었어요. 내 가슴은 찢어졌고…… 아마도 이 너덜거리는 아픔을 영원히 간직하며 살아가야 하겠지요.

내가 겪지 못한 일이 무엇입니까.

내가 아직 보지 못한 것이 무엇이겠습니까.

나는 아버님의 참수 현장에도 있었고 심지어 아버님의 머리가 효수된 것도 목격해야 했습니다. 혼례 도중에 끌려와 옥살이를 해야 했고, 지금은 천하디 천한 하녀 신세. 세상에 더 이상 놀랄 일은 남아 있지 않다 여겼었지요. 그러나 이 쓰라림은 또 새로운 아픔입니다. 삶은 저에게 아직도 낮아지라 하네요. 저는 이 지경이 되어서도 오만했던 것입니다, 여전히.

변명을 하자면……

당신은 내 마지막 희망, 최후로 남아 있는 보루였습니다. 온 세상이 나를 버려도 당신만은 나를 지켜 주리라, 사람들이 다 나를 잊어도 당신만은 나를 기억하리라…… 그렇게 믿었습니다. 당신을 찾아가지는 않았지만, 매달리지도 않았지만 그 생각이 나를 버티는 기둥이었고 그 믿음이 나를 살게 하는 원천이었습니다.

그러나 당신은 나를 알아보지도 못하였습니다.

당신이 사랑한 사람은 누구였나요? 나의 무엇을 귀히 여기셨나요…….

초승달 같은 눈썹에 마늘쪽 같은 콧날, 좀처럼 웃지 않다가 당신 앞에서만 까르륵거리던 입술을 사랑한다 하셨던가요. 비단옷을 입고 꽃신을 신었을 때만 저를 어여쁘다 하신 건가요. 이렇게 아무것도 아닌 저는 당신의 눈길을 잡을 수가 없나요?

나를 그대로 스쳐 지나갔던 당신. 그러나 당신의 망막에 남은 나의 표정이, 원망하는 듯 애타하는 듯 체념하는 듯 복잡한 눈빛이 아마도 당신을 뒤돌아보게 하였을 테지요. 당신은 그제야 나를 알아보았습니다. 이렇게 남루해진 나를.

나는 성황당에 목을 매고도 끊어 내지 못한 구차한 목숨을 저주했습니다. 그래요, 저는 죽으려 했었어요. 살고 싶지 않았습니다. 내가 가진 모든 것을 다 잃은 채로는 살아갈 자신이 없었습니다. 방법을 몰랐어요. 슬퍼하는 일만으로도 평생이 다 갈 것 같은데 하녀로서 해야 할 노동은 감당이 안 되는 버거운 것들이었습니다.

당신의 꽃 같은 신부였던 저는 노비가 되었습니다. 방에서도 잘 수 없어 헛간에서 지내야 했던 밤, 그렇게는 살 수 없었어요. 살고 싶지도 않았지요. 그래서였습니다. 저는 생을 놓으려 했습니다. 죽음을 선택하는 것조차 내 몫이 아닌 것을 모르고서.

자결은 인간만이 할 수 있는 선택입니다. 이제 노비의 신분, 누군가의 재산일 뿐인 저로서는 스스로의 생명조차 뜻대로 할 수 없었어요. 저는 이제 말이나 소보다 값이 헐한, 하찮은 계집종일 뿐이니까요.

병판 댁 수노 무명이란 자가 가르쳐 준 진실입니다.

저는 이제 사람이 아니었습니다. 병판 댁 재산이었습니다. 하여 그자는 저를 구했습니다. 노비의 자결은 재산 손실에 해당하는 일이라 수노로서 묵과할 수 없는 일이라더군요.

그날 저는 당신을 보았어요.

당신은 몰랐겠지만.

나락으로 떨어진 스스로의 처지가 가늠되지 않아 정처 없이 걷던 밤이었습니다. 어느새 우리 집 앞이었어요. 눈이 부실 만큼 화사했던 행복의 기운은 모두 사라지고 쑥대밭이 되어 버린 집을 보고 섰노라니 금부에 잡혀가던 그날의 악몽이 생생하게 살아났습니다. 바로 우리가 혼례를 올리던 그날, 신랑 신부로 한껏 행복하던 그날이……

그리고 환영처럼 당신을 보았어요. 엎어져 뒹구는 혼배상 옆에서 무릎을 꺾은 채 서 있던 당신을. 당신이 울면서 가슴에 품고 있던 도투락댕기는 제 것이었습니다. 아마도 끌려가는 서슬에 떨어졌던 게지요. 차마 아는 척을 하지 못하고 돌아 나오는 길, 인기척을 들은 당신이 퍼뜩 고개를 들었습니다. 그날, 당신이 애타게 불러 대던 제 이름.

인엽아…… 인엽아…….

귀신이라도 좋으니 나타나 달라고, 영이라도 좋으니 한 번만 모습을 보여 달라고…… 당신은 울부짖었습니다.

당신 아버님만 아니었어도 저는 그날 당신 앞에 모습을 드러냈을 겁니다. 당신의 부름은 제 가슴을 찢어 놓았지요. 당신의 울음이 내 영혼을 흔들었습니다. 나는 달려가고 싶었습니다. 당장이라도 그 품에 안겨 들고 싶었습니다. 흘러내리는 눈물을 닦아 주고 싶었어요. 나 여기 있다고, 내가 왔다고 당신에게 외쳐 주고 싶었습니다. 그러나 성치도 않은 몸으로 사라진 아들을 찾으러 온 당신의 아버님은 저의 존재 자체를 부정하셨지요.

"인엽인 죽었다니까!"

당신 앞에 나서려던 저는 얼음처럼 굳어 버리고 말았습니다. 당신 집안에 저란 존재는 그런 것이었습니다. 이미 죽은 사람, 살아서는 안 될 사람, 사라져 버려야 할 신부.

"새 나라를 위해 평생을 바치겠다던 너의 포부는 어디로 간 게야! 백성들을 위해 살겠다던 네 꿈은! 가문의 자랑이 되고 싶다던 효심은!"

부친의 호통에 당신은 그저 눈물만 흘리고 있었습니다.

"부원군 집안의 멸문은 이 아비도 가슴 아프다. 하지만 내게는, 죽은 남의 집 딸보다 살아 있는 내 아들이 귀해. 걱정하는 네 어미를 생각해서, 방황은 이쯤에서 그만 접거라."

저도 모르게 뒷걸음질을 칠 수밖에 없었습니다. 어떻게 나설 수 있었겠습니까. 앞으로도 영원히 당신 앞에 모습을 드러낼 수 없다는 무서운 현실만 절감했지요.

하여 저는 마을의 성황당에 줄을 걸었던 것입니다.

죽음을 결심한 저에게 절망만 있었던 것은 아니에요. 한편으로는 기쁘기도 하였습니다. 저세상으로 간다는 게 무엇입니까? 사랑하는 부모님을 만날 수 있다는 새로운 희망입니다.

설마 그곳에서도 두 분을 만날 수 없는 것은 아니겠지요.

......

......

하지만 아직은 때가 아니었나 봅니다. 한밤중에 빠져나간 저를 도망 노비로 알고 수노가 잡으러 왔으니까요. 나무에 줄을 걸고, 딛고 섰던 둥치를 박차고 나가 목을 매달았을 때, 어디선가 날아온 칼이 제 목을 옥죄던 줄을 끊어 냈습니다. 무참했지요. 하나도 고맙지가 않았습니다.

그자가 묻더군요. 저세상의 아버지가 과연 기뻐하시겠느냐고. 잘 왔다고 반가워하시겠느냐고.

저는 그제야 아버님의 마지막 외침을 기억해 냈습니다.

살아야 한다, 살아야 한다! 인엽아!

살아야 한다니, 이래도 살아야 한다니……. 목구멍에서 꾸역꾸역 올라오던 울음은 마치 모래알 같았습니다. 눈물은 슬픔을 흘려 내지만 울음은 고통을 동반합니다. 아버님을 잃은 뒤로 저는 울음이 형벌 같았습니다. 언제나 가슴이 터질 것 같았어요. 스스로에게 주먹질을 당한 앙가슴엔 늘상 시퍼런 멍이 들어 있었지요.

당장에 살아 보겠다고 의욕을 낸 것은 아닙니다. 다만 할 일을 해야 했지요. 역모로 죽은 죄인은 시신조차 거둘 수 없지만 자식 된 도리로 애는 써 봐야 했습니다. 거기서 당신을 만날 줄은 몰랐어요.

당신, 나를 기다리고 계셨던가요…….

나는 당신을 모른다 했습니다. 당신이 부르는 인엽은 내 이름이 아니라 했습니다. 나는 이름 없는 천비라고요. 당신은 내 뒤를 따라왔지요. 알고 있었습니다. 당신의 안타까운 숨결, 당신의 애틋한 발자국, 당신의 뜨거운 시선을. 그러나 나는 당신에게 엉망으로 흐트러진 뒷모습밖에 보여 줄 수 없었답니다. 내가 무엇을 할 수 있었겠어요…….

당신은 결국 나를 잊어야 합니다. 당신과 내가 할 수 있는 일이 무엇입니까? 우리가 나눌 수 있는 것이 무엇이 남아 있습니까? 당신은 판서 댁의 자제로, 나는 남의 집 하녀로. 우리가 어떤 이름으로 하나가 될 수 있겠습니까? 우리의 인연은 그저 지나간 과거일 뿐입니다. 비록 저에게 당신은 단 하나뿐인 정인이요, 영원한 지아비이겠지만…… 당신은 이제 나를 잊으셔도 좋습니다. 내가 원망하는 것은 이렇게 된 우리의 운명이지 나를 잊은 당신은 아닐 테니까요.

그래요. 우리가 옛정을 못 잊어, 그리움을 참지 못해 서로 얼굴을 볼 수는 있겠지요. 남의 눈을 피해 다니며 밀회를 나눌 수도 있을 것입니다. 그러나 그 뒤에는 어떻게 되겠습니까? 당신은 나를 신부로 데려갈 수 없습니다. 당신 집안에서는 새로운 혼처를 내밀며 당신을 장가보내시겠지요. 그럼 저는 무엇입니까? 당신의 정부인가요? 아니면 소실이 되나요?

한때는 당신의 하나뿐인 정인이었습니다. 첫날밤을 치르지는 못했지만 혼례복 입고 마주 섰던 사이입니다. 그런 제가 당신의 정부나 소실이 될 수는 없는 것 아닌가요.

차라리 아름다웠던 옛사랑으로 남겠습니다. 갖지 못해 더욱 애틋하고 잊을 수 없어 미칠 것 같은 불멸의 사랑으로 남겠습니다. 그것이 현실의 남루한 인연을 대신한 저의 선택이라는 걸 알아주세요.

어떻게 살아가겠냐고 물으셨나요?

환상과 함께 사는 것은 저에게 아주 익숙한 일입니다. 나자마자 어머니를 잃어 유모 손에 큰 저는 얼굴도 모르는 어머니와 함께 살아가는 방식을 터득했습니다. 반드시 살아 있는 존재만이 함께할 수 있는 것은 아니랍니다. 어렵지 않아요. 그저 믿으면 되는 것이지요. 보이지 않지만 이곳에 엄마가 있다고, 내 옆에 있다고 저는 믿었습니다. 엄마에게 말을 걸었고, 원하는 대답을 들었으며, 같이 밥을 먹었고, 함께 잠이 들었습니다. 부재하는 엄마는 그 부재로 인해 도리어 완벽해집니다. 엄마는 싫은 소리도 한번 안 하고 야단도 안 치고 늘 다정하게 넘치는 사랑을 주셨습니다. 이제 저는 아버님의 환상, 그리고 당신의 환상과 함께 살아가려 합니다. 당신이 없어도…… 저는…… 살 수 있어요.

당신도 아마 저 없이 살 수 있을 겁니다.

아마도.

08

재회

- 은기

중국의 남조 시대, 양나라의 가난한 선비 주흥사는 무제의 명을 받아 하룻밤 동안 각기 다른 천 개의 글자로 시를 지어야 했다. 목숨이 걸려 있었다. 어떻게 어떻게 간신히 996자를 채워 넣고 마지막 4자를 짓지 못해서 머리를 쥐어뜯으며 고심하고 있는데, 홀연히 귀신이 나타나 어조사 언재호야(焉哉乎也)를 불러 주었다고 한다. 그는 비로소 시를 마무리할 수 있었다.

주흥사 앞에 나타난 귀신의 존재란 무엇이었을까. 아마도 시인에게 내려온 영감을 말하는 것이 아니었을지. 영감이란 스스로에게서 나오지만 내 것이 아니며 귀신처럼 홀연히 왔다가 사라진다. 그리고 평생을 잊지 못해 다시 연연하게 만든다.

그렇게 귀신의 도움으로 세상에 나온 것이 천지현황(天地玄黃)으로 시작하는 천자문이다. 생사를 가르는 창작의 고통 때문이었는지 주흥사의 머리는 하룻밤 사이에 하얗게 세어 있었다고 한다. 그래서 천자문은 '백수문(白首文)'이라는 다른 이름도 함께 갖게 되었다고 전하나 일화의 진위는 알 수 없다. 다만 전설처럼 떠도는 이 이야기는 나의 인엽을 슬프게 하였다. 어린 인엽에게 천자문을 가르쳐 줄 때, 그녀는 천자문을 외우는 것보다 백발이 되어 버린 시인의 이야기에 더 관심을 가졌다. 고통이 지극하면 하룻밤 만에 머리가 하얗게 셀 수도 있다는 인간의 심연이 그녀에게 슬픈 매혹을 불러일으켰던 것이다.

나는 슬픈 이야기는 가급적 들려주지 않으려 했다. 아름답고 어여쁜 것들로 그녀를 기쁘게 해 주고 싶었다. 그러나 세상에는 슬픈 이야기들이 얼마나 많은지. 나의 노력도 무색하게 인엽은 어디선가 종종 슬픈 이야기를 듣거나 읽고 와서 눈시울을 적셨다. 그녀는 말했다. 슬픔은 슬픔으로 위로하는 거라고. 아픔 역시…… 아파 보지 않은 자가 그 누구에게 손을 내밀 수 있겠느냐고……. 우리의 사랑 역시 그러했던 것일까. 나의 말 못할 고독과 그녀의 외로움이 서로를 위안케 했던 것일까. 나는 그녀의 무엇을 사랑했던 것일까…….

내가 아는 것은 남자의 마음뿐이다.

그녀를 세상 모든 고통과 외로움으로부터 지켜 내고 싶었다. 인엽은 고개를 젓는다. 아니, 그런 건 없어. 나는 어머니를 잃은 딸. 그건 세상 누구도 막을 수 없는 일이었어. 오라버니는 아마도 세상이 예비하고 있을지 모르는 그 어떤 비극이나 운명에서 나를 구해 줄 수 없을 거야. 다만 함께 슬퍼할 수는 있겠지. 뜨겁게 맞잡은 손으로 다시 일어날 힘을 얻을 수 있다면…… 나는 그거로 충분해…….

어쩌면 그녀의 말이 맞을지도 몰랐지만, 운명 앞에서 우리 존재의 하찮음과 무력함을 훗날 절절하게 맛보았지만, 그 순간에는 서운했다. 화도 났다. 그녀가 나를 믿지 못하는 듯하여, 내가 아무것도 아닌 듯하여.

나는 내심 그녀 하나만은 얼마든지 지켜 줄 수 있을 거라고 자신했던 것이다. 그녀를 위해 목숨을 버릴 각오가 되어 있었기에. 세상을 우습게 본 것이 아니라 그만큼 나의 각오가 굳었기에.

각오 따위로 사랑을 지킬 수 있을 줄 알았다니. 나의 오만이 이제와 참혹하게 부끄럽다.

"인엽이는 죽었다!"

아버님의 냉혹한 선언과 달리 엄연히 살아 있는 인엽의 존재를 확인한 순간, 그 순간의 느낌을 무어라 표현할 수 있을까. 놀람도 기쁨도, 안도감도 슬픔도 아닌 그냥 충격 자체였다. 그 모든 것이 섞인 복잡한 감정이기도 했고 온몸이 마비되어 아무것도 느껴지지 않는 무감이기도 했다.

아, 그녀는 내가 알던 인엽이 아니었다. 이 무정한 사내가 정인을 발견하고도 알아보지 못한 것은, 망연히 서 있는 그녀를 두고 그냥 지나쳤던 것은 그녀가 초라한 복색이어서가 아니라 표정이 다른 사람으로 변한 탓이었다.

그녀를…… 이제는 더 이상 소녀라고 부를 수 없나니, 오동꽃 향기를 품고 나를 향해 고운 미소 지어 보이던 얼굴은…… 사라졌다.

그녀에게는 세상의 고통을 너무 많이 알아 버린 노인의 표정만이 남아 있었다. 나의 그녀는 한 순간에 젊음을 잃어버린 것이다.

허나 그 어떤 변명도 그저 구차하다. 나는 그녀를 지나갔다. 그녀의 가슴을 베어 버렸다.

"사람을 잘못 보셨습니다. 소녀는 인엽이가 아닙니다. 도련님께서 찾으시는 그런 사람이 아닙니다."

인엽의 눈동자는 솟아오르는 눈물을 참아 내느라 붉은 실핏줄이 돋아 올랐다. 정인에게 외면당한 그녀의 충격은 알고도 남음이 있었지만 나 역시 제정신이 아니었다. 그녀를 알아보지 못한 나 자신 때문에 스스로도 상처를 받았던 것이다. 도대체 나는 무엇이었나. 내 사랑이 이리도 허약했던가…….

기가 막혔다.

"이 아이는 저희 집 가비입니다. 도련님께 무슨 잘못이라도 저질렀는지요?"

병판 댁 수노인 무명이라는 자가 인엽 앞에 서며 말했다.

"나서지 말거라. 아가씨와 할 말이 있다."
"아무리 천한 신분이라 하나 여인이라면 보호받을 권리가 있습니다. 한집안 식구를 지키는 것이 수노의 일이라…… 반가의 도련님께서 백주대낮에 여인을 희롱함은 그리 아름다운 일이 아닐 것입니다."

천한 신분, 한집안 식구, 희롱……. 받아들이기 힘든 단어들이 그 자의 입에서 쏟아져 나왔다. 속에서 분노가 치밀었다. 주먹이 나갔다. 감히 그녀를, 나의 인엽을 천한 신분이라고? 나에게서 누구를, 무엇을 지켜 낸다고? 하마터면 영원히 잃을 뻔한 그녀를 앞에 두고 너 따위 천한 하인배의 말에 휘둘릴 성싶으냐!

나는 유치했다. 비겁했다. 상대는 신분이 다른 처지. 나에게 맞는 다 해도 대응을 할 수 없지 않은가. 그러나 주먹은 멈춰지지 않았다. 나는 그자를 죽여 버리고 싶었다. 인엽의 가문을 이리 만든 세상, 돌아가신 부원군에 대한 원망, 인엽을 죽었다고 거짓말한 아버지에 대한 분노가 모두 주먹 끝으로 향했다.

"그만! 제발 그만하세요!"

인엽이 소리를 질렀다.

부당한 주먹질을 당하면서도 비명 한번 지르지 않고, 당연한 일이겠으나 반항 한번 하지 않고 고스란히 고통을 감수한 사내는 지지 않는 눈빛으로 나를 쏘아보더니 인엽을 데리고 가 버렸다. 마치 인엽이 자기 여자라도 되는 양.

이럴 수는 없었다. 죽은 자도 보낼 수가 없는데 하물며 살아 있는 그녀를 또 다시 내 눈앞에서 놓칠 수는 없었다. 인엽을 붙잡았다.

"이러시면 아니 됩니다!"

사내의 외침에 나 역시 악을 썼다.

"내 신부란 말이다!"

세상이 잠시 멈추었다. 사내가 인엽을 쳐다보았다. 인엽의 물기
어린 눈. 그는 조용히 물러섰다.

참고 참았던 인엽의 눈물이 터지기 시작했다. 살갗을 데워 버릴
듯 뜨거운 눈물이 그녀의 눈동자에서 쉴 새 없이 흘러내렸다.

"오라버니의 신부였던 인엽이는…… 이제 이 세상에 없어. 지나간
일들은 이제 다 잊어. 그래야 살 수 있어."

나의 인엽이었다. 우리의 인연을 말로는 부정하지만 눈동자는 설
움과 회한이 가득 차 나에게 수많은 말들을 전한다. 심장이 덥혀졌
다. 일부러 모른 척하던 때보다는 그래도 나았다.

"몸은…… 몸은 괜찮아? 아픈 덴 없어? 밥은 잘 먹구?"

인엽은 대답하지 않았다. 대답하지 못했다. 고작 이런 안부밖에

물을 수 없는 나 자신이 얼마나 한심스러웠는지. 나는 혼례일에 신부를 빼앗긴 멍청한 신랑이었으며 누명을 쓴 장인을 구해 내지 못한 무능한 사위였고 살아 있는 그녀를 죽었다고 오해한 무정한 정인이었다. 그녀의 죽음을 믿은 바 없으나 그녀의 생존을 확신하지도 못했다. 다만 그녀가 살아 있기를 바랐을 뿐이었다. 간절히.

"고생스럽더라도 조금만 참아. 내가 데리러 갈게."

목이 아팠다. 말소리가 제대로 나오지 않았다. 사내인 나는 목으로 울고 있었던 것이다.

"살아 있는 거…… 이제 알았으니까 내가 그냥 두지는 않아. 나를 믿고 기다려."

인엽은 대답하지 않았다. 그저 아련한 눈빛만을 남기고 병판 댁 수노라는 자를 따라갔다. 지금은 그곳으로 돌려보내는 수밖에 없지만, 머지않아 그녀를 데려올 것이다. 반드시.

"네가 지금 감히 어디 와서 행패냐!"

아버지는 요사이 본가에 머무는 일이 없었다. 그리 멀지 않은 광

화방 재생원골에 장안 명기 가희아에게 마련해 준 와가가 한 채 있
었다. 가희아. 정승 판서들이 그녀를 두고 대로변에서 결투를 벌였다
는 전설의 명기. 아직 정식으로 기적에서 빼 오지는 않았지만 가희
아는 아버지의 여자였다.

"살아 있는 인엽을 왜 죽었다 하셨습니까?"
"너를 위해서였다. 이제 천비로 떨어진 여자다. 살아 있음을 안다
고 해서 달라질 것이 무어냐. 네 속 끓이는 거밖에 더 있겠느냐."
"데려오게 해 주십시오."
"안 된다."
"아버님!"
"역도의 자식이야! 너까지 옥살이를 한 것을 잊었느냐! 우리 집안
까지 전하께 의심받게 돼. 조정 중신들이 가만있지 않을 것이다. 이
아비가 삭탈관직 당하고 유배라도 가야 속이 시원하겠느냐!"
"혼례를 올렸으니 인엽인 이미 소자의 아내입니다. 데리고 오겠습
니다."

좀처럼 감정을 드러내는 법이 없는 아버지가 해일처럼 분노를 터
뜨렸다.

"혼례를 올리긴 뭘 올려! 네가 지금 제정신이냐! 인엽인 지금 노

비의 신분이다. 네가 가서 함부로 데려오고 말고 할 수 있는 상황이
아니야!"

"면천시켜 주십시오."

"돌아가거라. 더 이상 널 보고 싶지 않다."

"아버님!"

아버지는 요지부동이었다. 보다 못한 가희아가 나섰다.

"도련님. 오늘은 대감께서 심기가 불편하신 듯하옵니다. 다른 날
다시 오시지요."

천둥이 울었다. 비가 오기 시작했다. 나는 마당에 붙박인 듯 움직
이지 않았다. 인엽을 데려오라는 명이 떨어지기 전에는 단 한 발자
국도 움직이지 않을 생각이었다. 아버지는 그런 나를 버려두고 나가
셨다. 동정인지 경멸인지 모를 가희아의 시선이 발치에 와 떨어졌다.
절망했다.

어머니 역시 도움을 거절하셨다.

"내가 돈이 어딨니? 너도 알다시피 우리 집안은 돈 관리를 아버님
이 다 하신다. 안방에 경제권을 넘기는 여느 사대부들과 달리 아버

님은 재산 관리를 직접 하시지 않니? 매달 살림에 필요한 자금을 수노에게 넘기고 나한테야 비단전이니 뭐니 거래를 트게는 하지만 결제는 내가 모르는 일이야. 나는 사치는 할 수 있어도 돈을 만져 보지는 못해."

나는 비로소 깨달았다. 나는 그저 호판 댁 식구요, 아버님과 어머님의 아들이지 남자가, 인간이 아니라는 것을. 출사도 못한 내가 이 세상에서 할 수 있는 일이란 거의 없었다. 그저 부모님의 집에서 먹고 자며 당신들이 베풀어 주는 호사를 누릴 뿐 내가 누군가를 책임질 수도 없고 맘대로 할 수 있는 일도 없었다.

"다른 여자와 혼인을 해라. 그럼 인엽을 구해 주마."

아버지가 내건 잔인한 조건이었다.

그녀와의 사랑을 지키고 싶었으나 하녀의 신분에서 구해 낼 수가 없었다. 그녀를 그 나락에서 빼 오고 싶었지만 그러자면 사랑을 배신해야 했다. 나에게 무슨 선택이 남아 있는가. 그녀처럼 낮아지는 수밖에 없었다. 나는 그녀를 데리고 떠나기로 결심했다. 함께할 수 없다면 모든 것을 버려야 했다. 천해진 탓에 나에게 올 수 없다면, 내가 그녀처럼 낮아지리라. 그리하여 함께하리라…….

09
맹세

- 인엽

짐작대로 아버지의 시신을 수습한 사람은 우리 집안을 배신한 가노 덕구였다. 은기 오라버니가 덕구의 식솔들을 감시하다가 한밤중에 몰래 다니러 가는 그를 발견하고 미행하여 은신처를 급습하였다고 한다. 뜻밖에도 덕구는 아버지의 가묘를 만들어 놓고 여막살이 중이었다. 다시는 은기 오라버니를 만나지 않는 것이 옳다고 믿고 그 결심을 실행에 옮기려 하였으나 마음이 흔들렸다. 덕구에게 진실을 듣고 싶었다. 또한 아버지의 가묘 역시 유일한 자손인 내가 모셔야 했다. 도망 다니던 덕구는 막상 잡히고 나자 순순히 나를 만나겠다 하였다.

그러나 은기 오라버니와 나보다 여막에 먼저 도착한 자가 있었다. 자객이었다. 칼을 맞은 덕구는 이미 절명 직전이었다. 은기 오라버니가 자객을 추적하기 위해 뛰어갔지만 서생이 어찌 자객을 당하겠는가.

기가 막혔다.

"왜 그랬느냐? 왜! 누가 시킨 게야! 널 이렇게 만든 놈은 대체 누구고!"

나는 죽어가는 덕구에게 마지막 진실을 듣기 위해 악을 썼다.

"아가씨. 이곳은…… 대감마님의 무덤입니다. 제가 시신을 수습했어요."

눈물이 터졌다. 비록 그가 한 악행이 있으나 나를 업어 키운 가노였다. 덕구와 나 사이에는 원래 피붙이 같은 정이 있었다.

"누가 너 따위에게 아버님을 모시게 한다더냐! 우리 집안을 이리 만든 게 누군데!"

덕구의 두 눈에서 피눈물이 흘렀다.

"쉰네를…… 용서하지 마십시오. 식구들을 겁박하여…… 할 수 없이······."

"누가! 누가 그리 했단 말이냐!"

덕구가 힘겹게 손을 들었다. 무엇을, 누구를 가리키려 한 것일까. 마지막 말은 끝내 들을 수 없었다. 덕구가 숨을 놓아 버린 것이다. 나는 결국 배후를 알아내지 못했다. 그러나 이로써 확실해진 사실 하나는 아버님께서 누명을 쓰셨다는 것이다. 진상을 말해 줄 수 있는 유일한 인물이 살해당했다. 아직 적들의 실체는 파악하지 못했지만 그들은 분명 존재하고 있었던 것이다. 아버님을 죽게 하고 우리 집안을 멸문시킨 누군가가.

"배후를 밝혀내면 신원을 이룰 수 있을 거야."

은기 오라버니도 같은 생각이었다. 나는 도리어 차분해졌다. 이제 확실한 목표가 생긴 것이다.

"도련님의 도움은 여기까지만 받겠습니다."

'도련님' 소리에 그의 얼굴이 굳었다.

"인엽아."

"도련님을 보지 않겠다는 결심보다 자식 된 도리가 더 중했기에 따라나선 것입니다. 더 이상 뵈올 일은 없겠지요."

"너, 왜 이래?"

그의 두 눈이 붉어진 듯도 하다.

"감사의 말씀을 올려야 할 것이나, 구구하게 말하지 않아도 제 마음 아실 것입니다."

"이러지 말라니까!"

마음이 아팠다. 쓰라림이 전신으로 번져 나간다. 결국 눈물이 떨어졌다.

"내가 꼭 이런 꼴을 오라버니 앞에 보여야겠어? 어차피 이루지 못할 인연! 그렇다면 기억이라도 아름답게 간직되고 싶어. 이런 초라한 꼴루 오라버니 기억 속에 남고 싶지 않단 말이야!"

"우리의 인연은 끝나지 않았어! 과거가 아니라 현재구 미래가 될 거야!"

"어떻게?"

그의 말문이 막혔다.

"수백 번, 수천 번 생각해 봤어. 답이 안 나와. 나는 이제 하녀구 오라버니는 여전히 반가의 도련님이야. 우리는 이제 서로 마주 볼 수 없어!"

"내가 내려가면 돼!"

이번에는 나의 말문이 막힌다. 그가 내려오겠다고? 내려와서 이 오욕을 함께 한다고?

"그게 나한테 기쁜 일일까? 나 때문에 나락에 같이 떨어지는 오라버니를 보는 게 좋을 거 같애? 한순간 결기로 그럴 수는 있겠지. 하지만 쫓겨 다니는 몸으로 헐벗고 굶주려 가며 우리 사랑이 얼마나 지켜질 수 있을 것 같은데!"

"내가 그렇게 한심한 녀석으로 보여? 내가 너 하나 책임 못 질 거 같아?"

"날 알아보지도 못했으면서!"

상처받은 그의 얼굴. 뱉어 놓고 후회했지만 나 역시 상처 입었다. 우린 이미 사랑을 믿지 못하는 연인들이었다.

은기 오라버니와 나는 그렇게 헤어졌다.

그는 나를 잡지 못했다.

다시는 보지 않으리라.

다시는…….

병판 댁 부엌에서는 저녁으로 옻닭을 삶을 준비를 하고 있었다. 나는 사실 그 나뭇가지들이 옻인 줄도 몰랐다. 아들이 없는 집이어서 그랬을까? 아버지는 비록 딸이지만 따로 선생을 두어 나를 제대로 가르치셨고 공부에 취미가 있는 은기 오라버니도 심심파적 삼아 나의 선생이 되어 주었다. 나에게 처음 천자문을 가르친 사람도 바로 오라버니였다. 그리하여 사서삼경까지 뗴었지만 내가 이제까지 교육받고 알았던 모든 것들은 하녀의 삶에 아무런 쓸모가 없었다. 공자 왈 맹자 왈보다 나물 이름이 더 중요했고 먹을 수 있는 버섯과 색깔만 예쁜 독버섯을 구분할 줄 알아야 했으며 밭에서는 어떤 것이 뽑아내야 할 잡초인지를 가려내야 했다.

내가 어설프게 옻나무에 손을 대려 하자 단지가 손등을 찰싹 때렸다.

"만지지 마. 너는 못 다뤄."

내가 영문을 몰라 단지를 쳐다보자 귀찮다는 듯 단지의 설명이 이어졌다.

"진 묻으면 염증 생겨. 잘못 먹으면 토하고."
"그런데 이런 걸 닭과 함께 먹는다는 것이냐?"

하대의 말투가 남아 있는 나의 질문에 단지가 못마땅한 눈길을 보냈다.

"다 그런 건 아니구 옻이 오르는 사람들이 따로 있어. 좁쌀 같은 발진이 생기고 진물이 흐르면서 곪게 된다구. 따갑구 가렵구 그래."

하녀들에게 밥상을 받던 시절에는 내가 먹는 음식과 걸치는 의복이 어떻게 해서 나에게 오는지를 몰랐다. 그걸 알고 싶었던 적도 없다. 나는 그저 원하는 것을 말만 하면 되었다. 어디에 앉든지 어느 곳에 서던지 당당하고 아쉬울 게 없었다. 그러나 이제 하녀가 된 나는 어디에서나 주눅이 들고 사방팔방에 민폐를 끼치는 천덕꾸러기일 뿐이다. 부엌에서는 음식을 잘하는 사람이 강자이나 나는 밥도 제대로 안칠 줄 몰랐고, 침방에서는 바느질을 잘 하는 사람이 강자이나 나는 겨우 수나 놓을 줄 알았다. 밭일도, 들일도 익숙지 않았으며 빨래도 어설펐다. 나는 스스로에게 절망했다. 하녀가 된 것도 기가 막

힐 일이지만 내가 이토록 무능하고 바보 같은 존재라는 것이 뼈아팠
다. 지난날의 잘난 척이 참으로 어이가 없다. 이렇게 할 줄 아는 게
아무것도 없으면서 어쩌자고 신분이 낮다는 이유로 하인들을 함부
로 대하고 하녀들을 경멸했던가. 그들이야말로 세상을 살아 나가는
데 필요한 기술과 능력을 모두 갖춘 유능한 존재들인데.

나는 아버지의 제상조차 마련할 수가 없었다. 내가 가진 것은 오
로지 은기 오라버니가 준 반지 하나. 차마 이 반지를 없애지는 못하
였다. 아버님, 용서하세요. 불효한 딸은 아버지의 제사보다 정인의
정표가 더 중하네요. 아직도 저를 버리지 못한 그 사람, 나눠 가진 반
지마저 제가 먼저 버릴 수는 없어 이것만은 간직하고자 합니다.

또 눈물이 났다. 비극의 그날 이후 내 몸은 물로 변해 버린 것 같
다. 온몸의 물이 다 빠져나갈 만큼 울었지만 눈물은 아직도 바닥을
보이지 않는다. 안 그래도 억울한 아버님의 원혼. 위로조차 못하고
이대로 떠나보낼 수는 없었다.

나는 도둑질을 시작했다. 그 길 말고는 제수를 마련할 도리가 없
었다. 사랑에 내가는 다과상에서 사과 한 알을 훔쳐 내고 곳간에서
쌀을 내오면서 마른 북어 하나를 챙겨 두고 그렇게 하나씩 하나씩
며칠에 걸쳐 최소한의 제수를 마련하였다.

어머니의 사랑, 아버지의 부재가 고팠으나 태어나서 지금까지 물건 아쉬운 줄은 모르고 살았던 나였다. 음식이든 옷이든 흔전만전 넘쳐났던 터에 도둑질을 해 본 적이 있었겠는가. 안 해 본 일을 하려니 대추 한 알 훔쳐 내는 것도 간이 졸아붙었다. 뭐 하나를 치마폭에 숨겨 내고 나면 식은땀이 저고리를 적실 지경이었다. 그러나 그 마음 졸임도 헛되게 행랑을 같이 쓰는 단지에게 들켜 버리고야 말았다.

찬방 소속인 단지는 코가 예민했다. 희미하게 풍겨 나오는 과일의 향기와 마른 북어의 콤콤한 냄새를 감지하고 출처를 찾다가 내 소지품 바구니를 뒤진 것이다. 옷가지 밑에 숨겨 둔 제수품들이 나오자 이를 하녀들의 수장인 찬모 차 상궁에게 알렸다.

"하녀가 된 것은 네 잘못이 아니다. 그 누구도 신분을 선택해서 태어날 수는 없으니까. 더군다나 너는 집안이 멸문하여 나락에 떨어진 터, 지금의 처지가 억울하고 한스러울 것이야. 허나! 도둑년이 된 것은 누가 시킨 게 아닌 너의 선택이다. 하녀의 신세를 한탄하면서 뻔뻔하게 도둑질을 해? 하녀인 게 부끄러우냐, 도둑년인 게 부끄러우냐! 반가 출신으로 글까지 배웠다면서 한다는 짓이 고작! 아직도 넘치게 먹고 마시던 과거에서 벗어나질 못했구나."

찬모의 꾸짖음은 준엄했다. 변명의 여지가 없었다. 수치심에 얼굴이 이마 끝까지 붉게 달아올랐지만 나는 한마디도 못했다.

"마님께 알려 응분의 대가를 치르게 해야겠지만, 네가 아직 이 집에 들어온 지 얼마 되지 않아 하녀의 직분이나 의무에 대해 숙지하지 못했음을 헤아려 이번 일은 내 선에서 마무리 짓도록 하겠다. 하지만 아무 일도 없었다는 듯 그냥 넘어갈 수는 없어. 차후에 또 이런 일이 발생하지 않도록 징계하여 타산지석을 삼을 것이다."

벌은 한 달 간의 측간 청소였다. 비단옷을 입고 금침에서 잠들며 매 끼니 9첩 밑으로는 받아 본 일이 없었던 부원군 댁의 귀한 외동딸이 냄새나는 측간이나 청소하는 한심한 처지가 된 것이다. 그 누구도 대신해 주지 않았고 아무도 도와주지 않았다. 이유야 어쨌든, 훔친 먹거리로 무엇을 하려 했건 간에 내가 도둑질을 한 것은 사실이다. 여기서 더 바닥이 있을까? 더 내려갈 곳이 있을까? 나는 생이 나를 어디까지 곤두박질치게 할지 몰라 아득한 공포를 느꼈다.

제대로 씻지도 못하는 처지에 날마다 측간 청소를 도맡아 하자니 고약한 냄새가 몸에서 떠나질 않았다. 아버님께서 여인의 아름다움은 향기에서 비롯된다고 사방에 꽃을 두고 화향이 배게 하셨던 지난날을 떠올리자니 서글픈 웃음이 난다. 지금의 나는 세상에서 가장 추한 여인인 셈이다. 고왔던 시절, 자존심이 하늘을 찌르는 국인엽을 본 적 있는 수노 무명은 이런 나의 추락이 마음 한켠 불편하기도 했던가 보다.

"제사상 마련하려던 거지?"

나는 대답을 못했다. 그의 손에는 음식 바구니가 들려 있었다.

"앞장서."

영문을 알지 못하는 나는 꼼짝하지 않았다.

"훔쳐 낸 것들 보니까 제수품이던데. 제사 올리려고 구차하게 군 거잖아."

그가 내 속내를 알고 있었던 것이다. 목이 메어 왔다.

"그럼…… 너도 훔친 것이냐?"
"그만한 재량권은 있어."

앞장을 서라더니 무명은 제가 먼저 산에 올라 아버지의 가묘 쪽으로 방향을 잡았다. 불안한 나의 기색을 눈치 채고 무명이 말했다.

"전적이 있으니 감시를 소홀히 할 수 없지. 지난번에 그 도령이랑 가묘 찾으러 온 거 알아."

"미행을 했다는 것이냐?"

"또 죽으러 가는지 알 수가 있어야지."

고마워해야 하는 건지, 야속해해야 하는 건지 갈피를 잡을 수가 없지만 아버지의 제를 올리게 해 준 배려만은 아무리 감사해도 모자랄 성싶다. 늘 얄밉고 싫은 녀석이었는데 처음으로 그가 좋은 사람일지도 모른다는 호의가 생겼다.

"낯선 이를 데려오면 어쩌자는 거야? 역신의 시신을 수습했다고 고변이라도 하는 날엔……."

무명의 배려가 초라해지는 순간이었다. 가묘 앞에는 은기 오라버니가 이미 성대한 제상을 차려 놓고 있었다. 무명의 소박한 준비가 무색해졌지만 그는 주눅 들지 않고 오히려 은기 오라버니를 비웃었다.

"같은 노비 처집니다. 무슨 영화를 보겠다고 남의 불행을 밀고하여 업보를 더하겠습니까."

은기 오라버니가 파르르 불타올랐다.

"같은 노비라니! 이 아가씨는……."

"그만해!"

우기면 뭐할 것인가. 세상 모두가 나를 하녀로 알고 있는데 은기 오라버니 혼자 인정을 하지 못하고 있었다. 나를 생각하는 마음이긴 하나 그 말도 안 되는 억지가 서글프기만 했다. 그가 아무리 부인해도 나는 오라버니 편에 서 있는 반가의 여인이 아니라 무명과 같은 신분인 하녀에 지나지 않았다.

성대한 제상이 차려져 있다고 무명의 배려를 저버리는 것도 못할 짓인 듯하여 그가 가져온 제수도 한쪽에 진설했다.

절을 올렸다.

나는 이제 울지 않는다. 더 이상 슬퍼하지도 않을 것이다. 나에게는 할 일이 있었다. 아버지의 신원을 이뤄 드리는 것. 개국공신의 영광을 되찾아드리는 것. 반드시 이 피맺힌 원한을 씻고 가문의 오욕을 씻어 내리라. 나 국인엽, 비록 아들로 태어나지는 못했지만 가문의 유일한 자손으로 기필코 적들에게 복수하리라……

맹세의 잔을 마시고 아버님 앞에 단지(斷指)를 했다. 함흥 행궁에서 아버님을 구하기 위해 머리칼도 잘랐던 나였다. 마지막 순간, 아버님을 구해 낼 수만 있었다면 나는 내 목숨도 기꺼이 바쳤을 것이다. 때늦은 단지가 무슨 소용이랴마는 나는 피로써 결의하고 흉터를 남겨 이 원한을 한시도 잊지 않고자 했다. 왼손 약지에는 사랑의 증표가, 검지에는 원한의 증표가 남았다.

"너에게 아가씨의 보호를 맡기겠다. 사례를 꾸준히 할 것이니 이 돈으로 아가씨 생활이 불편하지 않도록 잘 모셔 다오. 굶주리거나 입성이 헐해서는 안 된다."

은기 오라버니가 무명에게 돈을 건네며 나를 부탁했다. 오라버니 입장에서는 나를 위한 진정이었으나 무명 입장에서는 기분이 나쁠 수도 있었다. 나는 내가 모욕이라도 당한 듯 무안해졌다. 나를 위한 마음 말고도 하인 주제에 지나치게 당당한 무명의 기를 꺾고 싶은 치기가 엿보였기 때문이다. 그래 봤자 네놈은 돈 몇 푼에 당장 굽실거리는 천것이 아니냐 깔보는 내심이.

참으로 이상도 하지. 평생을 반가의 여식으로 살아왔건만 하녀로 떨어진 지 며칠이나 되었다고 나는 은기 오라버니가 아닌 무명에게 공감하고 있었다. 나는 은기 오라버니 편이 아니라 무명의 편에 서 있는 사람이 되고 만 것이다.

"죄송합니다. 저는 도련님 댁 가노가 아니라 명을 받들 수 없습니다. 같은 노비 처지에 상전으로 모실 수도 없을뿐더러 그것이 동료를 위한 일도 아니라고 생각합니다."

무명은 예를 다했으나 차가운 태도로 거절했다.

"동료라니, 동료라니! 네깟 놈이 감히 어디서 누굴 견줘!"

공허한 외침이었다. 은기 오라버니가 아무리 난리를 쳐도 이제는 달라진, 달라질 수밖에 없는 현실을 새삼스럽게 절감하며 그에게 마지막 인사를 건넸다.

"이 사람 말이…… 맞습니다. 도련님께서 아무리 애쓰셔도 저에게 도움은 되지 않아요."

무명 앞이었다. 같은 신분의 남자도 아니고 천하디 천한 노비 사내 앞이었다. 은기 오라버니는 상처를 숨기지 못하고 아프게 물었다.

"왜 이러는 거야? 나한테 이러지 않아도 되잖아."

아버지의 무덤 앞에서 이제는 울지 않겠다고 다짐했는데 그새 눈시울이 뜨거워지려 하고 있었다.

"이제부터…… 이리 하겠습니다. 아니, 뵈올 일이 없으니 공대할 일도 없겠지요. 오늘 입은 은혜는 잊지 않겠사오나 그 은혜…… 갚을 길이 없네요. 다만 감사의 마음만은 평생 간직하겠습니다."

오라버니의 눈물이 터졌다.

"인엽아!"
"그 이름은…… 아버님의 무덤에 함께 묻혔습니다. 소녀는 이제 부원군 댁 외동딸이 아니라 성씨조차 쓸 수 없는 천하디 천한 하녀일 뿐입니다."

오라버니 앞에 허리를 깊이 숙여 인사했다.
부디 이것이 마지막 인사이기를.

10
도주

- 무명

　사랑했지만 운명이 허락하지 않은 연인들. 마음에 품은 여인이 있으나 함께하지 못했던 나의 상처와 닮아서일까? 은기 도령과 인엽의 사랑에 무심해지지가 않았다. 혼례 당일에 멸문을 당하여 천비로 떨어진 인엽의 운명은 누구라도 동정할 만했다. 그녀가 양반일 때는 그 오만한 성격에 이마가 찌푸려졌으나 어쩌면 그랬기에 나락이 더 안쓰러웠다.

　내가 은기도령이라면 어떻게 했을까?

　아마 그녀를 데리고 도망쳤을 것이다. 사랑하는 여인의 고통을 누가 그대로 두고 볼 것인가. 사람의 마음이란 다 거기서 거기인 법이다. 그가 세운 계획은 말하지 않아도 알 수 있었다. 하녀인 인엽에게 직접 연락할 길이 없었던 그는 내키지 않더라도 나에게 연통을 넣는 수밖에 없었다. 그는 도주 계획을 세웠고, 인엽에게 전했다. 날마다, 매순간 그녀의 갈등이 느껴졌다. 따라갈 것인가, 포기할 것인가. 그녀는 선택해야 했다. 사랑하는 이와 함께하기 위해 그의 장래를 망칠 것인가, 그를 위해서 함께하는 삶을 포기할 것인가.

나 역시 갈등했다. 그녀의 선택을 알게 된 뒤에 내가 어떻게 해야 할지 몰라서. 수노의 의무대로 그녀의 도주를 막아낼 것인지, 사랑을 잃은 자에 대한 연민으로 그 도피를 모른 척할 것인지.

마음을 결정하기도 전에 일이 터졌다. 그녀가 마마에 걸린 것이다. 발진과 구토. 발열과 화농……. 청지기 아재는 그녀가 혹 식구들에게 마마를 옮길까 싶어 서둘러 동구 밖 환자막으로 내몰았다. 찬모의 명으로 단지가 투덜거리며 먹을 것을 나르는 눈치였으나 내가 나설 일은 없었다. 도움도 외면도 내 몫이 아니었다. 은기 도령에게 전갈을 넣었다. 그녀가 아프다고. 나머지는 그의 몫일 터였다.

나는 그녀를 좋아하는가, 싫어하는가. 관심이 있는가, 없는가.

처음 만났을 때는 좀 놀려 주고 싶었고 별당의 손님으로 왔을 때는 그 오만을 꺾어 주고 싶었다. 다시 만났을 때 그녀는 모든 것을 잃은 뒤였다. 원래부터 가진 게 없는 사람보다 있었던 것을 잃어버린 사람이 더 불행한 법이다. 나 같은 놈이야 아비에게 버림받고 태어나자마자 어미가 죽어 삶 자체가 무에서 하나씩 나아가는, 조금씩 얻어 가는 과정에 다름 아니었다. 남들은 날더러 불쌍하다 했지만 고독을 안고 태어나 행복을 알지 못하니 스스로 불행한 줄도 몰랐다. 사람들은 더 많이 갖기 위해, 행복해지기 위해 살아간다지만 그 소망조차 나에게는 사치로 들린다. 삶은 그저 살아 내는 것이 아닌가.

아궁이에서 타다 만 옻나무 가지들을 발견했다. 수액을 발랐을 때 일어나게 되는 발진 현상이 마마 증세와 비슷하다는 데 생각이 미쳤다. 인엽이 정말 마마에 걸린 거라면, 도성에 천연두가 돌기 시작했다면 후속 환자들이 생겨나야 했다. 인근에 누가 마마에 걸렸다는 소문은 들어 본 적이 없다.

그녀가 도망치려 하고 있었던 것이다.

옛 신부가 마마에 걸렸다는 소식에 의원을 대동하고 환자막을 찾았던 은기 도령은 텅 빈 막에서 망연해졌다. 인엽이 그의 도주 계획에 동참하지 않았던 것이다. 그녀는 혼자 떠났다. 그와 함께라면 그래, 가서 잘 살아라…… 뒤쫓는 흉내만 내다 보내 줄 수도 있었지만 그녀 혼자라면 가서 데려와야 했다. 이 세상은 물정 모르는 규방의 아가씨가 홀로 헤쳐 나갈 수 있을 만큼 만만한 데가 아니었다.

그녀가 위험했다.

한양 놀음을 마친 유랑패가 바로 어제 길을 떠났다고 한다. 그들의 다음 행선지는 개성. 그녀의 목적지를 알 수 있었다. 그녀는 태상왕께 가려고 하는 것이다. 여자 혼자서 다니다가는 무슨 일을 당할지 알 수 없고 추격자에게 쉽게 잡힐 수 있었다. 감이 왔다. 아마 그녀는 유랑패에 섞여 들었을 것이다. 유랑패가 굴러 들어온 여자에게 무슨 짓을 시킬지도 모르면서.

한시가 급했다. 그녀를 잡아오는 것이 그녀를 지켜 내는 길이었다. 은기 도령도 가만있지 않았다. 그 역시 자기 집 가노들을 이끌고 추격에 합류했다. 나는 그녀를 잡으러 가는 것이고 그는 구하러 가는 것이었지만 어쨌든 우리의 목표는 같았다.

옷차림이 요란하고 여럿이 몰려다니는 유랑패를 찾아내는 것은 그리 어렵지 않았다. 사람들은 유랑패의 행방을 훤히 알고 있었고, 우리는 마을에서 좀 떨어진 폐가에 손님방을 차린 그들을 찾아낼 수 있었다. 욕지기가 올라왔다. 얼굴 고운 인엽을 장사밑천으로 욕심낸 꼭두는 해우채 손님을 받아서 방으로 밀어 넣었다.

"손가락 하나라도 까딱하면 이 자리에서 시체를 보게 될 것이다!"

패거리들을 단숨에 제압하고 방문을 부수고 들어갔을 때 그녀는 은장도를 꺼내 제 목에 들이대며 자해의 위협으로 스스로를 지키고 있었다. 그때 내 가슴에서 치밀어 오르던 불덩이는 무엇이었을까? 분노가, 살의가 불꽃처럼 터졌다. 감히 그녀의 몸을 망치려 들어? 나는 그 자리의 모든 사내들을 초주검으로 만들었다.

너는 이제 반가의 아가씨가 아니라고, 우리랑 똑같은 하녀일 뿐이라고 비웃었지만 기실 마음 깊은 곳에서는 나부터도 그녀를 하녀로 안 보고 있었던 것이다. 헛간에서 잠을 자고 낡은 옷을 입어도, 측간 청소를 하느라 몸에서 역한 냄새가 날지라도 그녀는 다른 하녀들과 달랐다. 아무리 더러워지고 초라해져도 절대 밟히지 않는 고고함이 있었다. 그녀는 여전히 기품 있게 걸었고, 얼굴에 드리워진 우수에서 귀티가 났으며 손끝과 발끝의 움직임이 우아하여 일을 할 때는 춤이라도 추는 것 같았다. 하녀들이 다 같이 인엽을 싫어하는 것은 그녀가 아무것도 하지 않아도 자기의 존재 자체로 상대방을 초라하게 만들기 때문이었다. 그녀에 비해 자기들이 얼마나 비루하고 볼품없는 존재인지를 생생하게 자각하게 되기 때문에.

그녀 앞에 서면 밥 먹을 때 숟가락질 하나도 부자연스러워지고 만다. 사람은 누구나 제 잘난 맛에 사는 법. 아무리 가진 것 없는 천비들이더라도 나는 얼굴이 반반하니까, 부엌일은 나 없으면 안 되지, 이 집은 내가 없으면 굴러가지 않아…… 따위의 자부심으로 낮은 곳의 일상을 버텨 나가는 것이다. 그런데 인엽은 그 존재 자체로 천비들의 안쓰러운 자부심을 무참하게 만들었다.

그녀는 나를 보고 안도와 절망이 교차하는 표정을 지었다. 몸 버릴 위기에서 벗어난 것은 다행이지만 도주하다 잡혔으니 절망적일 수밖에.

은기 도령이 나섰다. 인엽을 데려가겠다고.

어차피 인엽은 돌아가도 중벌을 면치 못한다. 보내 줄 것인가, 말 것인가. 인엽을 쳐다보았다. 짧지만 격렬한 갈등의 순간을 지나 인엽은 은기 도령이 아닌 내 뒤에 섰다.

"인엽아!"

은기 도령이 아프게 외쳤다.

그는 번번이 버림받고 있었다. 인엽의 선택은 궁극적으로 그를 위한 것이었지만 그는 때마다 눈앞에서 그녀를 놓치고 외면당한다. 그의 가슴이 쓰라릴 것이었다. 나의 가희아가 그러했듯이.

"도망 노비는 가혹한 매질을 당하고 다른 집으로 팔려가게 됩니다. 차라리 후일에 도련님께서 그녀를 사 가십시오. 이 자리에서 그녀를 데리고 도망가시면 차후 두 분 모두 위험에 빠지지 않겠습니까."

은기 도령은 나를 죽일 듯이 노려보았다. 그가 원하는 것은 지금 당장 그녀의 손을 잡고 원하는 곳으로 달려가는 것이다. 두 사람만 있을 수 있는 곳, 세상 그 누구도 방해하지 않고 아무도 상처 주지 않는 곳. 허나 세상에 그런 이상향은 없다. 사랑하는 여인이 나락에 떨어지는 것을 두 눈 뜨고 번연히 지켜보아야 하는 생지옥이 있을 뿐이다.

"몸에 상처 내지 말거라. 더 이상 도망 못 가게 광에다 가둬 두기만 해."

인엽이 이제 막 멍석말이를 당하려는데 안방마님께서 이를 제지하였다. 영문 모르는 가노들은 어리둥절해졌다. 반가 출신은 도망을 가도 봐주는 거냐며 단지가 비아냥거렸지만 윗전의 명이었다. 인엽은 매질을 피하고 광에 갇혔다. 차라리 매가 낫지, 불길한 예감이 들었다. 몸에 상처 내지 말라니. 하녀의 몸을 상하지 않게 하려는 안방마님의 명 뒤에 숨은 속뜻은 무어란 말인가…….

나의 아가씨

- 사월

처음에 나는 아가씨 걱정만 했다. 몸종인 나 없이 우리 아가씨가 어찌 지내실까. 소세는 어떻게 하시며 매 끼니는 무엇으로 챙겨 드리며 의복은 또 누가 손질해 드리나. 머리를 빗겨 드리는 사람은 있을까. 아침마다 내가 받아 오는 꽃잎 이슬로 화장을 시작하시는데 지금도 그러실까. 내가 있어야 하는데, 아가씨에게는 사월이가 필요한데……. 그러다 문득 깨달았다. 아가씨에게 내가 필요한 것이 아니라 나에게 아가씨가 필요하다는 사실을.

태어나서 지금까지 아가씨 곁을 떠나 본 적이 없는 나. 이 집 저 집을 떠돌았던 다른 가비들과 달리 피붙이 대접을 받아 가며 부원군 댁에서만 살아온 나는 다른 곳에 옮겨 가서 산다는 것을 생각해 본 적도 없었다.

아가씨 곁을 떠나 둥지를 틀었던 개성 관아는 고려의 도읍이었다는 자부심과 그를 무너뜨린 새 나라 조선에 대한 차가운 적개심이 팽팽하게 공존하는 곳이었다. 굴러 온 돌인 나에게 결코 친절하지 않았으며 아가씨의 특별 대우와 배려에 익숙해져 있던 나 역시 관아의 상전들과 동료 노비들에게 마음을 열 수 없었다.

가고 싶었다, 한양에.

보고 싶었다, 아가씨가.

그러나 나는 그곳에 가 닿을 수 있는 길을 알지 못하였다. 아가씨와 조우할 수 있는 방법을 알지 못하였다. 나에게는 무기가 없었다. 하여 나는 그저 달리고 또 달렸다. 한양을 향해, 아가씨를 향해.

말을 타고 쫓아오는 추노꾼들을 피할 길 없어 번번이 다시 잡혀 오고 마는 도망 길. 수없이 매를 맞고 채찍질을 당해도 나는 포기하지 않았다. 아마도 나는…… 죽고 싶었던 것 같다. 부원군 댁이 아닌 낯선 집, 의지할 이 없는 외로운 삶 따위 그냥 놓아 버리고 싶었는지도. 협박으로도 매로도 다스려지지 않는 나에게 질린 아전들은 마침

내 나를 팔아치우고 오라는 명을 내렸다.

살고자 하는 의지도, 더 이상의 희망도 모두 놓아 버렸을 때, 나는 비로소 그토록 소원하던 아가씨와의 재회를 맞이하게 되었다. 북촌의 안국방에 자리한 어느 양반 댁. 믿을 수 없게도 아가씨 역시 팔려 갈 하녀 신세로 주인 내외에게 선을 보이러 와 있었다. 나처럼 말이다.

인엽 아가씨가 먼저 나를 알아보았다. 발발 떠느라 아무것도 눈에 들어오지 않았던 나는 내 옆에 선 사람이 아가씨인 줄도 몰랐다.

"사월아!"

순간 숨이 멎었다. 이 목소리……. 겨우겨우 숨을 내쉬며 돌아보니 내 곁에 선 사람은 그토록 그리던 나의 아가씨, 우리 인엽 아가씨였다.

"사월아!"

아가씨가 다시 한 번 내 이름을 불렀다. 아가씨가, 우리 아가씨가.

비로소 울음이 터졌다.

"아가씨!"

아가씨와 내가 서로를 얼싸안았다.

"어떻게…… 어떻게 여길 왔어? 너 개성으로 갔잖아."

저간의 사정과 지나간 시간들을 어떻게 다 말로 할 수 있으랴. 목이 메어 간신히 몇 마디를 뱉어 냈을 뿐이다.

"아가씨한테 오려고, 아가씨 만나려구……. 괜찮으신 거죠? 고생하신 건 아니죠?"

아가씨의 얼굴 역시 이미 눈물로 범벅이 되어 있었다.

"넌? 너는 괜찮아? 잘 있었어?"

주인 내외는 난데없는 하녀들의 재회극이 마음에 안 드는 모양이었다. 마소처럼 나를 끌고 온 추노꾼이 분위기를 파악하고 우리 두 사람을 떼어 놓았다.

"어른들 계신다. 니들끼리 회포 푸는 자리가 아니야."

분위기를 수습한 추노꾼은 나를 정식으로 소개시켰다.

"사월이라는 계집종입니다. 동품녀를 찾으신다구요?"

동품녀라니. 우리는 동시에 얼어붙었다. 인엽을 데리고 온 병판 댁의 수노 무명의 얼굴도 굳었다. 아마 그도 자세한 사정은 모르고 온 것 같았다.

"꼴이 왜 그 모양인 게야?"

주인마님의 얼굴이 못마땅하게 찌푸려졌다. 먼 길 오느라 먼지에 찌든 내 몰골이 마음에 들지 않는 모양이었다.

"개성에서 먼 길을 와 그렇지 씻겨 놓구 보면 제법 태가 납니다요."

추노꾼이 변명을 했지만 마님은 바깥어른에게 의사를 타진했다.

"두 아이 중에서 누가 낫겠습니까?"

그는 대번에 인엽 아가씨를 가리켰다.

"난 저 아이가 나을 것 같소만."

가슴에서 뭔가가 와르르 무너지는 것만 같았다. 아아, 아가씨가, 우리 아가씨가…….

"아버님께서 직접 보시는 것도 좋겠소."

마님이 일어나서 사랑의 문을 열었다. 문 너머에 앉아 있는 노인은 팔순은 족히 넘어 보였다. 깊고 퀭한 눈길로 아가씨와 나를 번갈아 보았다. 생각하고 말 것도 없었다. 발이 절로 나갔다.

"제가 하겠습니다."

아가씨가 놀라서 나를 쳐다보았다. 다른 이들의 시선도 일제히 나를 향했다.

"쇤네를 뽑아 주십시오. 이 아가씨는…… 우리 아가씨는…… 그런 분이 아닙니다. 쇤네가 무슨 일이든 하겠사오니, 우리 아가씨는 그냥 보내 주십시오."

주인마님의 조소가 냉랭했다.

"의기는 가상하다만, 결정은 우리가 한다. 나서지 말거라."

"마님!"

　추노꾼은 나를 끌어내어 잠자리를 의탁하던 민가의 광에 가두었다. 아가씨와 나는 다시 헤어졌다. 바람 앞의 등불처럼 한 치 앞도 내다볼 수 없는 아가씨의 운명에 공포가 밀려왔다. 내 인생은 없었다. 나에게는 아가씨의 인생이 곧 나의 인생이었다.

12

혼서

- 윤옥

나는 가끔 헷갈린다. 우리 어머니가 좋은 사람인지 아닌지. 내가 어머니를 사랑하는지 두려워하는지. 뭐 남들 말로는 내가 천방지축 막내딸이라 안하무인에 버릇이 없다는 것이 중론이지만 이런 나도 가끔은 우리 어머니가 섬뜩해지곤 한다. 도망치다 잡혀 온 인엽을 동품녀로 파신다는 게 아닌가. 남의 집 하녀 주제에 제 발로 도망간 벌은 당연히 받아야 하지만 동품녀라는 고약한 자리는 어쩐지 개운치가 않았다. 아랫것들이 하는 이야기를 들으니 무명이 선처를 구하였다 한다. 동품녀는 너무 심하지 않나 생각했으면서도 또 막상 무명이 인엽을 구하기 위해 나섰다니 기분이 좋지 않았다.

무명은 어쩌자고 자꾸만 인엽을 싸고도는지 모르겠다. 원래 다정한 사내들은 한 여자만 바라보는 게 아니라 세상 모든 여인들에게 다정한 걸까? 무명이 수행을 나선 날이면 길가의 꽃가지를 꺾어 가마 안에 넣어 주곤 하던 것이 생각난다. 그가 넣어 준 꽃가지 하나 때문에 답답하던 가마 안이 단숨에 향기로워지곤 했다. 겨울에 산사에라도 갈 일이 있을 때면 온돌을 넣은 주머니를 시린 손 위에 놓아 주었고, 댓돌 위에 놓인 고무신에 꽃송이를 담아 두어서 신으면 좋은 냄새가 나게 했다. 시키는 일이나 간신히 해내는 다른 가노들은 꿈도 못 꿀 일이다.

무명은 그렇게 매사에 섬세하고 아름다운 배려가 있었고 그 배려는 나를 향기로운 여인으로 만들어 주었다. 이상하였다. 그가 있으면 내가 더 아름다워지는 것 같고, 좋은 여자가 되는 것 같다. 그는 여인에게 자신감을 불어넣어 주는 특별한 능력이 있는 모양이다. 천출인 것이 참으로 아까웠다. 제 발로 걸어 들어온 수노이니 다른 천것들과 경우가 좀 다르긴 해도 어차피 반가의 사내가 아닌 다음에야 그저 내 발밑에 머리를 조아려야 하는 아랫사람이긴 마찬가지. 우물처럼 깊고 맑은 눈동자와 반듯한 콧날에서 기품마저 느껴지는 그의 얼굴을 볼 때마다 아쉬운 생각이 들었다. 저 잘난 사내가 신분만 귀하다면…… 나는 망설임 없이 그를 신랑으로 택할 터였다.

"약속드립니다. 다시는! 다시는 도망치지 않겠습니다. 어떤 벌도

달게 받고, 무슨 일이든 하겠습니다. 옛 기억을 모두 잊고, 철저하게 이 집의 하녀로 살아가겠습니다."

인엽이 마당에 무릎을 꿇었다. 어머니와 나, 올케 이하 집안의 모든 여자들이 구경하듯 모여 있었다. 반가의 여인에서 하녀로 떨어진 것만 해도 괴로운 일인데, 이제 한술 더 떠 노인네 병수발을 들며 살아 있는 약 노릇까지 하게 생겼으니 그 심정이 오죽할까. 두려움에 자진이라도 하지 않을까 싶었는데, 그녀는 의외의 모습을 보이고 있다. 자신의 구명을 위해 스스로 무릎을 꿇은 것이다. 나는 흥미로운 마음으로 인엽의 절박한 노력을 구경하는 중이었다.

인엽의 가상한 애원에도 어머니의 눈빛은 조금의 동요가 없었다.

"한 번만, 한 번만 더 기회를 주십시오."

어머니는 여전히 말이 없으셨다. 지루해진 내가 한마디 툭 던져 보았다.

"증거를 보여."

인엽이 고개를 들었다.

"니 말을 우리가 어떻게 믿느냐? 진짜 하녀로 살겠다는 마음가짐을 어디 한번 보여 보란 말이야."

마당은 쥐죽은 듯 조용했다. 한참을 고요히 앉아 있던 인엽은 이윽고 무언가를 결심한 듯 웃전들을 향해 다가왔다. 하녀들의 눈동자가 일제히 인엽에게 꽂혔다. 어머니의 발치에 도달한 인엽이 천천히, 아주 천천히 고개를 수그리더니 신발에 입을 맞추었다. 소중한 꽃송이라도 안듯이 신발을 양손으로 감싸 쥐고 제 입술을 갖다 댄 것이다. 헉! 어머나! 여기저기서 놀라움에 입을 막는 하녀들의 탄성이 새어 나왔다.

사실은 나도 어지간히 놀랐다. 천비가 발을 댄 신은 도로 신을 수 없다 하여 버선발로 비단길을 밟고 갈 만큼 도도했던 인엽이 아니었던가. 그랬던 그녀가 이제 다른 사람의 신발에 입을 맞추면서까지 살아남으려 하는 것이다. 이제 그녀가 지키려 하는 것은 무엇인가. 사람의 생이라는 게, 인간의 바닥이란 게 끝을 알 수가 없구나. 그녀는 도대체 어디까지 무너질 작정인 것일까.

"좋다."

그녀의 노력이 어머니의 마음까지 움직인 걸까 싶었지만, 아니었다. 이어지는 어머니의 질문은 차가운 얼음물 같았다.

"그럼 너 대신 누구를 보낼까?"

대신 누굴 보내야 한다고? 인엽의 얼굴이 석상처럼 굳었다.

"너는 빠지고 싶다니 그럼 다른 사람을 골라라. 단지냐, 개똥이냐!"

하녀들이 사색이 되었다. 평소에도 나 어린 개똥이만큼이나 물색없는 침모가 따지고 나왔다.

"마님, 너무하십니다. 인엽이 저 아이야 도망갔다 잡혀 와서 벌을 받는 거라지만, 우리 단지나 개똥이는 무슨 죄가 있다고……"
"그러니까 묻는 것이다. 대신 누굴 희생시키겠느냐!"

난데없는 불똥에 긴장한 단지와 개똥이가 침을 삼켰다. 사방이 인엽의 입술만 주시하고 있었다. 그녀가 절박한 얼굴로 하녀들을 둘러본다. 내가 마실 수 없는 잔을 타인에게 넘겨야 하는 자리. 그 잔인한 선택.

하녀들은 저마다 찍히기 싫어서 눈길을 피하기 바빴고, 인엽은 마침내 선택을 끝냈다.

"자, 골랐으면 말해 보아라. 누구를 보내야 할지!"

인엽의 눈길이 처연했다.

"제가 무어라고…… 저 하나 살자고 다른 사람을 죽이겠습니까."

그녀는 비로소 포기한 것이다. 살고자 하는 의지, 독배를 피하고 싶은 욕망. 그녀는 모든 것을 버리고 내려놓았다.

"그냥 처분대로 하여 주십시오."

잠시 죽음 같은 침묵이 지나간다. 그 누구도 아무런 말을 할 수 없었다.

"잊지 말거라. 지금의 네 심정, 그 마음을."

어머니께서 그 침묵을 깨뜨렸다. 인엽이 고개를 들었다.

"바로 네 옆에 선 사람들, 한 방 쓰는 하녀들이 너와 같은 운명체요, 함께 살아갈 동료들임을."

그녀는 불안감 외에 아직은 어떤 기대도 품지 못한 채 어머니의 얼굴을 간절하게 바라보았다.

"마지막 기회를 주도록 하마. 인엽이라는 이름을 버리고 오늘부터 새로 태어나거라. 너는 이제부터 국인엽이 아닌 성씨 없는 하녀 중의 한 사람이다. 이름은 하녀다운 적당한 것을 하나 고르도록 하구."

다행이다 싶은 안도감과 묘한 실망감이 함께 밀려왔다. 그녀가 인생의 바닥을 치는 것까지는 차마 보고 싶지 않은 연민과 한편으로는 저 인생이 어디까지 밀려가나 구경하고 싶었던 잔인함이 내 안에 동시에 존재했다. 분명한 것은 나는 이 구경거리가 일찍 끝나기를 바라지 않는다는 것이다. 그녀가 옥살이를 하든 팔려가든 내 알 바 아니었으나 눈앞에서 사라지는 건 아쉬웠다.

여하튼 다른 사람에게 불행을 떠넘기지 못한 갸륵한 심성으로 도주를 용서받은 그녀에게 새로운 이름이 생겨났다. 국인엽이라는 이전의 이름 대신 성씨도 없는 새로운 이름, 향이라는 이름이. 그녀는 이제 몸도 마음도 영혼도 바닥에 떨어진 천비 향이였다.

어릴 때부터 단 한 번도 뛰어넘을 수 없었던 동무. 엄마 없는 아이라 은근히 무시를 당했지만 결핍이 있기에 그 빛남이 오히려 더 돋

보였던 존재. 미모와 학식, 손재주와 글재주, 말솜씨……. 그 어느 것에서도 그녀를 뛰어넘을 수 없어 시샘 대신 친해지고 좋아하는 것으로 내 마음의 상처를 덮고자 했던 대상이 이제 절대로 나와 경쟁할 수 없는 수준으로 내려간 것이다.

사람의 마음이란 이상도 하여서 나는 그녀의 불행이 무섭기도 하면서 한편으로는 벽장에 몰래 숨겨 놓고 혼자 먹는 고소한 깨강정 같기도 했다. 몰래 한 연애로 내 혼사를 망쳐 놓은 장본인이 아닌가. 동무가 원수 되기는 한순간이었다. 내가 얼마나 고약하고 잔인해질 수 있는 사람인지 그녀의 추락이 증명해 주었다. 인엽이, 아니 이제 향이가 된 그녀가 그 어떤 고난과 시련에도 굴하지 않고 이를 악물면서 버티려고, 견디려고 노력하면 할수록 나는 점점 더 못된 주인이 되어 갔다. 그녀가 무릎 꿇는 것이 보고 싶다. 그녀가 좌절하고 우는 것이 보고 싶다. 내 앞에 굴복하고 엎드려 비는 꼴을 봐야겠다. 내 마음에 수없이 상처와 좌절을 안겨 준 지난날처럼, 자기도 어디 한번 당해 보라지.

이런 나를 욕하지 말라. 비웃지도 말라. 나는 결국 그녀의 남자와 혼인해야 하는 더러운 운명이다. 애초에 부원군 댁 외동딸 인엽과의 인연을 숨기고 우리 집에 매파를 넣었던 호판의 집에서는 막상 부원군이 함흥에서 돌아오자 언제 그랬냐는 듯 안면을 바꾸었던 전적이 있다. 우리 집안에서는 몹시 불쾌하였으나 함흥차사의 생환 자체가 도성의 경사였기에 사가의 일로 흠집을 낼 수 없어 묵묵히 넘어가 주었다. 어디까지나 아버님의 도량이요, 점잖은 가풍의 덕이었거늘 그게 도리어 만만하게 보인 모양인지 호판 댁에서 이제 와 주상 전하를 움직여 어명을 받아 내서는 우리 집에 혼서를 넣었다. 오랜 세월 인엽의 남자였고, 비록 첫날밤을 치르지는 않았다 해도 혼례까지 치르려 했던 사이가 아니었는가 말이다. 내가 무슨 하자가 있는 여인도 아닌 터에 그런 과거가 있는 사내 따위 받아 줄 이유가 무엇인가?

허나 어명이었다.

벗어날 도리가 없었다. 전하께서 호판 김치권 대감의 공을 크게 여겨 혼삿길이 막힌 그 아들을 구제하고자 우리 집과의 정혼을 명하셨다는 것이다. 기가 막혔다. 당신이 대신 살아 줄 것도 아니면서 남의 인륜지대사를 그렇게 즉흥적으로 기분 내키는 대로 정할 수가 있느냐 말이다. 그러니까 결국 내 모양새라는 게 우리 집 하녀가 정 주던 사내의 두 번째 여자가 되는 꼴이 아닌가. 비록 내가 정식으로 혼인하게 될 정실부인이라 하나 조금도 위로가 되지 않는다. 하녀의 남자 따위와 백년가약을 맺기는 죽어도 싫었다. 더 기가 막힌 것은 아버님께서 향이를 위해 그녀의 옛 몸종이던 사월이까지 구제하여 우리 집으로 데려왔다는 사실이다. 대체 향이 그녀가 무엇이관대!

어찌하여 오승포를 낭비해 가면서 별 필요도 없는 가비를 늘리시냐고 항의하는 어머니께 아버지는 단호하기만 하셨다.

"옛 주인을 못 잊어 몇 번이나 도망을 놓았던 아이요. 의기가 가상하니 다른 가비들에게 모범이 되지 않겠소."

"인엽이 그 아이를 더욱 개념 없이 만들 수도 있습니다."

아버님께서 어머니를 바라보시었다. 조금도 정답지 않은 눈빛. 어머니의 욕심, 어머니의 이기심, 어머니의 오기가 발동할 때마다 감정을 담지 않은 무연한 눈길로 보시면서 어머니를 바닥까지 무참하게 만드는 바로 그 눈빛이었다. 아버님은 왜 모르시는 걸까. 아버님께서 조금만 더 다정해지시고, 따뜻하게 대해 주신다면 어머니도 지금보다는 자애로워지실 텐데. 어머니는 아버지의 무정에 상처받은 마음을 숨기고자 더욱 더 차가워지고 무자비해지신다는 것을 정녕 모르시는 것일까?

"쥐도 도망갈 곳을 봐 가면서 모는 법이오. 앞으로 그 아이가 겪어야 할 마음고생이 선연한데, 기대어 울 동무라도 있어야 할 게 아니요."

"대감께서는 어찌하여 아랫것의 눈치를 보십니까! 그 애가 우리 집 혼사에 걸림돌이 된다면 내보내면 그만이지요."

"내보낼 수도, 내보내서도 안 되는 아입니다. 결국은 내 집안에서

거둘 수밖에 없는데, 옛 친구의 여식을 정신적으로 고문하는 꼴이
되지 않았소!"

"......"

"그 애 편하라고 한 일이 아니라 내 맘 편하자고 한 일이오. 더 이
상 왈가왈부하지 마세요."

한낱 여비를 위하여 동무까지 붙여 주는 아버님의 배려는 참으로
놀라운 것이었으나 하기 싫은 혼사를 억지로 해야 하는 딸에 대한
배려는 없었다. 어명을 거역하여 집안을 위기로 몰아넣을 수 없는
아버님의 입장도 이해하고 도성 최고의 재산가로 알려진 호판 댁을
사돈으로 마음에 들어 하는 어머님의 욕심도 이해해 드릴 수 있지만
거기다 왜 내 운명이 제물로 바쳐져야 하느냔 말이다. 속상한 마음
과 모욕감을 알아준 이는 이 집에서 오로지 단 한 사람, 무명이었다.

"죽어 버릴 테야!"

호판 댁에서 보내온 혼서를 찢어 버리고 안방을 뛰쳐나온 내가 후
원에서 울고 있을 때 무명이 조용히 면포를 내밀었다. 나는 그의 손
을 쳐냈다. 내가 면포를 받아들지 않고 계속 울기만 하자 무명이 눈
물을 닦아 주었다.

가만히.

무명의 손길에 마음 한구석이 무너졌다. 이 넓은 집안에 내 편은 오로지 무명 하나뿐인 것만 같았다.

"울지 마세요. 너무 울면, 몸이 상하십니다."
"그런다고 누가 상관이나 할 거 같아? 내가 죽어도 이 집에선 아무도 눈 하나 깜짝 안 할 거야!"

내가 말도 안 되는 어거지를 쓰며 앙탈을 부렸지만 무명은 어설픈 위로도 어떤 대꾸도 없이 그저 조용히 깊은 시선만 주었다. 나의 울음이 잦아들어 갔다. 원래부터 우리 집 가노가 아니어서일까? 무명은 하인인데도 대하기 어려운 데가 있었다. 내가 즐거운 일이 있어 좋아하고 있으면 자기도 소리 없는 미소를 보내며 나의 행복감을 고양시켰고 안 좋은 일이 있어 우울할 때면 말없이 행동에 나섰다.

그는 이번에도 나를 위해 움직였다. 말에 태워 외출을 나간 것이다. 흔들리는 말안장 위에 앉아 천변을 거니노라니 답답한 속이 좀 뚫리는 것도 같았다. 잔물결이 별처럼 반짝였다.

"배를 타 보시겠어요?"

"배?"

"사공에게 배를 빌려 보지요. 낯선 사람 싫으실 테니 제가 노를 저어 드리겠습니다."

수륙재 때가 아니면 배를 타 볼 일이 없었다. 무명이 내 마음을 풀어 주고자 이런저런 애를 쓰는 것이 싫지 않았다. 더 이상 대꾸 없음을 허락으로 알아들었는지 무명이 사공과 몇 마디를 나누더니 배를 빌려 왔다. 사공도 없이 둘이서 타고 가는 뱃놀이.

자못 설레었다.

햇살이 따가웠다. 무명은 천변의 토란 밭에서 커다란 토란잎을 따다가 해 가리개로 들려 주었다. 무섭지 말라고 천천히 노를 저어 가면서 가끔씩 내가 잘 있는지 돌아봐 주었다. 말을 탈 때와는 또 다른 운치가 있었다. 이런 맛에 남자들이 배를 띄워 시회를 여는 모양이다. 사내들은 기생까지 불러 술을 치게 하고 가야금도 켜게 한다니 그 얼마나 흥이 날까. 배가 강물 한가운데까지 나아가자 무명이 노를 쉬었다. 그리고 대금을 꺼내 음률을 불어 주었다. 눈물 나게 구슬픈 가락이 물살 위로 퍼져 나갔다. 멎었던 눈물이 다시 솟아나기 시작한다. 이번에는 억지로 내 몫으로 운명 지워진 신랑 때문이 아니라 무명 때문에 울었다. 그는 왜 양반이 아니고 천출인가. 나는 왜 내가 원하는 사람과 살 수가 없을까. 신랑 잃고 아비 잃고 이름 잃은 향이 같은 팔자도 있으니 그래도 내가 복이 있다 위안하여야 할까.

해가 지고 있었다. 붉은 노을이 강물 위로 퍼져 갔다. 무명은 눈물을 닦아 주지 않았다. 실컷 울어 보라는 듯 대금의 음률을 한층 더 구슬프게 불어 갔을 뿐이다. 어디선가 더운 바람이 토란잎을 흔들었다.

13
신참례

- 향이

별당의 공기가 묘했다. 무명은 날마다 윤옥 아가씨를 모시고 외출
이었다. 하루는 말을 타고 천변에 나가 뱃놀이를 했다 하고, 하루는
과수원으로 나들이를 가 햇과일을 먹었다 한다. 어떤 날은 북한산
누대에 올라 도성을 내려다보는 풍취에 젖고, 또 어떤 날은 달밤에
불 놓은 연을 띄워 새로운 구경거리를 만들었다는 소리도 들었다.
원래도 바깥출입을 즐기고 놀기 좋아하는 윤옥의 성미를 모르는 바
아니었지만 이 정도면 말이 돌고 흉잡힐 일이다.

헌데 어쩐 일인지 안채에서 별당의 잦은 외출을 알고도 내버려두
는 분위기였다. 시누이의 야유회에 동참하지 못하는 이 댁 며느님께
서 시샘을 하였지만 후사를 보지 못한 작은 마님의 입지는 바람 앞

에 등불 같아서 아무도 신경 쓰는 이가 없었다.

안채나 별당의 일이야 내막이 어떻게 돌아가든 내가 상관할 바가 아니지만 문제는 행랑의 공기도 묘하다는 것이었다. 단지도 개똥이도, 찬모도 침모도 내 얼굴만 보면 고개를 돌렸다. 부엌에서, 우물가에서 자기들끼리 무슨 말을 수군거리다가도 내가 들어서기만 하면 하나같이 모른 척이었다. 그들이 나를 좋아하지 않는다는 것은 익히 알지만 이 외면은 분위기가 또 달랐다. 그들은 나를 싫어하는 게 아니라 뭔가를 숨기고 있었다.

하지만 군이 궁금해하지 않기로 했다. 나에게는 사월이가 있었기에, 그녀가 돌아왔기에. 나는 그 누구도 필요 없었고 아무도 상관없었다. 오로지 사월이가 곁에 있다는 사실 하나만으로 충분한 위로가 되었다. 내가 빠져나온 구덩이에 혹여 그녀가 들어간 게 아닌가 싶어 무명에게 사정하고 대감마님께 눈물로 애원했었다. 나를 향해 끝없이 달려온 그 아이, 옛 주인을 차마 못 잊어 사지인 줄 빤히 알면서 도성으로 들어온 그 아이, 이제는 상전도 뭣도 아닌 나를 위해 동품녀가 되길 자처한 아이, 그 아이를 구해 달라고.

무명도 대감마님도 앞에서는 아무 언질이 없어 절망하고 있었기에 며칠 뒤 예고도 없이 사월이가 눈앞에 나타났을 때, 당시의 감격은 이루 말할 수가 없었다. 저도 그동안 당한 신역이 고되고 매질로 몸을 상하였을 텐데 그 아이가 와서 제일 먼저 한 일은 내 상처를 헤아리고 어루만진 것이었다. 행랑채 툇마루에 앉아 사발에 약초를 찧어 이기고 붙이면서 사월이는 가슴 저 깊은 곳에서부터 속이 상해 어쩔 줄을 몰랐다.

"도대체 왜 이렇게 상처가 많이 나신 거예요? 어디서 뭘 어쩌셨기에! 누가!"

나는 그저 사월이가 하는 양만 보았다. 그냥 좋았고, 마냥 기뻤고, 한없이 든든했다.

"나쁜 사람들 같으니라구. 예전엔 아가씨 앞에서 머리를 조아리던 사람들이 하루아침에 어떻게 이렇게 못되게 굴 수가 있어요?"

"그래서 더 하는 거야."

"귀한 아가씨를 이리 대할 수는 없어요!"

나는 말문이 막혔다. 이 아이에게는 여전히 내가 귀한 상전이었다. 고마웠다. 누구에게도 귀한 대접을 받아 보지 못한 요즘의 나에게 사월의 공대와 보호는 그 어떤 약보다 따뜻하게 시린 마음을 덥혀 주었다.

"이제는 걱정 마셔요. 쇤네가 다 알아서 지켜 드릴 거예요."

"사월아."

"네?"

"나 있잖아…… 지금 너무 좋아. 아버님 돌아가시구 나서 처음으로 행복해."

사월이가 북받치는 얼굴로 나를 쳐다보았다.

"네가 왔잖아. 우리 사월이가 왔잖아."

사월의 눈동자에 물기가 어렸다.

그 밤, 안행랑에 마주 보고 누운 우리는 서로의 두 손을 꼭 맞잡은 채 어쩔 줄을 몰랐다. 이 재회가 너무 기뻐서, 그 먼 길을 돌아 이제 겨우 함께하게 된 것이 좋아서 잠도 오지 않았다. 불행과 고통으로 점철된 나날들 가운데 나에게도 소중한 위로 하나가 생긴 것이다.

사단은 다음날 아침에 벌어졌다. 첫닭이 울고, 하나둘 깨어난 하녀들이 이부자리를 개어 올리고 옷을 입으면서 오늘 하루의 노동을 준비하고 있을 때였다. 사월이 내 세숫물을 갖고 들어온 것이다.

"아가씨! 소세하셔요."

하녀들의 어이없다는 눈길이 일제히 우리를 향했다. 당황한 내가
당장 어쩌지를 못하고 있는데 단지가 거침없이 다가와 대야를 냅다
차 버렸다. 방바닥에 흥건하게 퍼지는 물에 버선발이 젖어든다.

"아주 그냥 꼴값을 떨어요, 꼴값을!"

단지가 나에게 버럭 화를 냈다.

"야! 너는 네가 아직도 상전인지 아냐?"

분노의 화살은 사월에게도 어김없이 향해졌다.

"사월이, 너! 옛날 상전한테 소셋물 갖다 바칠 거면, 앞으로 이 방
사람들 전부한테 소셋물 갖다 바치던지!"

아직 행랑 분위기를 파악하지 못한 사월이는 여전히 나를 옹호하
려 들었다.

"그냥 좀 봐 줘. 우리 아가씨는 아직 이런 환경에 익숙지 않으셔

서……."

"넌 하녀 근성이 아주 그냥 뼛속까지 뱄구나?"

사월이 입술을 깨물었다. 나를 향한 진정과 충심을 하녀 근성으로 왜곡당한 모욕감 때문이었다.

"하긴 종년이 하녀 근성 있는 건 바람직한 일이기는 하겠다. 어디 한번 잘해 보셔!"

단지가 마지막으로 이죽거리고 나서 나가 버리자 다른 하녀들도 우르르 방을 비웠다. 사월이 얼른 걸레를 가져다가 방바닥을 훔친다.

"인제는…… 내가 상전이 아니고…… 여기선 사월이 네가 내 몸종도 아니야."

"남들이 뭐라든, 저는 아가씨 몸종이에요. 이날 이때까지 평생을 그렇게 살았어요."

"계속 이러면…… 둘 다 힘들어. 나는 그냥…… 네가 같이 있어 주는 것만으루두 힘이 되니까…… 앞으로 이러지 마."

사월이는 그저 묵묵히 방 안의 물기를 닦아 냈다. 내가 자신의 마음을 몰라주는 듯하여 서운한가 보았다. 내가 왜 그녀의 마음을 모르겠는가. 하지만 그녀도 결국 은기 오라버니와 같다. 아무리 인정하지 않으려고 해도 내 처지가 달라진 것은 사실 아닌가. 우리는 기어이 신래 불리기를 당했다.

뒷설거지며 내일 아침 준비까지 밤일을 다 마치고 행랑에 드는데 불빛이 없이 캄캄했다. 다들 벌써 자는가 싶어 조심스레 문을 열었는데, 발을 들이자마자 머리 위로 이불이 뒤집어씌워지더니 가차 없는 발길질과 주먹질이 사방에서 날아왔다. 이미 한바탕 당한 사월이는 입에 재갈을 물린 채 양팔을 잡혀 울고 있는 터였다. 그래, 맞아 주자. 어차피 피할 수 없는 길이라면 감당하는 수밖에 없다. 나는 이제 매질에도 서서히 익숙해져 가는 중이었다. 세상에 익숙해지지 않는 것은 아무것도 없었다.

"어디 한 번만 더 이 방에서 아가씨니 몸종이니 뭐니 해 가면서 니들끼리 소꿉장난 해 봐. 다음번엔 아주 제대로 병신을 만들어 줄 테니까."

단지가 독한 소리를 했다.

"해도 해도 너무 한다! 양반님네들 욕할 거 하나두 없구만! 약해지면 언제든지 밟을 수 있는 게 니들이었어. 평소에 그렇게 욕해 대던 양반들과 다를 게 뭐야! 니들이 조금이라도 위다 싶으면 이렇게 함부로 짓밟고 모욕하고! 니들이 상전 욕할 자격 있어? 우리 아가씨가 뭘 잘못했길래! 그래, 지난날에 우리 아가씨가 이 집에서 너그럽게 굴지는 않으셨지. 그치만 우리 아가씨가 누굴 때렸어? 굶겼어? 설움 줬어? 사람 성격이 비위에 안 맞는다고, 잘난 양반 하나 니들 손바닥에 떨어졌다고 그동안 어떻게 했어! 니들이 받은 핍박이 과하니, 이게 과하니!"

재갈이 벗겨진 사월이가 악을 썼다. 얌전하기 짝이 없고 평생을 가도 누구한테 말대꾸 한번을 제대로 못하던 아이였다. 그러던 사월이가 피를 토해 가며 나를 감싸고 동료들을 질타했다.

"니들도 봤잖아! 다 알잖아! 눈앞에서 부친 잃고 신랑 잃고 하루아침에 노비로 전락한 분이야. 불쌍하지도 않어? 가엾지두 않어? 금수가 아니구 사람이면 연민이 있어야지. 동정하는 마음도 없어! 니들이, 그러구두 사람이야! 부끄러운 줄 알어!"

사월의 일갈에 좌중이 얼어붙었다. 나는 할 수 없었던 말, 꺼낼 수 없었던 이야기였다. 내가 어떻게 그들에게 나를 좀 긍휼히 여겨 달라 부탁할 수 있겠는가. 그들은 알게 모르게 쌓여 온 양반에 대한 울분을 나를 괴롭히는 것으로 해소하고 있었는데. 강자가 될 기회가 없었을 뿐이지 그 자리에 서면 서슴없이 남을 짓밟을 족속들이라는 사월의 꾸짖음은 그들을 벼락처럼 내리쳤다. 낮은 곳에서 양반들의 이면을 속속들이 알고 있는 그들은 그래도 천것들이 가진 인간적인 면모에 대한 자부심으로 위를 멸시하면서 자기들끼리 자위하는 게 있었다. 우리는 니들처럼 사람을 천대하지는 않는다는. 그러나 사월이 그 허위를 통렬하게 부수고 나온 것이다.

"두 사람 다 데리고 나오너라."

밖에서 찬모 차 상궁의 소리가 들렸다. 오늘 이 방에서 무슨 일이 일어날지 다 알고 있었다는 뜻이다. 사월의 피맺힌 외침에 무안해 있던 하녀들이 우르르 몰려나갔다.

마당에는 불이 놓아지고 멍석이 깔렸다. 찬방에서 음식들이 날라져 왔다. 삶은 닭까지 몇 마리 보이는 푸짐한 상이었다. 신참들에게 호되게 굴고 나서 저희들끼리 신명 내는 상인가 보았다.

찬모가 나와 사월에게 탁주를 한 사발씩 따라 주었다.

"마셔라. 원래 신참례에서는 새로 온 사람들이 한턱을 내는 것이 관례이나 너희들의 처지가 곤궁할 것을 염려하여 동료들이 마련한 것이다."

병 주고 약 주는 것인가. 실컷 때려 놓고 위로주라니. 이 무슨 해괴한 풍속인가.

"신참례는 너희들만 당한 것이 아니다. 심지어 나조차도 궁에서 나와 이 댁에 들었을 때, 똑같이 거쳐 가야 했던 통과의례니라."

조금은 놀라웠다. 이 모든 고초가 내가 반가 출신이라 겪는 치욕인 줄 알았는데 출신과 상관없이 신참은 누구나 다 겪어야 하는 의례라니. 허나 차 상궁이 똑같은 길을 걸어왔다 해서 내 마음의 저항감이 사라지는 것은 아니었다. 모두가 당한 일이니 아무리 가혹한 풍습이라도 그냥 받아들이라는 것인가.

"새 이름을 향이라 지었다지?"
"예."
"그래, 향이가 된 너에게 묻겠다. 너는 사월이와 단지 중에 누가 너의 좋은 동료 같으냐."
"……."
"옛 주인이었던 너를 아직도 상전으로 모시며 행랑 안에서 위화감을 만드는 사월이와 너를 사정없이 하녀 취급하며 고생시키는 단지 중에서."

술은…… 마셔 본 일이 없었다. 혼배상 앞에서 마시는 시늉만 냈던 합환주가 술 경험의 전부였다. 차 상궁이 무슨 말을 하려는지 감이 잡히자 마셔 보지도 못한 술이 당겼다. 두들겨 맞은 온몸이 욱신거리는 것도 좋은 핑계였다. 내가 눈 딱 감고 탁주 사발을 비우자 사월이의 눈이 동그래졌다.

"아가씨!"

"닥쳐라. 지금 향이가 겪고 있는 고초가 바로 너 때문임을 모르느냐!"

엄격하기는 해도 좀처럼 노기를 띠는 일은 없는 찬모였다. 사월이 충격으로 얼어붙었다.

"단지 같은 동료가 아니었다면, 향이 너는 아직도 이 집안 식구들과 불화하며 헛간 신세를 면하지 못했을 것이다."

"마마님, 듣고 있기 민망합니다. 저에게 깊은 뜻이 있어 일부러 그런 게 아니라……."

"안다. 허나 어설픈 동정보다는 향이의 적응을 훨씬 더 빨라지게 만들었다. 궁에 처음 들어온 생각시들도 마찬가지. 코흘리개 어린아이라 하여 상궁들이 감싸고돌면 응석받이밖에 안 된다. 그런 생각시는 궁에 필요한 인력이 될 수 없어. 자라고 나면 허드렛일도 제대로 못해 구박이나 받는 뒷방 신세가 되고 말지. 향이 너도 이 집안에서 그런 천덕꾸러기가 되고 싶으냐?”

“⋯⋯.”

“사월이가 말해 보아라. 네가 과연 너의 옛 주인을 얼마나 지킬 수 있을 것 같으냐?”

“목숨을 바쳐 최선을 다할 것입니다.”

찬모가 사월이를 조롱했다.

“네가 무엇이관대! 한낱 제 앞길조차 제대로 가늠 못하는 하녀 주제에 누가 누굴 지킨다는 것이냐! 내일 당장 다른 집으로 팔려 가면 살아생전 다시 볼 수 있을지 기약도 할 수 없는 터에!”

사월의 얼굴이 귓불까지 달아올랐다.

“진정 향이를 위한 일이 무엇인지 곰곰이 생각해 봐라. 네가 천치가 아니라면 앞으로의 행실을 어째야 할지 굳이 일러주지 않아도 알겠지.”

그 밤, 나는 술을 많이 마셨다. 누군가 쥐어 주는 닭다리도 맨손으로 들고 먹었다. 시정잡배처럼, 문 밖에서 춤추는 각설이 떼처럼. 그러나 스스로가 초라하게 느껴지지는 않았다. 뜻밖에도 즐거웠다. 자유로웠다. 무엇이든 할 수 있었고 얼마든지 웃을 수 있었다. 청지기 아재가 춤을 추었고, 상을 두들겨 가며 박자를 맞추자 누가 먼저랄 것 없이 앞 다투어 노래를 불렀다. 개똥이였던가, 침모였던가. 나 역시 누군가의 손에 이끌려 들어가 빙빙 돌고 또 돌면서 춤사위를 흉내 냈다. 사월이는 한 잔도 마시지 않고 아무것도 먹지 않고 걱정이 가득한 눈길로 나를 쫓고 있었다. 그리고 또 한 사람. 빙빙 돌아가는 시야에 언뜻언뜻 잡히는 무명의 얼굴.

그 역시 나를 보고 있었다 여긴 것은 그저 착각이었을까.

14

허혼서

- 사월

아가씨와 나는 침방에 배치되었다. 아가씨의 몸종이었던 나는 이전 댁에 있을 때부터 부엌일보다 바느질을 더 많이 했고, 집안일은 일체 할 줄 모르는 아가씨도 신부 수업으로 배운 게 있어 수 정도는 놓을 줄 알았기에 우리를 침방에 넣는 것이 맞춤하다 여긴 까닭이다. 그동안 하녀들의 하녀 노릇을 하며 온갖 허드렛일에 시달린 아가씨였다. 내가 모시고 있다 해도 신참례 이후엔 주변의 눈이 있어 뭘 어떻게 도와 드리지도 못하니 고생이야 별다를 게 없겠지만 아가씨는 그저 함께 있는 것만으로도 힘이 난다 하셨다.

아가씨와 내가 침방에서 맡은 첫 일은 비단 보자기를 만드는 일이었다. 의복도 아니고 단순한 보자기 만드는 게 일이랄 것은 없었으나 붉은 빛이 나는 좋은 비단을 썼고, 혼(婚)이라는 수를 놓게 한 것으로 보아 사주단자를 보낼 때처럼 혼담이 오가는 예에 쓰일 보인 듯했다. 비단을 마르고 감치는 것은 내가 했고, 수를 놓는 것은 아가씨가 하셨다. 만드는 동안 침모가 무슨 할 말이 있는 듯 자꾸만 입술을 옴쭉거렸으나 이내 "아니다." 하면서 한숨만 내쉬고 결국은 아무 말도 하지 않았다.

안채에서 비단보를 찾으셨다.

아가씨께서 당신이 수놓은 보를 직접 들고 가셨다. 무거운 짐도 아니니 혼자 보내 드려도 될 것을 왠지 모를 불안감에 나 역시 뒤를 따랐다.

안채에는 안방마님과 작은 마님, 윤옥 아가씨까지 모두 모여 계시었다.

서안 위에는 종이가 한 장 놓여 있었다. 나야 글을 모르니 내용을 알 수 없었지만 한자를 아는 아가씨께서는 얼핏 그 내용을 읽으신 듯하였다. 손등에 파르라니 힘줄이 섰다. 눈동자가 붉어지셨다. 우리 같은 천것들이야 글은 몰라도 눈치는 빨랐다. 그 종이가 아가씨에게 뭔가 충격을 안겨 주었다는 걸 알 수 있었다.

아가씨께서 떨리는 손으로 비단보를 바치니 마님께서 서안 옆에 보를 깔고 화각함을 놓으시었다. 그 안에 서찰을 넣고 함을 닫고는 정성들여 보를 묶었다. 윤옥 아가씨께서는 무슨 원수라도 만난 양 불같은 눈길로 우리 아가씨를 노려보고 계셨다. 우리는 읍하고 물러나왔다.

안채를 벗어날 때까지 온몸에 힘을 주고 꼿꼿하셨던 아가씨는 중문턱을 넘자마자 풀잎처럼 꺾이셨다. 바닥에 풀썩 주저앉은 아가씨를 보고 놀란 내가 달려가 부축을 했다.

"에구머니!"

아가씨는 주저앉은 채 일어나질 못하셨다. 다리에 온통 힘이 없었다. 겁이 더럭 났다.

"왜 그러셔요? 발목이라도 접질리셨어요? 아님 어디가 허하신 거예요?"
"……혼서지다."

나는 무슨 말인지 알아들을 수가 없었다.

"예?"

허혼서. 신부 집에서 혼인을 허락한다는 답서…….

윤옥 아가씨가 시집이라도 가려는 모양이다. 헌데 아가씨께서 남의 허혼서를 보고 놀라실 일이 무엇인가. 도무지 가늠이 되지 않으면서도 무언가 불길한 예감이 엄습했다.

"아까 안채에서 본 그거 말씀이세요?"

아가씨가 나를 쳐다보았다. 아가씨의 눈동자에 고통이 가득 했다.

"신랑이…… 은기 오라버니야."

아! 아아…… 가슴이 턱 막혔다. 까막눈인 것이 원망스러웠다. 일자무식이 어찌 양반들의 이름을 읽겠는가. 미리 알았다면 아가씨의 눈을 가려 드렸을 것이다. 차마 울지도 못하는 아가씨. 그저 주저앉아 일어나지도 못하는 우리 아가씨. 나는 감히 위로의 말조차 생각나지 않아 아가씨의 등 뒤에 쭈그리고 앉았다. 하느님도 무심하시지. 천지간에 가여운 우리 아가씨의 슬픔은 끝이 없었다.

별당 몸종인 개똥이의 이야기를 들으니 윤옥 아가씨도 이 혼사를 반기지 않는다고 한다. 하여, 집안에 마음을 못 붙이고 무명을 앞세워 외출이 잦은 것이라고. 성깔을 부리기 시작하면 어디로 튈지 모르는 윤옥 아가씨의 성정을 익히 잘 아시는 마님께서는 혼전인 지금, 그저 아가씨의 투정을 받아 주면서 무사히 혼사를 치르게 되기만을 기다리고 계신다 하였다.

호판 댁에서 은기 도련님 댁으로 허혼서를 보낸 날부터 침식을 전폐한 우리 아가씨께서는 침방에서 해야 할 일만 간신히 해낼 뿐 통먹지도 자지도 못하셨다. 잠 못 이루고 뒤척이면 옆 사람에게 방해될까 싶어 방 안에도 못 있고 새벽까지 툇마루에 앉아 밤하늘을 바라보곤 하셨다. 저 하늘에서 아가씨를 굽어보고 계실 부친 부원군 대감을 그리시는 것인지. 같은 하늘 보고 있길 바라며 은기 도련님을 생각하고 계신 것인지. 나 역시 아가씨 걱정에 잠을 이루지 못하여 남모르게 날마다 그 뒷모습을 지키고 앉아 있었다. 혹여 몹쓸 생각을 품으실까 저어되었던 것이다.

은기 도련님과 윤옥 아가씨의 혼삿날이 정해졌다.

남의 마음과 상관없이, 누군가의 상처도 아랑곳없이 혼례 준비는 착착 진행되어 갔다. 무엇보다 바빠진 곳은 침방이었다. 시댁 쪽에 보낼 예단부터 신부의 원삼이며 식구들의 예복까지 일거리가 산더미 같았다. 나 같은 것도 바느질을 하다가 시시때때로 가슴이 답답하고 울음이 차오르는데, 사랑하는 정인과 혼인하는 여자의 옷을 자기 손으로 지어 바쳐야 하는 아가씨의 심정은 어떠하실까. 요즈음은 집안의 하녀들 누구도 아가씨를 건드는 법이 없었다. 남의 몸 고생에 쌤통이다 싶은 가벼운 심술은 누구에게나 있어도 맘고생에까지 쾌재를 부르는 고약한 심보는 드문 법이니까.

"혼례가 끝날 때까지 침방일 말고 다른 일을 하는 게 어떻겠느냐?"

아가씨의 심사를 염려한 마마님의 배려였다. 아가씨는 조용히 고개를 저으셨다.

"괜찮습니다. 그냥 하던 일을 하게 해 주십시오. 가뜩이나 일이 서툰데 자꾸 찬방과 침방을 바꾸면 다른 사람들에게 폐가 될 것 같습니다."

마마님은 아가씨의 진정을 헤아리려는 듯 깊고 차분한 눈길을 거두지 않으셨다.

"무념무상. 바늘을 놀리고 있으면 아무 생각도 나지 않습니다. 이편이 차라리 견디기 쉽습니다.

"……"

"······."

두 사람의 침묵 사이에 많은 말이 오가는 듯싶었다. 침묵이 그저 고요로 느껴지지 않았다.

"따라오너라."

마마님은 아가씨와 나에게 반상을 들려 뒤채로 가셨다. 뒤채는 연로하신 허선문 옹의 거처. 그는 이 댁의 가장이신 허웅참 대감의 부친으로 윤옥 아가씨의 조부 되시는 분이다. 나의 주인이셨던 부원군 대감과 더불어 새 나라 조선 창업의 주요 공신 중 한사람이셨던 당대의 문신. 대국에서 벼슬을 받을 만큼 학문이 깊고 태상왕 전하보다 연치도 높으셔서 개국 과정의 정신적 지주 역할을 한 분이라 들었다. 허나 아무리 인품이 아름답고 고매한 사람에게도 무서운 세월은 피해 가지 않는 법. 지금은 치매에 걸려 세 살짜리 어린아이나 다름없이 살아가신다. 세 살짜리는 작고 귀엽기라도 하지, 노구의 몸으로 맑은 정신을 놓쳐 옛날의 위엄과 영화는 간 곳 없고 집안의 우환이요, 골칫덩이일 뿐이다. 그래도 법도대로라면 이 댁의 며느리나 손주 며느리가 봉양에 정성을 다해야 할 것이나 이 집안에서는 뒤채 수발이 모두 마마님의 몫이었다. 소문에는 마마님께서 자원을 하셨다 하는데······. 찬방 살림을 관장하는 외에 마마님께서는 남은 시간을 할아버지 수발에 바쳤다. 하루 종일 병자 수발하는 수모가 있긴 하나 하루 세 끼와 간식을 정성스럽게 만들고 몇 번이나 옷을 갈아 입혀 가면서 치매환자답지 않은 정갈한 입성을 유지케 하는 마마님 의 공은 가히 놀라웠다.

궁인 출신이라는 신분에 대한 예우도 있었지만 누구나 꺼리는 뒤 채 수발을 자청하여 당신의 영역을 만드니 안채에서도 마마님에게 거의 간섭을 하지 않고 살림이며 아랫것들 부리는 일이며 모든 권한 을 일임한 편이었다.

옹께서는 어린 아기처럼 마마님이 떠드리는 밥과 찬을 오물오물 받아 자셨다. 수모의 말로는 평소에는 대소변도 지리고 난동이 심한 데 유독 마마님만 오시면 얌전해지신다 하였다. 할 일 없이 앉아 있 는 것에 익숙하지 않은 나는 물이라도 따라 드리고 조기 가시라도 발라 드리려 하였으나 마마님께서 손짓으로 사양하시고는 일일이 당신 손으로 식사 수발을 드셨다. 김치도 찢어 드리고, 집기 어려운 콩장도 놓아 드리고.

뜻밖에도 마마님의 표정은 행복해 보였다. 자기 아이를 먹이는 엄 마의 얼굴이 저럴까, 서방님께 찬 올리는 아내의 얼굴이 저럴까, 부 모를 공양하는 효부효녀의 얼굴이 저럴까. 아니, 그 모든 얼굴이 다

들어가 있었다. 엄마의 마음, 여인의 마음, 자식의 마음.

"여말에 궁 안은 환관과 궁인들조차 고려 편과 이성계 장군 편으로 나뉘어 이합집산과 세작질이 횡행하니 왕실의 기강이 무너져 아수라도 그런 아수라가 없었다. 오죽하면 공민왕께서 아끼던 수하들의 손에 돌아가셨겠느냐. 수라간 상궁이었던 나의 처지로는 비록 망국의 기운이 역병처럼 퍼졌다 하나 여관의 도리로 고려에 충성하고 목숨을 바치는 것이 옳았다. 허나…… 결국은 도리를 지키지 못했지. 그러기는커녕 오히려 새 나라 편에 서서 그들이 원하는 정보를 염탐하고 시키는 일을 수행하여 창업을 도왔다."

아가씨와 나는 숨죽이고 마마님의 이야기를 들었다.

"왜 그리 했겠느냐? 권세를 위해? 재물을 위해?"

감히 무슨 대답을 할 수 있으랴. 마마님께서 서글프나 엷은 미소를 띠며 말씀을 이어 가셨다.

"아니었다, 내가 나의 주군을 배신한 것은……. 먼 옛날 호동 왕자 때문에 아비와 조국을 저버렸던 낙랑 공주처럼…… 연모에 빠진 여자였기 때문이다."

사람의 역사는 그 누구도 함부로 판단할 수 없다. 엄하고 차가운 줄만 알았던 마마님의 이면에 이렇게 뜨거운 과거가 숨어 있을 줄 누가 알았으랴.

"지금은 이리 어린아이가 되어 버린 대감이시지만…… 젊은 날, 그는 팔도에서 가장 총명하고 잘난 사내였지. 대국에서 수학하고 황제의 눈에 들어 거기서 벼슬을 하신 분이니 그 문명이 오죽하였겠느냐. 조국에 돌아오신 뒤에도 대국사신은 도맡아 하셨다. 두어 번 사행길에 모실 일 있어 먼발치에서 뵈었는데…… 나도 모르게 연모가 싹텄다. 마음이란 게…… 마음대로 되지 않아 마음이란 걸 그때에 알았다. 인력으로 되는 일이 아니니 막을 길이 없었구나. 궁인의 신분으로 연모가 생긴들 무얼 하겠느냐. 그의 정인도, 그의 아내도 될 수 없으니 접어야 했건만, 잊어야 했건만…… 무엇으로든 닿고 싶은 열망이 꺼지지 않아 종내는 그의 일꾼이 되고자 하였다."

식사를 마친 옹께서는 식곤증이 오는지 꼬박꼬박 졸고 계시었다. 상을 물리자 마마님께서 손수 이부자리를 보셨다. 옹을 누이고, 부채질을 해 드리면서 남은 이야기를 계속 이어 갔다.

"세작을 자청했지. 대감께서는 당황하셨으나 태상왕께서는 내 마음을 눈치 채셨던 모양이야. 십수 년간 그들을 위해 헌신하고 결국

궁의 주인이 바뀌니 내 앞에 최고 상궁의 권세가 펼쳐질 것은 자명한 일. 허나 권세는 내가 원한 바가 아니라 전하께 출궁을 청하였다. 정업원에 들어가 쫓겨난 고려의 왕후들을 모시며 전조에 지은 죄를 조금이나마 갚으려 하였지. 헌데…… 전하께서 나를 이 집으로 보내시더구나. 궁인은 출궁하여도 혼인할 수 없으나, 그 무렵 노마님께서 명을 달리하셔서 정식으로 후실 노릇은 못해도 여생을 함께 보내라는 망극한 배려였다."

잠자코 듣고 계시던 아가씨께서…… 눈물을 뚝 흘리셨다. 세운 무릎 위에 모아 쥔 아가씨의 두 손 위로 눈물이 방울져 떨어져 내렸다. 마마님의 깊은 속뜻이 그제야 알아졌다. 한 많고 설움 많은 당신의 사랑 이야기로 정인의 혼사를 목도해야 하는 아가씨의 상심을 위로코자 하신 것이다.

"벅찼다. 감히 감사하다는 말도, 그 누구에게 기쁜 속내 한 자락도 꺼내 보일 수 없을 만큼 두렵고 감격스러운 일이었다. 허나 전조를 저버린 벌이었는지, 무리한 욕심을 부린 대가였는지 대감께서 그만…… 정신을 놓으셨지. 나에게 온 것은 평생을 사모했던 그분의 현재가 아니라, 까마득한 어린 시절로 돌아가 철없이 놀고 계신…… 그분의 과거였다."

아가씨의 눈물은 걷잡을 수가 없었다. 옷고름으로, 치맛자락으로 닦아 드릴 수도 없을 만큼 그렇게 폭포처럼 쏟아져 내렸다. 마마님께서 그냥 두라고, 마음껏 울게 두라고 눈짓을 주셨다. 나는 조용히 뒤로 물러났다.

"나에게 주어진 운명은 이분의 여자로 살아가는 것이 아니라 이분의 어미로 마지막을 지켜 드리는 것이더구나. 회한이 없다고 말하긴 어렵지만…… 어쩌겠느냐? 이것이 운명이 예비한 나의 삶인 것을."

아가씨는 급기야 부처님께 배하듯 바닥에 엎드리셨다. 어깨가 심하게 들썩였다. 마마님께서 아가씨의 어깨를 어루만질 듯 다가가다 손길을 거두셨다. 궁에서 예법을 지키며 사셨고 부부지정도, 모녀지정도 겪지 못한 분이라 누군가를 직접 어루만지는 일은 어색하신 듯하였다.

"생은 길더구나."

"……."

"지금은 불가능할 것 같은 일, 그저 죽고만 싶은 절망도 먼 훗날 어떤 매듭으로 무늬 지며 올올이 다시 풀어질지, 그건 아무도 모르는 일이다. 사람의 마음으로 사람의 일을 재지 말거라. 나라가 망할 줄 뉘 알았으며 왕족이 천해질 줄 누가 알았더냐. 내 비록 이분의 여인으로 살지 못하였으나, 곁에서 마지막을 지켜드리며 살고 있는 지금이 한평생 가운데 제일 행복하단다."

그 순간, 환상인 듯 꿈결인 듯 나는 보았다. 잠시 잠에서 깨어나신 옹께서 맑은 눈으로 마마님을 그윽하게 보고 계신 것을. 마마님은 물기 어린 미소로 화답하셨다. 나는 깨달았다. 하루 중에 단 한 순간, 혹은 몇 날며칠 중에 눈 한 번 깜박이는 찰나. 그 섬광 같은 소통의 순간이 마마님께서 바친 평생의 사랑에 대한 보답인 것을. 그 순간은 너무나 짧았지만, 칼같이 예리하게 마음을 베어 그리움의 피가 철철 흘렀다.

뒤채에서 돌아온 뒤부터 아가씨는 수저를 드셨다. 잠이 드시는 것 같지는 않았지만 어쨌든 잠자리에 누워 등을 붙이셨다. 슬픔은 슬픔으로, 아픔은 더 큰 아픔으로 위로한다더니 아가씨께서 한 점 위로를 받으신 것인지. 아니면 현실을 인정하기로 하신 것인지 나 같은 것이 아가씨의 마음을 어찌 다 헤아릴 수 있겠는가. 아는 것도 없는 천한 몸이.

아무튼 겉으로 보기에는 침방에서도 한결 편안한 얼굴로 바느질을 하셨다. 윤옥 아가씨가 입을 원삼에 수를 놓는 손. 그 타들어 가는 속내를 물으니 아가씨께서는 뜻밖에도 미소를 지어 보이셨다. 서러우나 담담한 미소를.

"그냥…… 이게 내 옷이라고 생각하고 짓는 거야. 오라버니가 사랑해야 할 신부의 옷이니까. 내 옷이려니 하고. 비록 이 옷을 내가 입지는 못하겠지만 혼배상 너머 오라버니가 바라볼 그 자리에 놓일 옷이니까……. 온 마음을 다해, 내 진심을 다해 한 땀 한 땀 놓으려고."

내 가슴이 다 무너져 내렸다.

"아가씨……."

"신기하지? 그럼 슬픔이 가벼워져. 꼭 내가 가져야 사랑인가, 한 하늘 이고 살고 있는데……. 우리는 남이 아닌데……. 그런 생각도 들고."

아가씨는 어른이 되어 가고 있었다. 거듭되는 고통이 아가씨의 품을 넓혀 간 것이다. 드높았던 아가씨는 한없이 낮아졌지만, 한편으로 가없이 넓어지기도 하였다. 어쩔 수 없는 그 성숙이 서러워 나는 고개를 돌리고 눈물을 훔쳤다.

그리고 난이 터졌다.

나라에서도 난리가 나고 병판 댁에서도 난리가 난 것이다. 부왕을 밀어내고 세자를 죽인 금상을 인정할 수 없다며 태상왕 전하의 신하이자 돌아가신 신덕왕후 마마의 친척 되는 조사의라는 자가 함경도에서 난을 일으켰다는 소식이었다. 병조 판서의 소임을 맡고 계신 대감마님께서 출정을 준비하며 어전 회의에 나아가시는 아침, 집 안에서는 두 사람이 사라졌다. 원삼 자락에 놓일 기러기와 소나무가 눈부시게 하얗고 푸르게 온전한 형체를 갖춰 가고 있는데 원삼의 주인이 사라진 것이다.

별당의 윤옥 아가씨가 자취를 감췄다. 이 집의 수노 무명도 함께.

사라진 신부. 사라진 수노.

병판 댁에서는 일의 진상을 알 수 없어 난감했으나 일단은 극비에 붙인 채 두 남녀를 찾아 팔도에 사람을 놓았다. 본댁에서 사람을 쓰면 말이 샐까 하여 마님의 친정에서 은밀히 움직였다. 마님의 명이라면 살인도 불사한다는 무시무시한 소문의 주인공 천서방을 처음으로 보게 되었다. 장가도 아니 들고 오로지 마님의 명을 기다리면서 살아간다는 우직한 그 사내는 한쪽 눈이 애꾸라 한 번 보면 잊을 수 없는 인상이었다. 날 때부터 애꾸는 아니고, 오래전에 마님의 명을 수행하다가 눈을 다친 것이라 하였다. 그 천서방이 무명과 윤옥 아가씨를 찾으러 나선 것이다.

윤옥 아가씨의 혼담이 깨어지고 은기 도련님이 다른 여인에게 장가드는 것을 막을 수 있다면 그것이 우리 아가씨에게 좋은 일일까? 일이 무언가 해결될 수 없는 어지러운 방향으로 달려가고 있는 것만 같아 갈피를 잡을 수 없었다. 아가씨가 받으신 충격 또한 컸다. 기쁨도 슬픔도 아닌 그저 충격. 그 충격의 빛깔이 무엇인지 나는 헤아릴 길이 없었다.

15

만월당

- 왕휘

소리 없는 비명을 지르며 잠에서 깨어났다. 숨어 사는 자의 운명은 악몽을 꾸어도 비명을 지르지 못하고 암습으로 칼을 맞아도 신음 소리조차 낼 수 없는 법이다. 우리는 눈물 흘리지 않고 우는 법을 배워야 했으며 모든 고통을 침묵으로 감내할 줄 알아야 했다.

온몸은 물에 빠진 사람처럼 젖어 있었다. 침상에서 일어나 처소의 문을 열었다. 밤하늘과 분간이 되지 않는 검은 숲이 눈앞으로 달려든다. 여기가 바다가 아니라는 것을, 물속이 아니라는 것을 스스로의 몸에 확인시켜 주었다. 미친 듯이 뛰는 심장 박동이 비로소 누그러졌다.

물에 빠져 허우적대는 악몽, 눈앞에서 식구들이 죽어가는 참상의 기억은 세월이 지날수록 더 생생해지기만 한다. 복수를 완성하고 나면 사라질까, 조선을 멸하면 없어질까⋯⋯. 그래도 죽은 사람은 돌아오지 않는다. 그리운 사람을 두 번 다시 볼 수 없다. 악몽은 평생토록 문신처럼 남아 있을 것이다.

100여 년간 원나라의 내정 간섭에 시달릴 대로 시달려 온 허약한 고려 왕실은 이성계 세력과 제대로 싸워 보지도 못하고 맥없이 수창궁을 내어 주었다. 그나마 선지교에 뿌려진 충신 정몽주의 피가 고려의 마지막 자존심을 지켜 주었을 뿐. 안 대비를 위시한 종친들은 그 누구도 나서서 500년 왕업을 수호하려 하는 자가 없었다. 왕업보다 중요한 것이 피붙이들의 안위와 스스로의 목숨이었다. 나라가 없으면 왕실과 백성의 목숨 또한 덧없어진다는 것을 그들은 왜 알지 못했던 것일까. 삼별초의 난 이후로 저항이라는 것을, 자주라는 것을 실천하지 못했던 우리의 한계였는지도 모른다.

평생을 전장에서 살아온 무장 이성계에게는 그런 두려움이 없었다. 그의 수하들 역시 마찬가지. 죽음의 두려움을 모르는 자, 그런 한계를 이미 극복한 자들과 맞서 싸우기에 왕 씨들은 상대가 되지 않았다. 미래를 내다보신 것일까? 고려 부흥의 씨앗을 남기고자, 멸문의 위기를 피하고자 부모님께서는 일찌감치 나를 피신시키셨다. 당신들은 다른 왕족들과 같이 강화도에 집단으로 끌려가면서 아들 하나만은 살려 보고자 용의주도하게 산에다 은신처를 마련하고 상단의 객주라는 위장 신분을 준비해 두셨다.

고려의 왕족들을 강화도에 모여 살게 한다는 은전이 사실은 집단 몰살을 위한 사기극이며 새 나라의 주인 된 이 씨들이 우리의 씨를 말리고자 하는 무서운 음모라는 것을 알게 되었을 때, 나는 부모님을 구하고자 강화도로 달려갔다. 부모님을 비롯하여 500여 명의 왕씨들을 태운 배는 섬에 닿기도 전에 불에 타올랐고 바다는 익사한 시체들로 가득 찼다. 모두가 얼굴과 이름을 알 만한 종친부의 사람들이었다. 어렵사리 배를 구해 어머님! 아버님! 할머님! 식구들을 목 놓아 부르며 바다 위에 둥둥 떠 있는 시체 사이를 누비고 다녔다. 살아 계시길 기도하며, 다만 시신이라도 거둘 수 있기를 바라며.

타는 속을 견디다 못해 직접 바다 속으로 뛰어들어 자맥질을 하며 식구들을 찾았지만 아무것도 건질 수 없었다.

저 멀리서 자기가 만든 참상을 지켜보던 이방원의 얼굴만 목도했을 뿐이다. 이성계의 아들로서 세자위를 노리던 그가 공을 세우고자 벌인 살육극이었다. 이미 항복한 왕실을, 패배를 인정하고 죄인처럼 섬살이를 자처한 내 피붙이들을 잔인하게 수장시킨 것이다. 그는 배의 밑창을 깨부순 뒤 갑판에 불을 지르고 돌아오는 수하들을 건져 올리면서 살아남고자 몸부림치는 왕 씨들은 잔혹하게 죽음의 바다로 다시 밀어 넣었다. 감시를 피해 몇 명은 구해 낼 수 있었으나 그 속에 나의 가족은 없었다.

눈물은 흐르지 않았다. 눈물도 정도껏 슬플 때나 나오는 것이다. 인간성이 살아 있을 때 흘리는 것이다. 그 날 이후 나는 사람이 아니었다.

만월당은 바로 그날, 참혹했던 공포의 수장에서 살아남은 사람들이 조선의 백성이기를 거부하고 고려의 백성으로 살고자 하는 이들을 결집시켜 만든 비밀 결사다. 밀고와 와해를 우려하여 조직의 전체 규모는 철저하게 숨겨져 있다. 상단에서 일하고 산채에서 지내는 당원들도 수뇌부를 제외하고는 자기가 속한 곳이 만월당이라는 것조차 모르는 이들이 대부분이다. 전국 팔도에 세작으로 퍼져 있는 당원들 또한 서로의 존재 유무만 알 뿐 누가 누구인지 실체를 알지 못하게 치밀한 점조직으로 꾸려져 있다. 고려의 부흥을 꿈꾸고 조선의 멸망을 도모하는 것이 우리들의 공동 목표이며 피맺힌 원한을 풀고 복수를 완성하는 것이 당주인 나의 숙원이다.

만월당의 활동은 세간에 알려져 있지 않으나 조선 초의 혼란에 적지 않은 영향을 끼쳤다. 창업 군주인 이성계와 이방원 부자의 사이가 멀어진 것, 형제들 간의 살육극인 두 차례의 왕자의 난 뒤에는 모두 우리가 있었다. 이방원은 강화도에서 왕 씨들을 수장시킨 만행 외에도 두문동에 숨어든 고려의 충신들을 회유하고자 불을 놓았다가 72명을 모두 죽게 만드는 등 전조와 관련된 인사들을 가차 없이 처단하는 악업을 쌓아 나갔다. 부왕의 환심을 사고자 했던 그의 의도와 달리 이성계는 아들의 잔인한 숙청에 진저리를 냈다. 전조를 핍박하면 할수록 무지렁이 백성들은 사라져 버린 고려에 동정과 연민을 보낼 터였다. 이성계는 백성들의 평판을 무엇보다 두려워했다. 헌데 아들 방원이 아버지가 가장 조심하는 부분을 치고 나왔으니 그의 당혹이 어떠하였으랴.

강화도와 두문동의 비극은 역사에 기록되지 못했으나 새로운 왕조의 무자비함을 조롱하고 전조의 충절을 기리는 전설이 되어 백성들 사이에 널리널리 퍼져 나갔으니…… 창업 군주 이성계는 왕명을 아랑곳하지 않고 독단을 저지르는 아들에 대해 거부감을 갖게 되었다.

이방원은 결국 세자가 되지 못했다.

평화시에는 장자를 보위에 올리고 난세에는 공이 큰 아들을 후계로 삼는 법이다. 이성계의 장자는 고려를 배신한 아비의 행태에 실망하여 종적을 감추었으니 사람들은 누구나 개국에 공이 큰 방원이 세자가 될 것이라 여겼다. 그러나 방원을 경계한 이성계는 막내아들 방석으로 세자를 삼았고 이에 분노한 방원은 호시탐탐 반역의 기회만 엿보고 있었다.

기회였다.

조선의 왕실이 분열하면 분열할수록 우리에게는 유리했다. 만월당의 당원들이 이방원의 수하가 되어 왕자의 난을 부추겼다. 세자위를 되찾고자 했지만 핏줄만은 상하게 하지 않으려 했던 방원의 노력이 헛되게 나의 세작들이 그의 이복동생들을 가차 없이 베었고, 그 누이의 남편을 죽였으며, 수많은 개국공신들을 처단했다. 방원은 당황했다. 부왕을 밀어내고 보위에 오를 수는 있었지만 의도치 않은 악행으로 인하여 부왕의 인정과 백성들의 지지를 얻어 내는 데는 실패했던 것이다.

이성계는 옥새도 넘겨주지 않은 채 함흥에 칩거하는 중이었다. 기실 그에게는 넘겨줄 옥새도 없었다. 고려국왕지인. 새 나라의 옥새와 바꿔 와야 할 망국의 옥새는 바로 내 손에 있었으니까. 이성계는 사라진 고려의 옥새를 찾고자 함흥차사로 행궁에 든 개국공신 국유에게 밀명을 내렸다. 그저 소문 속에서만 돌아다니는 만월당을 추적, 옥새의 행방을 찾게 했던 것이다. 우리는 국유가 쉽게 다가올 수 있도록 일부러 정보를 흘리고 덫을 놓았다. 저들의 추적이 오히려 우리의 무기가 될 수 있도록.

국유는 꼼짝없이 걸려들었다. 그는 우리가 산채를 불 지르고 일부러 남긴 가짜 죽간으로 만월당의 일원이 되었고, 식구들의 생명을 담보로 잡힌 가노 덕구의 거짓 증언으로 역모를 뒤집어썼다. 이성계에게 옥새가 없다는 사실을 차마 밝힐 수 없었던 국유는 주군을 위해 누명을 쓴 채 죽어 갔고 이성계는 또 다시 아들을 오해했다. 아비의 가신을 죽여 버린 극악한 자식으로.

모든 것은 우리의 뜻대로 되어 가고 있었다.

조선 창업 이후 이방원의 편에 서서 왕실의 분열을 조장했던 우리는 이제 태상왕이 된 이성계의 편에 서서 국초의 혼란을 주도해 나가는 중이다. 물론 만월당이 전면에 나설 수는 없었다. 관군을 장악한 저들에 비해 우리의 수는 보잘것없고 조직은 약했다. 이번에 우리가 대리전의 주역으로 내세운 인물은 승하한 신덕왕후 강 씨의 친정붙이인 조사의란 자였다. 정도전을 따르던 사람이었는지라 이방원이 첫 번째로 일으킨 왕자의 난에서 강등되었다 복권된 바 있었다. 강원도와 함경도 사이의 경계 지역인 안변의 부사였던 그에게는 일만 명의 군사 동원력이 있었다. 우리는 함흥의 행궁에 이성계의 호위 무사로 숨어 있는 당원에게 사주하여 이성계와 조사의를 연결했다. 자식이지만 그 아들을 원수로 삼아 버린 이성계는 위에서 줄을 움직이는 자가 누구인지도 모르는 채 우리의 꼭두각시가 되어 갔다. 고려를 멸한 자가 바로 그 고려 잔당의 후원인 줄도 모르고 조선의 새 주인이 된 아들을 치려 하고 있었던 것이다.

거병 초기, 조사의는 파죽지세로 도성을 향해 밀고 올라갔다. 진압군이 조직되었고, 병조 판서 허응참이 진압의 책임자가 되었다. 허응참의 저택에 수노로 잠입해 있는 당원 무명에게 지령을 보냈다. 진압군의 출정을 지연시키고 그 사기를 꺾어 놓으라고. 총사령관을 암살하고 후임이 정해지는 대로 살수를 보내면 조정은 혼란에 빠질 터였다. 죽음의 공포는 진압의 책임을 서로에게 미루게 하리라.

헌데 무명이 선택한 방식은 좀 이상한 것이었다. 허응참을 암살한 것이 아니라 그 집의 딸을 납치했다. 허응참에게 심리적인 부담을 줄 수는 있으나 결정적인 위협은 되기 어려웠다. 딸의 목숨을 담보로 작전에 혼돈을 줄 것인가? 도대체 무슨 생각으로 그리 한 것인지 의도를 짐작할 수 없었는데…… 혹여 허응참을 생부로 지레짐작한 것은 아닌지 우려가 되었다.

무명은 하늘님께서 우리에게 보내신 아이다. 그 어미가 죽어 가면서 우리에게 맡긴 아이. 아비를 찾아 달라 부탁하며 유품을 남겼으나 나는 해상의 반대를 무릅써 가며 그 아이를 당원으로 키웠다. 새나라 조선에 대한 원한을 뿌리 깊이 심어 가며.

나는 외로웠다. 모든 것을 알지만 한 조각도 말해 줄 수 없어서.

그도 외로웠다. 남이 심어 준 거짓 이야기 외에 아무것도 알 수가 없어서.

무명은 천품이 아름다운 사내였다. 영리했고, 마음 씀씀이 다사로웠다. 고아인 처지를 원망하지 않고 자기를 거둬 준 사람들이 있는 것에 감사했다. 해상은 그 애를 사랑했다. 혼인한 적도 없고 아이를 태에 실어 본 적도 없는 그녀는 무명을 자기 자식으로 키웠다. 그러나 갓난쟁이인 무명이 내 손에 떨어진 그날부터 먼 훗날 닥쳐올, 만월당이 만들어 갈 그 애의 운명을 정해 버린 나는 결코 마음을 열어 줄 수가 없었다. 그래서는 안 되었다. 무명은 그 거리감을 당주라는 위치가 주는 권위로 받아들이고 존중했으나 나는 세작으로 키워 낸 그를 언제 어느 때든 가책 없이 죽이고 살리기 위해, 앞으로 그 애가 벌이게 될 복수극에 초연해지기 위해 속내를 다스려 온 것이다.

무명은 자기 손으로 생부를 죽이게 될 것이다.

이방원이 친아들 손에 죽어가는 것.

그것이 나의 복수다.

왕가를 되찾지 못하더라도, 복수는 완성해야 한다.

16
잃어버린 왕자

- 허웅참

출정의 아침이 밝았다. 사라진 여식 때문에 집안이 발칵 뒤집혔으나 도리가 없었다. 자식 일이야 집안에서 뒤집어쓸 오욕이지만 북방의 변은 나라를 뒤흔들고 있었던 것이다. 주상 전하는 성대한 출병식으로 관군의 무운을 빌어 주려 하고 계셨다. 갑옷을 입고 입궁하려는데 무명이 왔다. 여식과 함께 사라졌던 수노가 제 발로 돌아온 것이다. 혼자서.

칼을 뽑았다. 아무것도 묻지 않고, 그 무엇도 말하지 못하게 단칼에 베어 버릴 작정이었다.

"안 됩니다, 대감! 윤옥이, 우리 윤옥이의 행방을 알아야겠습니다!"

아내가 칼을 가로막고 섰다.

"아가씨는 무사하십니다."
"당장 고하여라. 우리 윤옥일 어디로 빼돌렸느냐!"

무명의 눈에는 두려움이 없었다. 용서를 비는 간절함도, 잘 보이고자 하는 노력도 없었다. 그 당당함에서 문득 알아졌다. 무명이 윤옥을 여자로 데려간 것이 아님을.

"한 가지만 묻자."

무명은 여전히 흔들림이 없었다.

"왜 그랬느냐?"
"대감! 지금 뭐하시는 겝니까! 당장 이놈의 주리를 틀어 우리 윤옥이를 찾아와야지요!"
"나는 네가 신의가 있는 녀석이라 보았다. 주인의 딸을 꼬여 내어 신세를 망쳐도 좋을 만큼 나에 대한 신의가 없었더냐? 아니면 그 신의를 무시해도 좋을 만큼 우리 윤옥이가 좋았더냐."
"대감!"
"너는 윤옥이 같은 애를 마음에 둘 사내도 아니지 않느냐."

아내는 당장이라도 뒤로 넘어갈 지경이었다. 그러나 무명은 아내의 방식으로 다뤄질 놈이 아니었다. 그 어떤 고문과 매질도 그의 입을 열게 하지는 못한다. 오로지 진검 승부와도 같은 소통만이 해결책일 것이다.

"신의. 신의라 하셨습니까?"
"대감!"

무명을 두고 볼 수 없는 아내의 고통에 찬 울부짖음이 마당을 찢어 놓았다.

"대감마님의 신의는 무엇입니까?"

무명은 품속에서 무언가를 꺼내 놓았다. 동곳이었다.

"제 어미는 저를 낳자마자 돌아가셨습니다. 이미 칼에 찔린 몸이었으나 새끼를 세상에 내놓고 죽기 위해 차마 죽지도 못하고 출산을 하셨지요. 그 어미가 갖고 있던 것입니다. 아마도 제 아비의 것이겠지요."

아내가 갑자기 조용해졌다.

"날더러 네 아비라도 찾아 달라는 것이냐?"

"소인은 그저 대감마님께 대답을 듣고자 할 뿐입니다. 당신의 아이를 가졌다는 편지에 답장 대신 자객을 보내는 사내의 신의에 대해서."

쿵.

아내가 쓰러졌다.

아내를 안방으로 옮기고, 무명은 광에 가두었다. 질문에 대답할 사람은 내가 아니었기에.

나는 동곳을 들고 바로 입궁하여 주상 전하께 독대를 청하였다.

"과인의 것이 맞습니다. 이 동곳 끝에 잠저 시절, 우리 집안의 문장이 새겨져 있지 않습니까."

강건한 전하께서 떨리는 어성으로 물으시었다.

"그 아이를…… 찾은 것이오?"

"하오나 시간을 좀 주십시오. 진위 여부를 확인해야 합니다. 아직은 동곳밖에 증거가 없습니다. 본인의 것인지, 누구한테 받은 것인지, 혹여 꾸며 내는 말인지도 알 수가 없사옵니다."

"그렇지요. 이렇게라도 단서를 잡은 것은 다행한 일이나 섣불리 말이 새어 나갔다가는 중궁전에서 손을 쓸 수도 있을 테니, 오래전 그때처럼……."

"신이 당장 출병을 앞두고 있어 상황이 여의치 않사옵니다. 허락해 주신다면 전장에 동행시켜 진위를 알아볼까 하온데……. 위험한 전장이기는 하오나 오랫동안 고생한 왕자에게 불상사가 생기지 않도록 후방에서 잘 보살피도록 하겠사옵니다."

"어차피 전장에 데리고 갈 거라면 과보호할 필요 없습니다. 공을 세울 기회를 주세요."

"전하……."

"그 아이가 왕자다운 그릇인지 알아볼 수 있는 기회이기도 합니다."

작금의 세자 양녕은 폐세자 논의가 일어날 만큼 행실이 엉망이었다. 어심을 가늠할 길은 없었으나 십수 년 만에 잃어버린 아들을 다시 만나게 될지 모르는 운명적 순간에도 전하는 아버지이기 이전에 군왕이었다.

"다행히 무예가 출중합니다."

"그럼, 허판만 믿겠소."

전하의 승낙을 얻은 나는 집안의 식솔들과 노비들을 한자리에 모았다. 그들은 내가 출병하기 전 집안 단속을 시키며 마지막 인사나 하려는 줄 알고 있었다. 광에 갇혔던 무명을 내 곁에 세웠다. 기절했던 아내는 정신을 차렸으나 기력이 없어 안방에 누워 있었다.

"내 모두에게 할 말이 있다."

아내가 아무리 입단속을 시켰다 해도 윤옥과 무명이 동시에 사라진 것을 다들 알고는 있을 터. 담장 밖까지 새지는 않았어도 이들은 내 집안에서 일어난 일의 목격자들이었다. 잡음이 나지 않게 단번에 정리해야 했다.

"여기 서 있는 무명이는…… 바로 내 아들이다."

각자의 얼굴에는 놀람이 번졌으나 마당은 조용했다. 아들 윤서만이 자기가 받은 충격을 그대로 드러냈다.

"아버님, 그게 무슨 말씀이십니까? 이제까지 우리 집안의 수노가 아니었습니까?"

"내놓고 말하기가 어려워 가노로 거두었다만, 아무리 서자라도 엄연한 내 핏줄이니 앞으로는 병조 판서 댁 자제에 걸맞은 예우로 본

래의 자리를 찾게 하고자 하느니라."

"어머님도 아시는 일입니까?"

"자세한 것은 난을 진압한 연후에 얘기하도록 하자꾸나. 윤서 너뿐만 아니라 무명이도 이번 전장에 데려갈 것이다."

무명에게 내 여벌 갑옷을 입혀 말에 태웠다. 노비였다가 하루아침에 반가의 서자로 신분이 격상된 무명은 그 격변 속에서 단 한마디도 하지 않았다.

"오래전 너를 잃은 것은 내 불찰. 네 가슴에 원망과 독이 많은 것은 모두가 내 탓이다. 허나 아비가 너희 모자를 죽이려 했다는 것은 오해니라. 전장에서, 옆에서 직접 나를 겪으며 네가 판단해 보아라."

"윤옥 아가씨의 행방을 알고자 이리 하시는 거라면……."

"이미 핏줄임을 알고 있었으니 걱정할 일을 만들지는 않았을 터. 나는 너를 믿는다. 다만 어미가 저 지경이니 데려오게 해 다오. 네 어미가 너를 살리고자 목숨을 걸었듯이, 윤옥이 에미도 자식 일에 얼마나 애가 끓겠느냐."

자객을 보낸 것은 중궁전일 테지만 무명은 무도한 아비의 소행으로 오해하고 있었다. 윤옥을 납치하는 강수를 쓰지 않으면 진실을 들을 수 없다 여긴 것이리라. 어떤 마음으로 이 집에 들어와 살았을

까. 지금까지 무슨 생각을 하면서 내 수발을 들고 이 집의 대소사를
챙겼던고…….

복수심만큼 사람을 고독하게 만드는 것은 없다. 오래 자란 무명의
한이 서늘하였다. 나는 무명의 손에 죽을 수도 있었다. 어쩌면 이번
전장에서 나를 죽일지도 모른다. 별다른 질문도 요구도 없이 묵묵하
게 말에 오른 것은, 아비라 믿고 있는 자를 향해 달리 품은 뜻이 있어
서가 아닐는지. 하지만 무명의 안전을 위해서는 이 편이 낫다. 설사
그의 손에 내 목숨을 잃는 한이 있어도.

17

흔들리는 마음

- 향이

    구덩이로 관이 내려졌다. 5척 깊이로 파진 구덩이에 관이 안착하자 하인들이 일제히 삽을 들어 흙을 뿌리기 시작했다. 지켜보고 있던 다른 노비들이 곡을 시작했다. 단지와 개똥이도 훌쩍거린다. 오늘 장례의 주인공은 안방마님께서 친정에서 데려온 사람이라 행랑 식구들과 다소 격조했던 인물이었다. 안방마님께서 수족처럼 부리던 애꾸눈의 사내였는데 보름 전부터 자취를 감추었다가 엊그제 시신으로 돌아왔다. 사인도 알지 못한 채 행랑 사람들은 안방마님의 명에 따라 서둘러 장사를 치렀다.

    "저거 잣나무 관 아닌가?"

    "안방마님께서 관장(棺匠)에게 특별히 주문하셨다지."

"아니 언제 관을 다 주문했대?"

"귀후서에 마련된 거를 바로 가져온 모양이여."

"거기는 양반님네들 장례 물품 대는 데 아녀? 친정 때부터 부리던 사람이라 신경을 쓰셨나……"

망자의 관재(棺材)는 일반 노비들의 장례에선 사용될 수 없는 잣나무로 만들어진 것이었다. 행랑 사람들은 고인의 죽음에 대한 슬픔보다 노비가 누리기 힘든 호사스런 장례에 대한 부러움이 더 큰 듯 보였다. 습의 위에 염의도 하사하신 덕에 칠성판 위에 망인은 살아서는 입어 보지 못한 좋은 옷들을 두르고 있었다. 생전의 그는 안채의 은밀한 지령들을 해결하고 따로이 용채와 값비싼 패물들을 받기도 했는데 그것들을 투전판에 뿌리며 탕자 노릇을 했다는 쑥덕임이 들려왔다. 마지막 가는 길마저 노비의 신분으로 꿈도 못 꿀 잣나무 관에 누워 있으니 마님의 각별한 배려가 어디에서 기인한 것인지 딴에는 궁금하기도 했다.

노비의 장례는 원래 특별한 절차가 있지는 않은 모양이다. 노비의 팔자는 그저 어떤 주인을 만나느냐에 따라 정해지는 것이니 가진 것 없이 태어났던 시작과 마찬가지로 마지막 역시 아무것도 남기지 않는 초라한 모습으로 떠나게 되지만, 간혹 운 좋은 망인은 사후에 주인으로부터 제사상을 받기도 한다. 물론 망자가 생전에 주인에게 충심을 다했기에 가능한 일일 테지만. 천서방은 대체 어떤 충성을 바쳤기에 이런 대우를 받고 있는 것일까.

"저세상에도 양반하구 노비가 있을까요?"

잘 알지도 못하는 사람의 죽음인데도 사월이의 눈시울은 잔뜩 붉어져 있었다. 그러나…… 나는 눈물이 나지 않는다. 울 수가 없었다. 아직 가묘에 계신 아버님 생각이 났기 때문이다. 작금의 상황에서는 아버님을 선산에 옮겨 드릴 방도가 없으니 원수나 다름없는 덕구가 만들어 놓은 가묘에 그대로 모셔둘 수밖에 없는 처지. 내가 다른 이의 묘 앞에서 눈물을 흘릴 수 없는 이유다.

"글쎄다. 저세상에는 아무도 갔다 온 자가 없으니 그걸 어찌 알겠니……."
"죽어서두 양반들 시중꾼으로 살아야 한다면, 이 세상이나 저세상이나 별 차이두 없잖아요."

이 착한 아이조차 신분의 굴레는 저세상으로 결코 끌고 가고 싶지 않은 멍에인가 보다. 나자마자 어머니를 잃은 나는 아버지마저 흉사로 잃은 뒤 죽음에 대한 생각이 바뀌었다. 죽음이 두렵고 저승이 무서운 게 아니라 사랑하는 사람을 만나는 기회라는 생각이 드는 것이다. 하여 나는 기쁜 마음으로 언젠가 다가올 죽음을 기다린다. 그곳에 가면 얼굴 모르는 어머니도, 비명에 가신 아버님도 계시겠지. 한번도 셋이 모인 적 없었던 우리 가족이 한데 모일 수 있는 기적의 시간이 될 것이다.

천서방의 시신과 함께 묻어 온 것은 무명의 부상 소식이었다. 자취를 감추었던 천서방은 대감께서 출정한 전장에서 숨을 거두었다. 왜 대감마님이 출정하실 때 정식으로 따라가지 않고 남모르게 행동했는지 모를 일이다. 천서방의 시신을 가져온 병사들은 대감을 수행하던 무명도 화살에 맞아 중태에 빠져 있다고 전해 주었다. 부상 소식은 곧 전사 소식으로 와전되어 행랑을 떠돌았다. 행랑에서 무명은 이미 죽은 사람이었다. 호사다마라더니 난데없는 서자로 격상이 되어 어제의 동료가 오늘의 상전이 된 것도 잠시, 전장에서의 불운에 마음이 철렁 내려앉았다. 그 내려앉은 마음의 무게가 너무 무거워, 스스로에게 놀라는 순간이었다.

무명이 누구던가. 아버지를 떠나보내던 순간에 내 눈을 가려 주었으며 나락으로 떨어진 운명을 견디다 못해 목을 매어 생을 마감하려던 순간에도, 사당패들에게 큰 고초를 당했던 때에도, 태도가 어찌되었든 간에, 결과적으로는 나를 구해 준 사람이었다. 말과 손짓이 다정했던 적은 없으나 그의 시선은 늘 나를 따라다녔고 위기에서는 도움의 손길을 내밀었다. 누군가 필요한 순간에 손을 내밀어 줄 수 있었던 것, 그것은 그가 언제나 나를 지켜보았기 때문이리라. 그 시선을 잃을지도 모른다고 생각하니 마음 한쪽이 서늘해졌다. 새남터가 떠올랐다. 다시 그런 죽음을 감당해 낼 자신이 없었다. 그 대상이 비록 미워하며 싸우기만 했던 무명이더라도.

"아가씨, 진짜 무명이, 아니 무명 도련님이 잘못되신 걸까요?"

그걸 내가 어찌 알겠는가. 다만 바랄 뿐이다, 그가 살아서 돌아오기를. 저세상으로 가 부모님을 만나기 원하지만 이 세상에서는 더이상 누구도 죽기를 원하지 않는다. 그 누구도.

섣달이 되어 난은 끝이 났다. 한양에서는 다들 불안에 떨었으나 난군은 초기의 기세를 이어 가지 못하고 추위와 함께 수그러들었다. 난군들은 스스로 흩어지고 자멸하여 출정했던 관군의 부대는 새해가 되기 전에 철수할 수 있었다. 난을 일으킨 안변부사 조사의는 함흥에 계신 태상왕 전하의 계비이신 신덕왕후 마마의 친척이었다. 왕자의 난에 희생된 방석 왕자의 원수를 갚는다는 명분을 내세운 탓에 세간에는 난의 배후로 행궁이 버티고 있다는 설이 파다했다. 아버님의 소식을 알고자 직접 함흥 행궁으로 뛰어들었던 지난날이 떠올랐다. 혹여 내 아버님의 소식을 들으시고 당신의 마지막 신하를 죽게 만든 주상 전하에 대한 노여움에 불이 지펴졌던 것일까? 내가 사내였더라면 다른 가노들처럼 진압군을 따라가 사정이라도 알아볼 수 있었을 것을, 기회가 된다면 태상왕께 달려가 나의 피 토하는 억울함을 고해 볼 수도 있었을 것을. 안행랑에서 먼 곳에서 들려오는 풍문의 조각들만 접하면서 하녀가 된 나의 운명을 탓하였다. 움직일 자유만 있었더라도 여자의 몸이 대수랴! 가고 싶은 곳으로 가고, 하고 싶은 일을 할 수 없는 노비의 신세가 참으로 처량하였다.

설이 다가오고 있었다. 찬방에서는 흰 떡을 밀고 세찬으로 식혜와 다식, 전과, 족편, 편육, 전 등 갖가지 음식을 준비 중이었다. 세주로 도소주도 앉혔다. 침방에서는 설부터 보름까지 입을 상전들의 설빔이 한창이고 바깥행랑에서는 복조리를 만들어 두던 그믐께…… 대감께서 작은 서방님, 그리고 무명과 함께 귀환하셨다. 살을 맞았다는 무명의 한쪽 어깨를 감싼 면포는 피에 절어 있었다. 이제 행랑이 아닌 이 집안의 아들로서 별도의 처소가 정해진 무명에게는 몸종도 주어졌다. 하인이 수발을 들 것이라 짐작했는데 안방마님은 뜻밖에도 나를 지목하셨다. 이때껏 천하게 굴러 반가의 법도를 모르니 반가 출신인 내가 옆에서 수발을 들며 예법을 익히게 하라는 명이었다.

그의 부상을 걱정하고 그의 전사 소식이 들려올까 노심초사하였으나 뜻밖의 명을 받고 보니 예측 없는 인생의 오르막과 내리막에 조소가 일었다. 나의 턱없는 심술에 발밑에 비단길을 깔아 주던 하인이 이제는 엎드려 모셔야 하는 상전이 된 것이다. 사월이는 제가 하겠다며 나섰으나 원래 안채에서는 한 번 내린 명을 번복하는 법이 없었다. 걱정 말라고, 윤옥이를 상전으로 모시는 괴로움만 하겠냐며 걱정하는 사월이를 달랬지만 그의 처소에 소셋물을 들고 가며 땅으로 꺼질까, 하늘로 솟을까 별 궁리를 다 했다.

무명아, 도련님……. 내가, 제가, 쇤네……. 서로의 호칭을 무어라 부르며 첫마디를 어떻게 건네야 할지 몰랐다. 문 밖에서 대야를 든 채로 일다경(一茶頃)이 지나도록 서 있었다. 법도대로라면 당연히 그는 높여야 할 도련님이지만, 내가 법도대로 나온다고 좋아할 것 같지도 않은 사내였다. 어떤 식으로 첫인사를 해도 어색할 것 같아 마치 벌이라도 서듯 꼼짝 않고 그 자리에 서 있었다.

방문이 열렸다.

"망부석 되겠다."

그는 내가 온 것을 벌써부터 알고 있었던 것이다. 더 이상 문 밖에서 버틸 수가 없어진 나는 대야를 들고 방으로 들어갔다.

"소세를 하시지요."

면포를 준비하고 그에게 권했다. 그가 어두운 표정으로 나를 빤히 바라본다.

"미쳤어?"

"이제 신분이 달라지셨으니……."

"시중도 필요 없고 공대도 필요 없어."

한 사람은 반가의 규수에서 하녀로 전락했고, 한 사람은 천노에서 서자로 상승했다. 그에게 하대하던 그녀가 서로 말을 트고 지내다가 이제는 공대를 해야 되는 관계로 바뀐 것이다.

"……다쳤다면서……."

무명은 상처에 대해서는 별 말이 없었다.

"천서방의 장례를 치렀어. 그 사람도 전장에 있었다던데?"

무명의 어두운 눈빛이 더욱 어둡게 빛났다.

"자결했어."

인엽이 멎었다. 생사가 오가는 전장에서, 자결이라니?

"마님께서는 가문과 나라를 위해 싸우다 죽었으니, 후하게 장사를 치러 주라고 귀한 관까지 내려주셨는데?"

"가문을 위해서 목숨을 건 것은 맞지. 깨끗한 가계를 위해 피가 더러운 서자를 제거하려 했으니까."

그제야 모든 그림이 꿰맞춰졌다. 무명의 어깨 부상은 마님의 사주를 받은 천서방의 짓이었다. 살해 시도가 무산되자 주인에게 폐를 끼치게 될까 두려워 자결로서 책임을 진 것이다. 아들로서 인정받은 직후에 죽음의 위협에 놓인 무명의 기분이 어떠했을지, 인엽은 가히 짐작이 가지 않았다.

"그래도 이 집 아들로 살고 싶어? 언제 죽을지도 모르는데?"

"목숨이 아까웠다면, 처음부터 이 집에 들어오지도 않았어."

"마님이…… 이제 받아들일까?"

"대감께서 경고를 주실 거야. 전장에 숨어든 천서방이 잡히면서, 그리고 스스로 목숨을 끊음으로 해서 대감께서는 마님의 전적을 다 눈치 채신 모양이야. 애초에 내 어미가 죽게 된 것도…… 다 마님의 조처였던 거지."

아비를 찾고, 신분이 높아진 지금이 그에게는 기쁨일까, 슬픔일까.

"나는 어미를 죽게 만든 사람이…… 대감이라고 생각했어. 어머니는 대감에게 나를 가졌다는 소식을 알리는 서찰을 보낸 후에 자객에 살해당했거든. 아마 그때도 천서방이 움직였을 거야. 대감마님께 책임이 없는 것은 아니야. 어쨌든 어머님을 취하고, 책임지지 않으신 거잖아. 애초에 어머님이 도피할 상황을 만들지 말아야 했어."

무명이 내 눈을 들여다보며 말했다.

"그거 알아? 나는 대감에게 원수를 갚을 결심을 하고 이 집에 들어왔어. 하마터면 내 손으로 생부를 죽일 뻔했지."

그의 섬뜩한 절망을 알 것 같았다. 한 가지 증오에 기대어 살아온 생이 모두 뒤집히는 느낌. 그와 줄기는 좀 다르지만 나도 아버님을 여의고 모든 것을 잃으면서 이제까지 살아온 세월이 모두 부정당하는 경험을 했다. 그에게 연민이 일었다.

"소셋물은 두고 갈게. 문 밖에 내놓고 필요한 게 있으면 불러. 오늘부터 너를 위해 대기하니까."
"가지 마!"

물러가려는 나를 그의 심연 같은 목소리가 붙잡았다. 당황도 잠시, 그가 앞으로 고꾸라졌다. 집에 오자마자 의원이 왔다 갔으나 회복은 아직 멀었던 것. 윗전에 고하여 의원을 다시 부르려 나가려는데, 무명의 손이 내 팔을 잡았다.

"가지 말라구."

그러고는 까무룩 정신을 잃었다. 여전히 내 팔을 잡은 상태였다. 정신이 오락가락하는 상태에서도 내 팔을 쥔 손아귀 힘이 믿을 수 없을 정도로 강했다. 평생을 간직했던 원한, 차가운 얼굴과 말 없는 입술 아래 숨겨져 있던 절망이 그를 혼자 있을 수 없게 하는 것이리라. 나는 쓰러진 그의 옆에 주저앉았다. 약해진 무명을 자리에 눕히고 면포에 물을 적셔 얼굴을 닦아 주었다. 늘 강한 줄만 알았던 무명이 무너진 모습에 나 역시 마음이 약해졌다. 처음으로 내가 다른 사람을 도울 수도 있다는 걸 알았다. 시켜서 하는 노동이 아닌, 우러나온 마음으로 그의 병간을 했다. 도련님으로 올라선 그는 차라리 하인이었던 지난날보다 더 작아 보였다. 운명이 준 선물이 그에게는 형벌 같았다.

18
무서운 오해, 엇갈린 운명

- 윤 씨 부인

전장에서 돌아온 지아비는 마치 나를 이 세상에 없는 사람 취급했다. 천서방을 시체로 만들어 보낼 때부터 사단이 났음을 짐작은 했지만 조강지처를 이리 대할 줄은 몰랐다. 오자마자 무명에게 거처를 만들어 주더니 병간을 핑계로 문안도 안 시키며 그 아이를 사랑에서 끼고돌았다. 대감의 분노를 짐작하지 못하는 것은 아니나 무명의 존재에 대해 한마디 해명도 없이, 받아들여 달라는 부탁도 없이 시종일관 무시로 대응하는 것은 내가 받을 대접이 아니었다. 내가 누구인가. 비록 공신 집안이라고는 하지만 청렴했던 시부 덕에 빈한하기만 했던 시가. 가진 것이라곤 쓰러져 가는 초가 한 칸뿐이던 별 볼 일 없는 집안의 아들을 데려다 처가살이를 시키면서 사람 꼴 만들어 놓고 오늘날의 당상관을 만들어 내지 않았던가.

남편을 선택한 사람은 친정아버님이었다. 어릴 적부터 어깨 맞는 명문가의 자제와 정혼을 한 바 있었으나 성혼 전에 병사하여 졸지에 처녀귀신이 되게 생기자 딸을 생과부로 늙히지 않기 위해 과감한 선택, 혹은 거래를 한 것이다. 형편이 기우는 집안에서 될 성 부른 떡 잎을 골라 과년한 여식의 지아비로 삼았다. 지아비는 보위를 이으신 주상 전하의 최측근이 되어 새 나라의 개국에 공을 세웠다. 친정의 전폭적인 후원이 아니었다면 지금 같은 실세가 되었으리라 장담하기 어려운 일이었다.

네 살이나 어린 신랑을 지아비로 맞으며 기대고 살기보다는 그를 이끌어 앞으로 나아가야겠다고 결심했고, 그렇게 살아왔다. 살가운 애교 한번 못 부려 봤고, 여자다운 수줍음도 멀기만 했다. 세를 잡으면 언제든 어린 계집에게 날아갈 수도 있다, 마음을 다잡았다. 지아비의 계집질을 막을 수는 없다 해도 그 어린 것들에게 휘둘리지는 않으리라. 다행히 지아비의 성정이 깨끗하여 시앗을 보고 괴로울 일은 없어 그 쪽으로는 완전히 마음을 놓고 있을 때 문제의 서찰을 받았다. 지아비가 부재중일 때여서 대신 받은 서찰. 내용은 짧았다.

此人乃娠 敢請求撫(차인내신 감청구무).

이 사람이 임신을 하였으니 잘 돌봐 주기 바랍니다.

머리가 하얘지는 것 같았다. 젊었을 때였다. 나보다 어린 신랑에게 생긴 다른 여자, 그리고 아이. 충격이 감당이 안 됐다. 다른 집의 여종이었다. 주상 전하의 잠저에 있던 가비. 지금은 중전마마가 되신 분의 몸종이었다. 주상 전하의 오른팔로 잠저를 드나들 때 눈이 맞은 모양이었다. 천서방에게 알아서 하라 일렀다. 여자도, 아이도……. 대감의 눈에 띄어서는 안 된다고. 분명 칼을 맞고 폭포로 떨어졌다던 산모가 기어이 살아남아 아이를 낳은 것인가……. 오랜 세월 뒤에야 부메랑처럼 날아온 죄악의 결과가 섬뜩했다. 여자는 이미 죽고 없다지만 장성한 아들이 품었을지도 모르는 원한은 서늘했다.

내 배에서 나온 자식이 둘이었다. 두 번째, 또 다시 악한 명을 내린 것은 자식들을 위해서였다. 진실을 아는지 모르는지 그것은 중요하지 않았다. 진실은, 언젠가는 꼭 새어 나가게 되어 있다. 직접 목줄을 누르려 했던 천서방이 이 집안에 살아 있고, 명줄이 질긴 배다른 형제는 내 자식들에게 언제 해코지를 할 지 모르는 일, 자식은 어미가 지켜야 하는 게 아닌가. 다른 사냥감을 물어 죽여서라도.

그러나 당한 것은 천서방이었다. 충직한 그는 나의 이름을 더럽히지 않으려 스스로 목숨을 끊었다 한다. 그는 배신의 상처를 안겨 준 지아비보다 때로는 더 의지가 되던 존재였다. 이상도 하지. 잘 보이고 싶은 지아비 앞에서는 속내를 털어놓을 수가 없었지만, 마음대로 부리기만 하던 천서방 앞에서는 나의 진면목이나 실상이 드러나는 것에 저어함이 없었다. 명을 내리면 이행해야 하는 아랫것이라 함부로 여겨서가 아니라 실은 알고 있었던 것이다. 평생을 독신으로 보내며 나의 명에 충실했던 천서방이 나를 여인으로 사모해 왔음을. 사악하고 추악하고 치졸한 나를 다 알면서도 애정을 거두지 않았던 천서방 앞에서는 무슨 말이든 가능했기에 오히려 한마디도 하지 않았다.

그가 차가운 땅에 묻혀 있는 걸 알기에 감히 이런 생각도 꺼내 놓을 수 있는 것이지 살아서 내 눈앞을 왔다 갔다 할 적에 관심을 가졌던 적은 한 번도 없다. 다만 지아비가 천서방 같은 마음을 품어 주기를 바라 본 적은 있다. 기첩처럼 사랑해 달라고, 나를 보아 달라고 애원할 순 없었다. 그러나 존중을 요구할 순 있었다. 개국 이후 가파른 출세가 내 덕이 다는 아니더라도 지금 누리는 것에 나의 공이 들어가 있지 않은 곳이 없거늘 이 무슨 홀대란 말인가.

안채에 청하여도 오지 않는 지아비를 찾아 사랑으로 쳐들어갔다. 그러나 지아비의 눈초리는 일평생 받아 본 적 없는 차가운 것이었다.

"무명일 저리 대하는 게 법도가 아니라 하셨소이까? 나는 지금 부인을 내쫓는 게 법도에 맞는지, 자진을 시키는 게 나을지, 아니면 의금부에 보내는 게 신하 된 도리인지 그걸 고민하고 있소이다!"

"천한 태에서 나도 자기 자식이 그리 중하십니까? 소첩도 대를 이어 드린 정실입니다!"

"지금 내 핏줄을 건드렸다고 이러는 줄 아시오!"

대감의 분노는 벼락같았다. 무서운 예감이 등줄기에 흘렀다.

"무명이한테 손끝 하나라도 댔다가는 내 손에 죽을 줄 아시오. 지금은 아들 대우하고 있으나 잠시뿐이오!"

아들 대우라니, 잠시뿐이라니! 그럼 무명인 누구의 씨란 말인가! 죽게 한 가비가 실은 지아비의 여자가 아니라 왕의 여자일지도 모른다는 불길한 예감이 먹구름처럼 몰려온다. 용종을 품은 가비가 중전마마의 핍박을 피해 도망가다가 주상 전하의 측근인 대감에게 도움을 구한 것이라면? 만일 그 위험한 가정이 사실이라면 나는 남편을 권도한 현명한 아내가 아니라 주군의 여자를 살해하고 왕실의 핏줄을 핍박한 죄인이 되고 마는 것이다. 집안을 말아먹은 여자가 될 판이었다. 남편은 내가 잘 안다. 군주와 아내 사이에서 백 번이라도 군주를 선택할 남자였다. 그는 자신을 숨겨 주지도 보호해 주지도 않을 것이다. 방법은 하나! 중궁전뿐이다.

대감은 처소에 나를 유폐시키려 하였으나 윤옥의 혼사까지는 어미 노릇을 하게 해 달라는 나의 청을 묵인해 주었다. 윤옥을 시집보내기 전에, 중궁전에 연통을 넣어야 했다. 나의 동아줄은 거기 하나뿐이었다.

19
초야

- 윤옥

무명이 나를 데려간 곳은 북한산의 어느 암자였다. 비구니 혼자 거하는 암자에 나를 두고 자기는 밖에서 잤다. 한뎃잠이 익숙한 사람 같았다. 아침에 일어나면 냇가로 데려가 소세를 하게 해 주고, 비구니가 해 주는 소찬을 먹었다. 아침엔 주로 죽을 쑤어 산초장아찌와 내어 주고 점심, 저녁엔 산채밥이 나왔다. 더덕과 고사리, 묵은 나물에 산버섯과 밤, 대추를 넣어 지은 산채밥에 비벼 먹으라고 간장을 놓아 주는데 진수성찬이 부럽지 않았다. 암자 생활을 즐기면서도 나는 겁이 났다. 반쯤은 원치 않은 혼인을 깨 주겠다는 말에 혹해서, 반쯤은 그저 무명이 이끄는 대로 가 보고 싶어서 더럭 저질러 버린 가출이지만 앞날에 무슨 일이 기다리고 있을지 두렵기 짝이 없었다. 아버님은 엄하고 어머니도 무서웠다. 혼인 앞둔 여식이 가노와 함께

집을 나갔으니 지금쯤 집안은 발칵 뒤집혔을 것이요, 무명은 잡히면 죽은 목숨이었다. 사내가 목숨을 걸었다는 것만큼 여인에게 매혹적인 사랑의 증표도 없었다. 나는 취해 있었다. 잠시 소풍 나온 것 같은 가출에, 그 결단이 가져온 위험에, 그리고 무명에게.

먹거리도 별로 없고 뒷간도 무섭고 암자 생활은 여러모로 불편했지만 한편으로는 홀연한 자유가 감미로웠다. 무명을 눈으로 쫓고 있으면 시간 가는 줄 몰랐다. 그는 길이 아닌 곳도 평지처럼 다녔고, 오르막을 다람쥐처럼 누볐다. 뭐가 그리 바쁜지 종종 암자를 비우고 나를 혼자 두었지만 오가는 길에 기척도 없이 머루며 산딸기 같은 것을 툇마루에 놓아두었다. 때로는 제비꽃이 올라와 있기도 했고, 쓸모없는 도토리나 손에 쥐기 좋은 조약돌이 있기도 했다. 그가 나를 좋아하는 것일까? 무명의 눈빛은 다정했고, 배려는 살가웠다. 손 한 번 잡아 보려 하지 않은 것은 상전으로 모시던 습이 배어 감히 엄두를 내지 못하는 것이라 여겼다. 훗날 진실을 알았을 때 그 어림짐작이 얼마나 어리석은 생각이었는지를 알고 낯이 뜨거워졌지만 말이다. 말도 안 되는 착각에 빠진 나를 보며 무명은 대체 어떤 심정이었는지, 얼굴은 무슨 표정을 짓고 있었는지 가늠할 길이 없다.

그는 나를 좋아한 게 아니었다. 자신의 목적을 위해 나를 이용했을 뿐이다. 그는 아버님의 서출이란다. 자발적 가출로 포장된 납치를 해 놓고 친부와의 인연을 확인하기 위해 나의 존재를 겁박용으로 걸었을 뿐이다. '혼사를 앞둔 당신의 딸은 내가 데리고 있다. 말해 다오, 내가 당신의 아들이 맞는지……'

서자의 신분을 인정받은 무명은 난을 진압하기 위해 출정하시는 아버님을 따라 북방으로 떠났고 아무것도 모르는 나는 본가에서 잡으러 온 하인들에게 잡혀서 암자를 내려갔다. 무명은 작별 인사도 없이 나를 버렸다. 무명이 나를 이용했다는 사실보다, 집으로 다시 잡혀 들어간 치욕보다 그게 가장 상처가 되었다. 무명이 직접 자신의 이야기를 해 주고 이런저런 사정을 설명하면서 양해를 구했다면, 어쩌면 나는 그를 너그럽게 용서해 줄 수도 있었으리라. 나를 위해 건넨 자잘한 배려들은 여인을 향한 연심이 아니라, 갑자기 생긴 여동생에 대한 애틋한 남매애였던 것이다. 온 세상에 기만당한 기분이 이런 걸까? 내 신랑이 될 남자는 다른 여자의 남자요, 그 혼인을 피하기 위해 함께 도망갔던 사내는 알고 보니 배다른 오라비란다. 괜스레 설렜던 내 마음이 얼마나 부끄러운지. 전장에서 부상을 당했다는 소식에 콱 죽어 버리라고 저주도 걸었더랬다. 진심이었다.

난이 진압되고 아버님과 함께 돌아온 무명은 부상자였다. 어깨에 화살을 맞았다고 했다. 피가 배인 면포를 둘둘 감고 돌아왔지만 그의 위상은 전과 사뭇 달랐다. 무명을 아들로 인정한 아버님은 따로 처소를 내리고 몸종까지 주었다. 향이가 그의 몸종이 되었다. 나는 차마 그를 보러 가지 못했다. 사과의 기회를 줘서 그의 마음을 편하게 해 주고 싶지 않았다. 계속 죄책감에 시달리게 만들고 싶었다.

여기저기 치인 나를 위로는 못해 주실망정 머리 깎아 비구니를 만들겠다며 진노한 아버님 때문인지, 어머니는 급하게 나를 시집보내셨다. 나의 지아비는 혼례 올리다 신부가 잡혀가는 바람에 본의 아니게 헌 신랑이 된 사람이고, 나는 의붓오라비와 혼전에 도망을 놓아 흠 있는 처자가 되어 버린 상황. 서로에게 다른 선택은 없었다. 어머님이 아랫것들 입단속을 시키고 산사에서 요양 중이라는 헛소문을 퍼뜨려 나의 일탈을 아는 이는 별로 없었지만 어른들에게 난 어쨌든 치워야 할 골칫거리에 지나지 않았다.

심술이 나서 혼례 수발을 향이에게 시켰다. 신부 단장도, 혼례청 수모도, 신방 꾸미기도. 혼례의 처음부터 끝까지 향이가 진행자요, 목격자였다. 모두가 흥미진진하게 지켜보고 있었다. 그들은 모두 알고 있었다. 향이가 누구인지, 오늘의 신랑과 어떤 관계인지. 원래는 행복해야 할 날에 불쌍한 사람 취급을 받고 있으려니 열불이 솟았다. 대체 내가 뭘 잘못한 것인가!

신랑이 대례청에 발을 들였다는 소식에 내 머리 위로 가체가 올라

갔다. 예복을 갖춰 입고 혼례청으로 가니 전안례를 마친 신랑이 신부를 기다리고 있다. 인물 하나는 나쁘지 않다. 하얀 얼굴에 귀티가 흐른다. 무명이 야생의 산짐승 같다면 신랑은 방 안에서만 자란 고고한 난초 같았다.

"지금 신랑 기분이 어떨까? 사모관대를 두 번이나 하고."

"눈앞으로 전부인하구 지금 신부가 같이 걸어 들어오는데, 나 같으면 기분 째지겠다."

"지난번엔 첫날밤두 못 치르구 중간에 사단 났잖아. 전부인은 아니지 않냐?"

"암튼 남자는 손해 볼 거 없다 이거야. 여차하면 둘 다 취하면 되지?"

"신부가 두고 보겠어?"

"마누라가 막는다고 계집질 못할까!"

드높은 홀기 소리에도 사람들이 수군거리는 소리가 똑똑히 들렸다. 신랑 신부 맞절할 때, 내 팔을 붙잡고 있던 향이의 손은 파르르 떨렸다. 신랑의 눈길은 시종일관 신부가 아닌 수모 향이에게 꽂혀 있었고 손님들의 수군거림은 극에 달했다. 신랑이 내가 아닌 향이의 팔을 끌고 나간다던지, 더 이상 견디지 못한 향이가 눈물을 흘리며 혼례청을 뛰쳐나가는 돌발 상황 같은 건 일어나지 않았다. 사실 은근 기대하고 있었는데.

신부가 신방에서 기다리는 동안 윤서 오라버니가 신랑을 매달았다. 숫총각인가? 신부보다 더 예쁜 여인을 보았는가? 일평생 아내 한 사람만 정을 주겠는가? 친구들이 짓궂은 질문을 던졌지만 신랑은 그 어떤 질문에도 대답하지 않았다 한다. 방망이로 발바닥을 맞아 가면서 재미로 던진 질문들에 한마디도 안 하는 신랑 때문에 동상례 분위기는 전례 없이 싸해졌다고, 첫날밤 치르기 전에 신부를 생과부 만들 일 있냐는 어머니의 만류로 겨우 발목을 풀었다며 하녀들이 열심히 바깥소식을 물어 날랐다.

신방에는 곧 들어올 신랑을 위해 요기상이 준비되고, 화촉이 밝혀졌다. 눈처럼 새하얀 요를 깔고 원앙금침을 덮어 두고……. 그 모든 일을 한 사람이 향이였다. 어떤 마음이었을까, 어떤 기분이었을까. 요 위에 바늘을 꽂고 이불 속에 독을 바르고 싶지는 않았을지. 나 같으면 아무리 하녀라도 이런 일은 못 한다 자리를 박차고 나갔으련만, 단련된 행랑 생활에 인내심이 늘었는지 옛 남자를 향한 마음이 식었는지 겉으로는 별 내색 없이 묵묵했다.

초야. 이 밤을 일러 사람들은 꽃잠을 잔다 했다. 꽃잠을 위해 혼례 올리기 며칠 전부터 어머니는 유모를 시켜 난데없는 성교육을 시켰다. 오라버니 방에서 몰래 훔쳐보던 춘화첩이 펼쳐지고 남자의 신체와 첫날밤에 일어날 일들에 대해서 민망한 설명들이 이어졌다. 유모의 에둘러치는 설명보다는 평소에 들어 둔 단지의 생생한 경험담이 훨씬 도움이 되었다. 윤서 오라버니의 첫정이었다는 단지. 그녀는 오라버니가 장가간 뒤로는 좀 막 살았던 것 같다. 사랑에 든 양반 사내 가운데 단지한테 걸려들지 않은 남자가 없다는 소문은 소문이 아니라 사실이었다. 열 여자 마다 않는 남자 없다고 단지의 인기 비결은 바로 그 헤픔에 있었다. 단지는 반가의 남자이기만 하다면, 자신을 올려 줄 가능성이 있는 사내라면, 가리지 않고 닥치는 대로 관계를 맺어 갔다. 일하기 싫어하는 단지가 찬방에 배정된 것은 일생일대의 불운이었다. 그녀의 소망은 누군가의 아내가 아니라 첩실이었다. 범부의 하나뿐인 지어미가 되느니 양반가의 첩실이 되어 한 세상 신간이라도 편해 보자는 게 목표다. 그런 단지의 조언은 첫날밤엔 무조건 가만히 있으라는 거였다.

"아씨, 이왕지사 혼인을 한 거 어차피 치러야 할 첫날밤 울고불고 반항하는 것도 볼썽사납고 경험도 없는데 괜히 이것저것 책 보고 들은 얘기에 어설프게 나대는 것도 꼴불견이에요. 그냥 신랑한테 맡기고 가만히만 있어요. 신랑이 첫날밤 하는 거 보고 얼배기 초짠지 노련한 숙련공인지 파악이 되면 다음 대비책이 생기는 거니까. 첫날밤부터 뭔가 엄청 좋을 거란 기대는 버려요. 내 몸은 내가 아니다, 이런 생각으로 일단 넘기세요. 세상 끝장난 것처럼 엄살 피울 필요도 없고 그게 뭐 엄청난 순간인 것처럼 미화해서 과장된 기대도 가지지 마요. 그건 그냥, 겪어야 되는 순간이라구요. 좋아지는 데는 시간과 경험이 필요해요. 그 다음은 이 단지가 도와 드릴 테니까 일단 첫날밤을 잘 넘기세요."

현실적이고 무시무시한 충고였다. 향이의 존재 때문에 마치 재취자리에 들어온 것 같은 고약한 느낌도 문제지만, 별로 맘에 들지도 않는 남자에게 몸을 열어야 하는 고역은 훨씬 더 걱정이었다. 그러나 내 걱정은 기우에 지나지 않았다. 첫날밤, 신랑은 신부의 몸에 손도 대지 않았던 것이다. 그저 요기상에 따라온 술만 밤새 마셔 댔다. 나는 가체도 못 내리고 목이 꺾어질 것처럼 아파서 눈물을 빼고 있다가 술에 취해 혼자 잠들어 버린 신랑을 멀거니 구경해야 했다. 나는 내 손으로 가체를 내리고 스스로 활옷을 벗었다. 신랑은 자는 내내 다른 여자의 이름을 불렀다. 향이의 원래 이름, 인엽을.

그리고 그 순간, 비로소 깨달았다. 우리 집안이 얼마나 무모한 짓을 한 것인지, 내가 얼마나 어리석은 선택을 한 것인지. 내가 앞으로 살아가야 할 평생은 이미 지옥이었다.

첫날밤이 지나고 부모님께 문안 인사를 올리면서 나는 차마 첫날밤에 소박맞았다는 말을 할 수 없었다. 아들 딸 낳고 잘 살라는 부모님의 덕담에 그저 수줍은 미소로 걱정을 끼쳐 드리지 않는 것밖에

할 수 있는 일이 없었다. 신행을 가서 시댁 식구들에게 폐백을 드리면서 나의 첫날밤은 영원히 오지 않을지도 모른다는 서글픈 자각이들었다. 다산하라고 던져 주시는 대추알들을 치마폭에 받아 안으며이 모든 것들이 얼마나 무의미한 소동인지를 생각하면 눈물 섞인 웃음이 터질 것 같았다.

신혼. 새신랑이 아내의 처소 대신 기루를 전전하는 동안 나의 불행은 혼자 감내하는 데서 그치지 않고 모두가 다 아는 공공연한 사실이 되었다. 이제 오라비가 된 무명은 그제야 이런 나의 처지에 죄책감을 느낀 듯하다. 부상에서 회복하자마자 내 처소를 찾았다.

"혼례가 강행될 줄은 몰랐습니다."

그는 이제 누이가 된 나에게 여전히 공대를 하고 있었다. 좋다. 나도 영원히 그를 오라비로 인정하지 않으리라. 다른 사람 앞에서는몰라도 내 앞에서는 영원히 이 집의 하인인 무명이어야 했다. 그래야 내 무참함이 오기를 얻을 수 있었다.

"뻔뻔하게 예가 어디라고 찾아와? 누이 동생인 줄 알면서 나를 농락하고, 제 이기적인 필요로 사람을 이용해 먹고 나서 뭐라? 혼례가강행될 줄은 몰랐다? 그럼 내가 너의 만행에 놀라나 파혼을 당하고 처녀귀신으로 늙어 죽길 바란 것이냐?"

　무명은 나를 똑바로 쳐다보았다. 말로 묻는 것이 아니라 눈으로 묻는 사람 같았다. 오라비의 눈빛은 내 영혼을 흔들었다.

"그럼 혼례는 아씨의 의사로 강행된 것이군요."
"보고도 모르느냐? 집안에서 밀어붙인 것이 아니더냐!"
"모든 것을 잃어도 좋다는 각오로 저를 쫓아오신 게 아니었습니까? 아씨가 원한 것이 핏줄인 줄 알지 못했던 저와의 도피였습니까? 그저 이 혼사를 물리고 싶다, 방법을 찾아 다오! 하셨습니다. 그 결단은 그저 한 며칠 일탈을 즐기고픈 도락이었군요. 뭐 하나도 잃고 싶지 않은 겁쟁이의!"

　지금 나를 나무라고 있는가? 나를 속이고 누이를 버렸던 배 다른 오라비가?

"서방님의 부인이 되는 것이 싫다면, 집안의 인정을 모두 잃을 각오를 하고 반가의 규수라는 자리를 버려도 좋다는 마음으로 거부하셨어야 합니다. 혼인은 하기 싫고 지금까지 가지고 누리던 것도 그대로 다 가져야 하고. 세상에 그런 조건을 만족시키는 선택은 없습니다. 인생은 잔인한 선택의 연속이지요. 어른들이 무서워! 나락에 떨어지기 싫어! 그 혼사를 받아들이셨으니 날마다 소박맞는 불행한 정실의 운명을 받아들이셔야 할 겝니다."

죽여 버리고 싶었다. 한 치의 자비도, 일말의 후회도 없는 야차 같은 무명에게 복수를 해 주고 싶었다.

"엎드려 빌어도 모자랄 판에 어디 와서 인생 설교야! 니가 정말 내 오라비라도 된 줄 알아?"

순간, 그의 눈빛이 흔들렸다.

"아무도 몰랐지만, 저 혼자 알고 있었기에…… 아씨가 남달랐습니다. 안방마님은 어차피 나와 상관없는 사람이요, 내 어미를 취하고 버린 대감마님에게는 원망이 들끓었지요. 하여, 비밀을 안고 이 집에 들어와 이제나 저제나 내가 누구의 아들인가를 고민하며 살면서 누구에게도 속내를 털어놓지 못하고 아무에게도 진심을 보여 주지 못할 때, 아씨 하나만이 제 위안이었습니다. 이렇게 작고 어여쁜 사람이 나의 누이일지도 모른다고 생각하니 나 혼자 정이 쌓여 갔습니다.
"가증스런 그 입, 다물지 못해? 넌 나를 속였어! 그리고 나를 버렸어!"
"맞아요. 그랬습니다. 얼마든지 미워하세요. 벌을 내리고 싶으면 내리시고 복수라도 하고 싶으면 하세요. 오라비가 되어 아씨의 신세를 망쳤으니 감수하겠습니다. 아씨를 누이로 생각하면서 정을 키웠지만. 대감마님과 안방마님에 대한 원망보다 더 컸다고는 말 못합니다. 아씨에 대한 진정이 가짜는 아니었지만, 오래 묵은 원한이 더 컸기에 아씨한테 상처를 입혔습니다. 다시 똑같은 순간이 온다 해도 저는 또 그럴 겁니다."

무명은 사과를 하는 게 아니었다. 나를 달래는 것도 아니었다. 자신에 대해서 있는 그대로를 이야기하고 그저 내 삶을, 현실을 적시하라고 솔직하게 말해 주고 있는 것뿐이었다.

"그러니 일어나세요. 나를 미워하는 힘으로, 스스로에 대한 분노를 힘으로 삼아, 이 삶을 자기 것으로 만드세요. 집안에 휘둘려, 어른들이 시키는 대로, 지아비의 외면을 참아 가며 시들어 가지 마세요. 제 손을 잡고 이 집의 대문을 나서던 순간을 기억해 보세요. 그 두근거림, 그 떨림을. 또 다시 집을 나가라는 것이 아니라, 내 삶을 내가 선택하고 내가 꾸려 가던 그 흥분을 기억하시라는 겁니다. 다만 잊지 말아야 할 것은 그 대가를 감수하는 책임이지요. 아씨는 그 책임을 피하려 했기 때문에 다시 지루하고 답답한 일상의 노예가 된 것입니다. 주인이 되느냐, 노비가 되느냐는 노비 문서가 결정하는 게 아닙니다. 아씨의 마음이 결정하는 겁니다."

끝내 인정하지 않았지만, 여전히 하대하며 오라비라고 여기지도 않았지만 무명은 누이인 나에게 가르침을 주고 갔다. 그리고 먼 훗날, 내가 무명에게 가졌던 떨림은 본능적으로 자연스러운 것이었다는 게 증명되었다. 잠시 나의 오라비였던 무명은, 진짜 나의 오라비는 아니었던 것이다.

술에 취해 돌아온 어느 날, 아마도 향이와 다툼이 있었던 것으로 짐작되는 어느 밤, 신랑은 미뤄둔 초야를 치렀다. 다급하고 서툴고 아팠던 밤이었다. 그 밤에 그는 울었다. 나도 울었다. 아무리 많은 밤이 지나도 초야의 치욕과 고통은 지워지지 않았다. 그러나 그 밤은 그에게도 상처로 남았다는 것을 나중에야 이해했다. 그는 품고 싶은 여인을 문 밖에 세워 두고 잘 알지도 못하는 나를 안아야 하는 의무를 지고 있었던 것이다. 섬세하고 여린 그에게는 가능한 일이 아니었고, 해서 술로 도피를 했던 것이다. 신행을 가기 전까지 처갓집에서 보냈던 나날 동안 신랑은 오로지 향이만 쫓아다녔다. 향이를 보기 위해 나와 혼인한 것이 아닌가 의심스러울 지경이었다. 사랑하지도 않는데 나의 괴로움이 깊은 것이 스스로 기이하게 여겨졌다.

20

되찾은 아들, 돌아온 아버지

- 이방원

사내가 한평생 품었던 여인을 모두 기억하지는 못한다. 그러나 나는 그녀를 기억했다. 이름이 가희였던가. 김 가였다는 성씨는 확실하게 기억이 난다. 노비들은 성이 없는 경우가 많은데 또렷하게 성씨를 밝히는 것이 인상에 남은 탓이다. 전사를 묻지 않았으나 원래부터 노비였던 아이는 아닌 듯했다. 잠저 시절, 아내의 몸종이었던 아이.

성격이 만만치 않은 여걸에 투기도 심했던 아내의 눈치를 보느라 집안 여종들은 고개도 제대로 못 들고 다녔지만 아내 없는 곳에서 바깥주인과 마주치기라도 하면 모두가 하나같이 눈웃음을 치고 입꼬리를 올렸다. 어깨를 비틀고 엉덩이를 실룩거리며 색향을 흘리는 가비들은 장차 새로운 왕이 나온다는 소문의 이 씨 가문, 그 가운데 가장 공이 커서 장자를 제치고 후계자가 될 공산이 큰 내게 눈도장을 찍고 낙점을 받으려 했다. 그저 그런 수많은 가비들 가운데 그 아이, 가희만이 태도가 달랐다. 마주치면 내외를 하고 수줍어서 고개도 들지 못했다. 하얗게 반들거리는 납작한 이마, 가운데 곧게 가르마를 탄 정수리만 내보이곤 해서 눈이 큰지 작은지 콧날이 오뚝한지 내려앉아 있는지 얼굴 생김도 잘 몰랐다.

어느 봄날이었던가, 가희가 부인이 보낸 탕약을 들고 왔을 때 나는 탕약 대신 그 아이의 손목을 잡고 말았다. 계집종은 놀라서 탕약 사발을 놓쳤지만 주인이 당겨 안는 손길을 거부하지는 않았다. 몇 번을 품었던가, 몇 계절이 지나갔던가……. 그런 건 기억나지 않는다. 부친과 함께 새 나라 건설을 위해 싸우고, 왕자가 된 뒤에는 부왕의 눈에 들기 위해 애쓰고, 동복의 형제들, 이복의 어린 동생들과 경쟁하느라 어느새 그녀를 잊었다. 집에 와서 그녀가 보이지 않아도 누가 있는지 없는지 자각도 못했다. 다른 일들이 너무 많았고, 다른 계집들이 수없이 밀려왔다 사라지곤 했다.

가끔씩 지아비의 일탈을 허용해도, 뭔가 오래갈 기세가 보이면 부인이 알아서 정리를 하는 모양이었다. 대망을 품은 지아비를 알아본 야심 있는 그녀는 언젠가 남편이 보위를 이을 것이라 확신했고, 자신의 아들이 역시 그 자리를 이어 갈 것이라 믿었다. 그녀에게 시앗의 존재는 단순히 지아비가 피우는 바람의 결과물이 아니라 훗날 피튀기는 왕권 경쟁의 잠재적 불씨들이었다. 분란을 미리 잠재우기 위해서는 그 불씨들이 커 나가기 전에 죽여야 했다. 그리하여 잊혀진 여인은 나의 부인에게만 잊혀지지 않았으니. 가희는 집에서 쫓겨났고, 임신을 알리지도 못한 채 담장 밖을 떠돌았다. 그리고 혼자 아이를 낳고 죽어 간 것이다.

그리고 20년 후, 가희가 남기고 간 아이가 나타났다. 나는 그 아이를 만나기로 결심했다. 가신 허웅참이 자신의 서자로 숨겨서 보호하고 있는 왕자를. 또 어떤 암살 시도가 있을지 모른다. 중궁전이 모르게 해야 했으며, 아직 진실을 알지 못하는 그 아이가 놀라서도 안 되었다. 하여 소수의 측근들만 초청한 사냥을 계획했다. 병판 허웅참이 모든 준비를 했으며 그 자리에 부친을 보좌한다는 명목으로 그 아이를 참석시켰다.

북한산 자락에 금표가 쳐지고, 사냥꾼들이 모였다. 내게는 적장자를 합하여 이미 열 명이 넘는 아들이 있었다. 아들이 필요하지도 다급하지도 않았다. 이미 왕자들에게 엄격하고 무섭기로 소문난 부왕이었다. 그러나 이 아이는 달랐다. 있는지도 몰랐던 아들이었다. 잃어버리고 까맣게 몰랐던 아들이었다. 심지어 가노로 살아온 아들이었다. 아무리 어미가 천출이었다 하나 그 아비가 나라의 지존이 아닌가. 충분히 보호받고 누리며 살아야 했던 삶이 바닥을 전전하다 이제야 아비를 만난 것이다. 혼자만 아는 회한과 감격에 울컥하기도 했지만 차분하게 아들을 지켜보았다.

대견했다. 키가 크고 기골이 장대한 것이 어딘가 아바마마를 닮았다. 아바마마를 닮은 것은 또 있었다. 사냥터에서 발군의 실력을 발휘하는 명사수였다. 아바마마께서 젊은 날에, 북방의 부관인 퉁두란과 지나가던 여인의 물동이를 맞춰서 구멍을 내고 다시 살을 쏘아 그 구멍을 막아 주는 시합을 벌였다던 전설 같은 이야기, 그 이야기에 꿇지지 않는 솜씨로 토끼와 꿩, 멧돼지를 잡았다. 천노로 살아온 세월이 믿기지 않을 만큼 귀티가 흘렀으며 몸가짐은 진중하고 말수가 적었다. 그 아이가 최고의 사냥꾼이 된 것을 축하하며 어주를 내렸다. 그 순간 마주친 시선. 아들과 처음으로 마주 보는 눈빛에 심장이 쿵! 소리를 내며 내려앉았다.

이미 그 순간 예감했다. 서로가 진실을 마주하고 왕실이 이를 인정할 날만 남은 것이다. 사냥에서 돌아오자마자 허웅참과 의논하여 무명의 존재를 공식적으로 인정하고 그 아이를 왕실로 들이기로 했다. 시기는 아바마마의 환궁 후. 드디어 아바마마께서 함흥에서 환궁 의지를 밝혀온 것이다.

내심 아들을 칠 수 있으리라 믿었던 조사의 난이 실패로 돌아가자 함흥의 아바마마는 드디어 상경을 결정하신 듯했다. 지원군도, 명분도 부족해진 상황. 더 이상은 이 아들을 부정만 할 수 없었다. 행궁에서 아들과 절연한 초라한 창업 군주로 죽어 갈 것이냐, 새 나라의 앞날을 위해 아들을 차기 군주로 인정할 것인가 선택의 갈림길에서 아바마마께서는 감정을 누르고 이성적인 선택을 하셨다. 아들의 손을 들어 주기로. 개인적으로는 용서할 수 없으셨겠지만 대세는 기울었다. 조선은 이제 아들인 이 이방원의 나라였다.

그 사실을 받아들이셔야만 했다.

21

선택

- 왕휘

이성계는 경복궁으로 인편을 보내 환궁할 예정임을 알렸고, 왕실은 창업 군주를 맞이할 준비에 분주해졌다. 도성에 숨어 있던 만월당의 조직원들에게 총궐기령을 내렸다. 가장 원치 않는 국면에 접어든 것이다. 지금까지 만월당은 이 씨 부자의 상봉을 원하지 않았기에 그들의 불화를 조장하고 분열이 지속되게 만드는 데 총력을 기울여 왔다. 조선이 하나가 되는 것은 바라지 않았다. 싸워야 될 상대가 단합하여 버거운 거인이 되는 것을 두고 볼 수는 없었다.

이제 최후의 결정을 내려야 했다. 이성계가 아들 이방원과 만나는 순간, 그 순간을 거사일로 잡았다. 그날을 위해 십수 년을 준비한 살수 무명이, 드디어 세상에 그 모습을 드러낼 때였다. 고려를 멸하게 만든 이성계 부자가 그들의 손자요, 아들인 무명의 손에 죽임을 당한다……. 이것이 내가 오랫동안 준비하고 기다려 온 복수의 장이었다.

조선의 왕실은 무명을 왕자로 공표하기 위해 그날을 기다릴 테지만, 고려의 부활을 꿈꾸는 만월당은 이성계와 이방원 부자를 암살하고 거사에 무명을 살수로 쓰기 위해 그날을 기다렸다. 오래 기다린 이성계의 환궁을 맞이하여 이방원은 궁을 나가 직접 부친을 마중할 계획이라 했다. 살곶이 다리. 그곳이 부자 상봉의 현장이 될 것이고, 새로이 얻게 될 금상의 아들이 새 나라 조선을 세운 위대한 할아버지를 처음으로 만나게 될 장소였다.

무명을 산채로 소환시키고 작전 지시를 내렸다. 조사의의 난에서 난군으로 참가했던 만월당원들이 이번에는 태상왕 이성계의 호위병들로 상경할 예정이었다. 마중 나온 어가가 가시거리에 들면, 호위병으로 위장한 당원들이 화살을 쏘아 부자 상봉을 아수라장으로 만든다. 이방원은 부친의 환궁이 화해를 위한 손짓이 아니라 응징을 위한 남하라고 오해할 것이고, 양쪽의 병사들은 결국 전투에 들어가게 될 것이다. 그 소란 속에 어가 뒤에 있던 무명이 이방원을 암살하고, 이성계를 호위하던 내가 조선의 창업 군주를 암살하는 계획이었다. 고려 멸망의 원흉인 두 부자를 일거에 암살하고 그날로 고려의 옥새를 다시 궁으로 옮겨 끊어진 국운을 새로이 이어가려 하는 것이다.

"할 수 있겠느냐?"

"해야 하는 것 아닙니까. 오로지 이 순간을 위해 길러진 것으로 압니다."

"없던 아비가 생겼다. 비록 서자이나 권세가의 아들로 편히 살 수 있는 길이 열린 것이야."

허웅참이 무명의 출생을 제대로 알리기 전에 거사를 치러야 한다. 반가의 서자로서 누리는 영화보다 어미의 비참한 죽음에 대한 원한이 더 큰 무명이었으나 생부가 실은 허웅참이 아니라 조선의 왕이라는 것을 알게 된 뒤에도 그 원한이 여전할지는 모를 일이었다.

"유모가 해 주는 밥을 먹고 자랐고, 당주가 가르치는 검법을 배우며 자랐습니다. 어미가 어떻게 죽어갔는지를 한시도 잊은 적이 없습니다. 평생을 바쳐서 준비해 온 거사가 아닙니까. 마지막까지 싸우게 해 주십시오."

"나를 원망하게 될지도 모른다."

"당주와 당원들이 아니었으면 짐승 밥으로 사라졌을 운명입니다. 당주가, 제 부친입니다. 당주와 운명을 함께하겠습니다."

나는 그런 무명의 눈동자를 바라보았다.

"현장에서 죽게 될지도 모른다."

"두렵지 않습니다."

"실패하면 역적이 되는 것이야. 그 역시 죽음이 기다리고 있다."

"각오하고 있습니다."

"두고 가는 것이, 마음에 남는 사람은 없느냐."

무명은 이번 질문에는 대답하지 못했다.

"후회 없는 마지막을 보내라. 다시는 돌아올 수 없는 강이 기다리고 있어."

무명은 생을 누르는 무거운 각오를 이고 산채를 떠났다. 무명을 업어 키운 유모 해상은 거사를 반대했다.

"이것은 대의가 아닙니다. 개인적인 복수가 될 수 있을지는 모르나 치졸하고 끔찍합니다. 망국의 부활이라는 대의명분에 충실하세요. 복수심은 버리세요!"

"작전은 지휘부에서 알아서 한다. 나서지 마."

"무명이는 원수의 아들이기만 한 것이 아닙니다. 우리가 먹이고 기른, 우리 자식이에요. 그 아이에게 이런 상처를 주고, 이렇게 끔찍한 임무를 주고 당주는 괜찮을 거 같으세요? 당주도 부서집니다!"

"거사가 성공하면 비밀을 숨기고 무명을 고려의 자식으로 살게 할 것이며, 거사가 실패하면 조선의 왕실에 진실을 알려 무명을 구명할 기회로 삼을 것이네."

"그게 중요한 게 아니잖아요! 무명인 천륜을 어기게 되요! 한낱 목숨을 구명하는 것이 중한 게 아니라, 사람이 해서는 안 될 짓입니다!"

"그 옛날, 저 아이를 거둘 때…… 오늘의 일을 예비한 것이야. 당신이 몰랐단 말이야?"

"이 씨 집안에 대해서 약점을 쥐려 한 것은 알았어요! 하지만 무명으로 하여금 제 아비를 죽이게 만드는 극악한 복수를 생각하는 줄은 몰랐습니다. 알았다면, 무명에게 정 주지 않았을 것이요, 당주의 계획에 헌신하지도 않았겠지요!"

"어차피 천륜하구는 애저녁에 멀어진 집안이야. 형제들을 죽이고 보위에 오른 제 아비를 봐!"

"무명인 모르고 저지르는 일이에요! 알고서 자기가 선택한 이방원하구는 다르다구요!"

"그만! 그만!"

나는 해상의 입을 막아야 했다.

"당명을 거스르지 마. 업어 키운 무명에 대한 정은 알겠으나, 전쟁은 정으로 하는 것이 아니요, 무자비한 살육과 차가운 전략으로 하는 거야. 우리는 승리해야 해. 지면 몰살이야. 타협할 수 없다구!"

"전쟁을 수행하는 것은 사람입니다. 군졸들은 당주의 사명을 믿고 따르는 거예요."

"내 사명은 원수인 이 씨 부자를 죽이고 이 나라를 원래의 국호로 되돌리는 것이야. 그 사명을 위해 다소간의 희생이 따르는 건, 감수하겠어."

나는 알고 있었다. 해상은 나를 연모했다. 조선의 핍박에 온 가족을 잃은 이 가여운 남자를 위해 평생을 바쳤다. 그녀는 이제 선택해야 했다. 사랑한 남자가 꿈을 이루도록 해야 할지, 더 이상 죄를 짓지 않게 해야 할지. 하룻밤을 꼬박 새운 해상은 드디어 결정을 내린 듯했다.

무명이 어렸을 때, 산채 사람들은 가끔 어미가 그립지 않으냐 물었다. 자라서 상단에서 일을 할 때도, 허웅참의 집에서 가노로 일을 할 때도 주변에서는 곧잘 어미에 관해 물었을 것이었다. 무명은 그 질문을 받을 때마다 당혹스러워했다. 얼굴도 모르는 어미가, 존재도 모르는 아비가 그리우면 얼마나 그리울 것이며, 생각하자면 무엇을 생각할 것인가. 어미와 아비가 자식에게 무엇을 주고 어찌 대하는지는 알 수 없으나 어머니라는 말에서 떠오르는 얼굴은 다른 누구도 아닌 산채의 해상이라 했다.

신기도 없다면서 신당을 버리지 않는 신딸. 그녀가 기원하는 것은 산채에서 길러 내고 전국으로 흩어 보낸 아이들의 무사함이리라. 그녀가 무명에게 밥을 해 주었고, 옷을 입혔고, 잔소리를 해 대고, 상처를 치료해 주었다. 망국의 부활을 꿈꾸며 산도적처럼, 화전민처럼 모여 사는 떼들이 배부르고 등 따실 리가 없었다. 당주인 내가 산채의 살림을 책임지고 도성의 후원자들에게 은밀한 후원을 받아 왔으나 살림이 늘 넉넉할 수는 없었다. 때로는 쌀이 떨어지고, 먹을 것이 없었다. 그러나 해상은 무명을 굶긴 적이 없었다. 산버섯과 나무 열매와 산나물을 가장 많이 아는 사람이 그녀였다. 칡넝쿨을 따라가다 줄기를 걷어 올리고 가장 튼실한 칡뿌리를 찾아내어 흙을 털어 건네주었고 비가 내린 뒤 아직 풀이 마르지도 않은 숲을 돌아다니며 버섯을 따다 구워 주었다. 신기하게도 버섯은 비가 온 뒤에만 솟아나 모습을 드러냈다. 오미자, 머루, 다래, 산딸기는 어쩜 그렇게 해상의 눈에만 보이는지. 냉이, 씀바귀, 달래, 소루쟁이, 고들빼기, 고사리, 산갓, 명아주 등을 캐다가 데쳐서 된장에 무쳐만 줘도 일미였다. 해상 자신은 몇날며칠을 굶어도 어린 무명에게만은 무슨 짓을 해서든 먹을 것을 구해다 주었다. 태어나자마자 낳아 준 어미를 잃은 무명에 대한 연민이요, 그 갓난쟁이에게 젖을 물릴 수 없었던 처녀의 자괴감이며, 그럼에도 불구하고 그 아이를 자기 손으로 키워 내야 했던 한 여자의 모성이었다. 해상은 젖을 물릴 수 없었던 것이 자기 탓이 아닌데도 무명이 병치레라도 할라치면 이게 다 갓난쟁이 때 어미젖을 못 먹어서 그런 거라며 자기 죄인 양 미안해하고 안쓰럽게 여겼다.

그녀의 지극 정성이 어미 없는 무명을 살렸으며 죽을 뻔한 갓난쟁이를 적수가 없는 빼어난 검객으로 키워 낼 수 있었다. 당원들은 조선에 희생당한 어미의 원수를 갚기 위해 무명이 칼을 가는 줄 알지만, 무명 자신조차도 이제껏 세뇌되어 온 그 이유가 스스로의 존재이유인 줄 알지만, 기실 그가 명을 받고 임무를 완수해 온 가장 큰 동기는 당주인 내게 인정받고 해상을 기쁘게 하기 위해서였다. 죽은어미와 존재도 모르는 아비보다 자신을 길러 주고 함께 살아온 나와해상이 훨씬 더 가까운 사람이요, 애정을 품는 대상이 되는 것은 당연한 일이었다. 무명은 우리 두 사람을 위해 살아왔다.

무명에게는 어미와 같았던 해상이었다. 다른 사람도 아닌 나의 칼아래, 적의 손이 아닌 아비 같던 주군의 손에 죽어 가는 종말을 무명은 상상조차 했을까. 해상은 어리석었다. 여자가 아닌 어미로서의 어리석은 선택이 그녀를 죽게 만들었으니. 나를 배신하고 당을 외면한채 기른 정을 선택하려 하는 해상을 결코 용서할 수 없었다. 해상은곧 제 아비를 죽이고 천륜을 어기게 될 무명을 모른 척할 수 없어 오래된 비밀, 세상에 나와 자신밖에 알지 못하는 비밀을 그에게 전하고자 했다.

막아야 했다. 내게 다른 선택 따위는 없었다. 아주 오래전, 눈앞에서 죽어 간 온 가족의 최후를 지켜보며, 따라 죽지도 못하고 당장 칼을 들어 원수를 갚을 수도 없었던 무력했던 어린 날. 그날 이후로 나는 얼마나 만사에 무감해졌던가. 온몸의 더듬이와 감각을 죽여 나라를 잃은 좌절감과 피붙이를 잃은 고통에서 벗어나고 싶었다. 하여 감정을 다 죽이고 오로지 이성으로 판단하고 목적을 위해서만 살아왔다.

정인이요, 누이요, 동료였던 해상을 내 칼로 베겠다고 결심을 하면서 다른 선택은 없다고, 그저 해야 할 일을 하고 있다고 굳게 믿었다. 그녀에게 고려는 의미가 없었다. 해상에게 고려는 곧 나, 왕휘였다. 내가 슬퍼하니 슬펐고, 내가 외로울까 봐 뒤를 따랐고, 사랑했기에 평생을 바쳤던 그녀였다.

그렇다면 나에게 해상은 무엇이었을까. 그녀를 동반자로 고르지는 않았다. 가끔 해상을 여자로 품은 적은 있지만, 정식으로 아내의 이름을 주지 않았고 그녀 역시 감히 바라지도 않았다. 망국이라 하나 나는 천상의 왕족. 자신은 가장 천한 무가의 여자. 두 사람이 지아비와 지어미로 세상에 나아갈 길은 없었다. 그러나 숨어 사는 처지가 아닌가. 둘 사이에서만이라도 나의 여자로 인정받고 싶은 은밀한 소망을 모르지 않았다. 소망은 그저 가슴 속에서 저절로 생겨나는 것이니까. 눌러도 밟아도 사라지지 않는 것이니까.

그러나 나는 그녀의 소망을 무참하게 짓밟고 잔인하게 도륙하였
다. 나는 그렇게 괴물이 되었다.

22

사랑했던 두 남자

- 해상

그에게 아무것도 바라지 않았다. 그저 그를 위해 밥을 해 줄 수 있어 뿌듯했고, 때로 내 다리를 베고 누운 그가 허벅지가 젖도록 흘리는 눈물을 받아 줄 수 있어 벅찼다. 그의 곁에 함께 살아 있을 수 있다는 것만으로 더 이상 바람이 없었다. 그의 아이를 낳고 싶었지만 당주께서는 허락하지 않으셨다. 망국의 혈손을 늘려 봤자 비극뿐이라며 후손을 보는 것은 나라를 되찾은 뒤에나 생각해 볼 일이라고 못 박았다. 그에게 무명은 원수의 아이, 적의 핏줄이었으나 내게는 하늘이 주신 내 아이였다.

여자는 나이를 먹으면서 어미가 되고 여성으로 살아가기보다는 모성에 충실해지는 변모를 겪는다. 비록 제 배로 아이를 낳지는 못했더라도 여자로서 지켜야 하는 신의보다 어미로서 새끼를 보호해야 하는 본능이 더 커져 버린 것은 스스로도 어쩔 수 없는 일. 선택의 갈림길에서, 나는 정인의 뜻을 따르기보다 새끼를 지키는 것을 선택했다. 그러나 그 선택을 비밀로 하지는 못했다. 밤에도 낮같은 시야를 가지고 낮에도 밤 같은 촉수를 지닌 그는 나의 번민과 갈등을 일찌감치 눈치 채고 내가 결심을 실행으로 옮길 날을 기다렸다.

　달이 밝은 밤이었다. 무명을 만나러 가기 위해 은밀히 산채를 나설 때, 그는 벌써 산길에 나와 있었다. 나는 본능적으로 그가 모든 것을 다 알아 버렸음을, 그리하여 이 순간이 그와의 마지막임을 느꼈다.

　"어딜 가느냐?"
　"아들을 만나고자 합니다."
　"아들이라니."
　"무명이 당신과 나의 아들이 아닙니까. 우리가 죽은 어미의 태에서 그 아이를 받았고 이날 이때까지 먹이고 입히며 키워 냈습니다. 아들이지요. 그 아이는 제 아들입니다."
　"하여 아들을 위해 나를 버리고자 하는가."
　"그것이 당주를 위하는 길이라고, 저는 믿습니다."
　"내 뜻에 반하여 그 아이의 소임을 막고자 가는 길이 아니더냐. 가증스럽게 나를 위해서라고?"

"당주의 뜻에 반하는 일일지는 모르나, 당주의 영혼을 위해서는 이리 하는 것이 옳다고, 그리 믿습니다."

"마지막으로 기회를 주겠다. 이대로 산채로 돌아가 거사가 끝날 때까지 나오지 마라. 유폐에 처한다."

나는 아무 말도 하지 못했다.

"너를, 내 손으로 죽이고 싶지 않다. 나에게, 그것까지 하게 하려느냐?"

오래 외면하고 서 있다가 이윽고 고개를 들었다.

"저는 포기하지 않습니다. 내 자식을 나락에서 구하고자 하는 노력을, 포기하지 않을 거예요."

"명령이다."

"모르세요? 저는 당주님의 명대로 살아오지 않았습니다. 명이라서 따른 게 아니라, 제가 그러고 싶어서 여태 이러고 산 거예요. 저는, 지금도 제가 원하는 대로 할 겁니다."

그를 무시하고 다시 길을 잡았다. 그가 막아섰으나 멈추지 않았다. 죽음을 자처한 결심이었다. 오로지 죽음만이 나의 길을 막을 수 있다고 온몸으로 그에게 말했다.

그는 작별 인사를 하지 않았다. 칼을 맞고 그의 품에 떨어졌을 때, 나는 보았다. 그의 슬픈 눈동자를. 나는 알았다. 그가 세상에서 유일하게 믿었던 사람을 향한 절망이 얼마나 깊은 줄을. 끝내 이런 선택을 하게 만든 나에 대한 분노가 얼마나 큰 지를.

숨어서 떠돌았던 세월. 고단한 인생을 끝내는 것은 아쉽지 않았다. 오히려 한편으로는 편안하기도 했다. 평생을 시달렸던 불안감과 조마조마한 일상에서 벗어난다고 생각하니 이승의 무거운 짐을 내려놓은 듯 안도감이 들었다. 그러나 혼자 남은 그가 걱정되었다. 충숙왕의 5대손으로 곱게만 자란 왕족이 상단의 장사치로 대륙을 넘나들고 전국 팔도를 떠돌아다니며 고생할 때, 부모를 잃고 겨우겨우 살아남은 아이들을 데리고 망국을 재건할 힘을 기른다며 호된 군사 훈련을 치러 내면서도 힘들다는 티 한 번 낸 적 없고, 앓는 소리도 한 적 없는 그였다. 하지만 말 안 해도 알아주는 내가 있기에 나의 시선을 위로 삼아 떠나고 돌아오기를 반복했던 그가, 이제 산채로 돌아와도 맞아 주는 이가 없고 떠나는 모습을 오래도록 지켜봐 주는 시선이 사라졌음을 자각하게 되는 순간, 그 시린 고독을 어찌 이겨 낼까! 마지막 순간조차 끝내 연모를 인정하지 않고 자신을 베어 버린 원망보다, 정인에 대한 걱정에 마음이 아팠다.

"기다리고 있을게요. 얼른 오세요."

그에게 남길 수 있는 마지막 한마디였다. 그의 뺨을 어루만지던 손길에 힘이 빠졌다. 그는 예기치 않은 뜨거운 눈물을 쏟아 냈다. 인간이기를 포기하고 살아온 그가 정인을 잃고 비로소 인간으로 돌아오는 순간이었다.

그 시각, 나의 전갈을 가진 사자는 이미 산길을 달려 허웅참의 집으로 가고 있었다. 당주의 예리한 시선을 피하는 방법은 단 한 가지, 내가 직접 움직여 그의 주의를 분산시키고 아무것도 모르는 말단 당원에게 심부름을 시키는 것뿐이었다. 그리고 사자는 무명이 아니라 무명의 몸종이 된 부원군의 딸 향이에게 전달할 서찰을 가슴에 품고 있었다. 곳곳에 심어진 세작들의 눈을 피하기 위해 우회를 택해야 했다. 향이에게 보내진 서찰은 분명 다시 무명에게 전해질 것이었다. 어미 된 자의 본능으로 무명의 마음이 어디로 향해져 있는가를 잘 알고 있었다. 내가 당주에게 위안을 주었듯, 아이가 가장 아픈 진실과 직면하게 되었을 때 무명이 혼자가 아니기를 바랐다. 생을 뒤흔들게 될 혼돈의 소용돌이에서 그녀의 손을 잡고 눈물 흘릴 수 있기를, 그리하여 스스로의 앞날을 정하고 다시 일어설 수 있기를 나는 바라고 또 바랐다. 저세상에 가서 만나게 될 무명의 생모에게 미안하다고, 그러나 이것이 나의 최선이었다고 말할 수 있으리라. 먼저 가서 기다리고 있을 터였다. 당주 역시 곧 나를 따라오리라는 것을

이미 알고 있었다. 시대의 주역은 우리들이 아니었다. 새로운 세상은
아이들의 몫이었다.

23
나의 이름은

- 무명

'너는 허웅참의 아들이 아니다. 그에게 너의 출생을 다시 물어라. 그는 너의 생부를 알고 있다. 다가올 진실이 너의 삶과 앞으로의 선택을 크게 흔들 것이니 분노하고 좌절하기보다는 자신이 원하는 것이 무엇인지를 알아내도록 해라. 기만당한 생이 아플 것이나, 우리를 미워하기보다는 시절을 원망하기 바란다. 잘못된 어미였으나 너를 아꼈다. 운명이 너에게 요구하는 선택을 하지 말고 네가 원하는 운명을 위해 갈 길을 가라. 목숨으로 나의 죄를 갚노니, 부디 당주를 용서하길.'

향이가 전한 유모의 서찰은 곧 유서였다. 진실이고 뭐고 간에, 출생의 비밀이 어떻게 되든 간에 무조건 산채로 달려갔다. 자세한 설명은 없으나 나는 이미 직감했다. 이제야 이런 진실을 털어놓는 건, 그것도 내가 아닌 향이를 통해서 전달받게 한 것은 유모의 신변에 위협이 생겼기 때문이라고. 짐작했던 대로 유모는 산채에 없었다. 당원들의 말로는 일이 있어 당주의 명을 받아 송도에 돌아가 있다고 하였다. 그러나 그 말을 하면서 그들은 내 눈을 피했다. 묘지에 가 보았다. 작전 수행 중에 죽은 동료들을 묻는 곳이었다. 거기 새로운 봉분이 하나 나 있었다. 정식으로 조직 체계에 올라 서열이 정해진 바는 없으나 유모 해상은 당주의 여자였고 최측근 인사였다. 해상을 처결할 수 있는 권한이 있는 자는 당주뿐이었다.

유모가 내게 전하려던 진실이 그녀를 죽게 만든 것이었다. 분노가, 자괴감이 해일처럼 덮쳐 왔다. 자진(自盡) 명령을 내린다 해도 기꺼이 따를 수 있었다. 고려의 재건을 위해 당이 시키는 대로 평생을 살면서 남의 집 하인 노릇까지 했다. 못할 일이 없었고 안 한 짓이 없었다. 고통은 두렵지 않았고 목숨도 버릴 수 있었다. 살수가 되어 사람도 죽여 본 내가 아닌가.

그러나 유모는 달랐다. 해상은 대부분 부모를 잃어 정처 없는 당원들의 정신적 지주였고, 실제적인 어머니였다. 그녀는 그들과 같은 당원이라기보다 늘 그 자리에 있는 고향 같은 존재였고 언제고 돌아가 안길 수 있는 유일한 집이었다. 나는 유모가 전하고자 한 진실이 그녀를 죽게 만들었다는 것을 알았다. 그것은 내가 누구인가를 알려 주고 싶었던 유모의 마지막 사랑이었다.

내 칼의 표적이 바로 나의 생부였다.

아버지인 줄 알았던, 아버지라고 생각했던 허응참 대감에게 진실을 들을 수 있었다. 지녀왔던 동곳이 허 씨 집안의 것이 아닌, 이제는 왕실이 된 전주 이 씨 집안의 것임을 알았을 때…… 오히려 아무런 느낌이 없었다. 당주 몰래 유모가 전해 준 생모의 유품을 들고 생부를 찾았지만, 자신이 허응참의 아들이었다고 해서 당원으로서의 정체성이 흔들리는 것은 아니었다. 조선의 가신이었던 아버지가 어머니를 버렸고, 그리하여 생모의 죽음과 함께 태어났다고 믿었기에, 그 뒤 나라는 존재는 고려의 부흥을 꿈꾸는 만월당 조직의 손에 키워졌기에 아비가 누구이건 간에 당원으로 살아온 인생에 흔들림이 없었다. 해야 할 일을 하고 있다 믿었고 그러다 죽는 것이 이생에 허락받은 유일한 삶이라고 여겼다.

그러나 나는 허응참의 아들이 아니었다. 창업 군주 이성계의 손자요, 상왕 방과에 이어 3대째 보위를 이은 이방원의 아들이었다. 게다가 그의 서자들 가운데 가장 나이가 많은 서장자가 바로 나였던 것이다. 왕자의 신분이 놀라운 것이 아니었다. 그 자리가 탐나서 정신이 나간 것이 아니었다. 새로이 주어진 신분에 대한 놀라움보다 배반당한 믿음에 대한 상처가 더 컸다. 유모가 왜 죽임을 당했는지 비로소 알게 되었던 것이다. 당주는 오로지 복수를 위해서 나를 기르고 속였던 것이다. 알지도 못한 채 꼭두각시가 되어 생부의 등을 찌르고 조부를 향해 화살을 날릴 참이었다. 어미와 다름없던 유모는 내가 모르고 저지르게 될 비극을 막고자 했다가 배신자로 낙인 찍혀 죽임을 당한 것이다. 사냥터에서 나를 바라보던 이방원의 깊숙한 시선을 그제야 이해할 수 있었다. 마지막 작전 지시를 내리던 당주의 복잡한 눈빛의 의미가 이제야 짐작이 갔다.

모두를 다 베어 버리고 싶었다. 누구든 죽여 버리고 싶었다. 엉망이 된 인생을 어디 가서 물어내라 할 것인가. 유모의 무의미한 희생에 대해 누구에게 책임을 물을 것인가. 밤새 말을 타고 달렸다. 말이 지치면 내려서 걸었다. 숲이 보이면 나무를 쳐냈다. 억새밭에서는 불을 질렀다. 그러나 아무리 미친 짓을 해도 가슴 속의 광증이 눌러지지 않았다. 이 칼을 누구에게 향해야 할 것인가? 나의 어미를 허웅참 대감의 시앗으로 잘못 알고 살인을 교사한 안방마님, 부인의 투기와 반역을 모르는 채 주군의 혈손을 놓친 허웅참 대감, 핏줄인 것을 확인하고도 그저 시험하고 지켜보며 존재를 비밀에 붙인 생부 이방원, 이 모든 것을 다 알면서 자신의 목적을 위해 거짓 속에 나를 키우고 생부를 죽이는 살수로 만든 당주 왕휘, 그 비극을 묵인하다 목숨으로 죄 갚음을 하고 죽어간 유모 해상……. 원수는 누구이며 진정한 내 사람은 누구인가? 모두가 원망스럽고 그 누구도 진실로 미워할 수 없는 혼돈 속에서 오로지 떠오르는 것은 그녀의 얼굴이었다.

"병상에서 일어난 지 얼마나 됐다고 왜 이리 몸을 혹사해? 자학이 취미야?"

걱정하는 마음을 차가운 힐난으로 표현하는 향이. 그녀는 모른다. 내가 바로 향이의 부친을 죽게 만든 만월당의 당원이라는 것을. 운명도 아니고 자유 의지도 아니고 오로지 기만으로 점철된 인생. 음모의 희생양이 되어 만월당이 되었다고, 속아서 저지른 짓들이라고 변명을 해본들 부친의 죽음에 손을 담갔던 과거가 지워지지는 않는다. 저 차가운 힐난마저 잃게 되리라. 세상에 비밀은 없다. 언젠가 그녀는 결국 알게 될 것이다. 내가 죽고 난 뒤에라도.

괴로움에서 도피하고 싶었나? 혼돈을 눈감고 싶었나? 아니면 향이가 진실을 알기 전에 그녀와의 추억을 하나 갖고 싶었는지도 모른다. 아마도 세 가지 이유 다였는지도.

그녀와 배를 탔다. 가노에서 가주의 아들로 신분 상승을 하고 나니 누릴 수 있는 것들이 많았다. 그중에 하나가 경치 좋은 곳에 지어진 정자를 향유하고 한강에 배를 띄울 수 있는 호사였다. 사공을 내리게 하고 직접 노를 저으며 향이를 강 저편으로 데려갔다. 할 말이 없었다. 입을 열면 거짓일 될 것이요, 훗날 그녀가 이 순간을 기억해봤자 기만밖에 되지 않을 것이기에 나는 말을 아꼈다. 다만 물살을 느끼며 강바람에 잔머리를 휘날리는 향이의 야윈 뺨을, 가끔 수수께끼 같은 눈빛으로 나를 쳐다보는 향이의 시선을, 하녀의 입성을 하고도 반가 여인 특유의 단아한 자태를 흐트러뜨리지 않는 그녀의 곧은 등을 바라보곤 했다. 나와 같이 태어나자마자 어미를 잃은 아이였던 향이.

"처음 세상 바깥으로 나갔을 때, 이웃집에 가 보고 사람들을 만났을 때, 난 모든 집에 어머니가 있다는 것에 너무 놀랐어. 어려서 집 밖을 나갈 일이 없었던 나는 세상의 모든 아이들이 유모 손에서 크고 가끔씩 집에 다니러 오는 아버지라는 존재만 있는 줄 알았거든. 그들에게는 다 있는 어머니가 나한테 없다는 걸 알았을 때, 난 그때부터 울보가 되었어. 아버님에게 더 매달리고, 출타하시는 걸 막았어. 별로 소용이 없긴 했지만."

유일한 가족, 마지막 가족. 향이에게서 아버지를 빼앗은 건 나였다. 우리 당이었다. 그리하여 인엽은 정혼자를 잃었다. 신분도 잃고 재산을 다 빼앗기고 이렇게 나의 하녀가 된 것이다. 원수를 위해 소셋물을 바치고 밥상을 올리고, 신발을 닦고, 옷을 마련하는. 모든 것을 다 잃고 가장 낮아진 여자. 그녀가 향이였다. 향이의 손을 잡고 영원히 떠나 버리는 상상도 해 보았다. 그녀에게 아무 말도 하지 않고 평생을 비밀로 한 채 살아가는 것이다. 그녀가 내 손을 잡아 줄까? 우리에게도 그런 미래가 허락될까? 단 한 번도 꿈꿔 본 적이 없는 미래였다.

"무슨 일이야?"

향이가 물었다. 그녀는 말하지 못하는 나의 혼돈을 느끼고 있었다. 그저 혼돈의 실체를 알지 못할 뿐이었다.

"달라진 신분이 버거운 거야?"

나는 대꾸를 할 수 없었다.

"나는 과거를 다 잊어야 했어. 내가 받은 대접들, 내가 먹고 내가 입은 것들, 내가 누린 것들을 기억하면 하녀로서 살 수가 없었어. 매 순간이 비참하고 기가 막혔으니까. 도저히 인정하고 싶지 않은 현실을 네가 똑바로 보게 했지. 난 마님의 신발에 입 맞추며 모든 걸 버리고 잊어야 한다는 걸 깨달았어. 과거의 나는 내가 아니야. 오로지 현재의 내가 나일 뿐이고, 그런 내가 내일을 만들어 가는 거야. 허나 너는 어제를 잊지 말아."

자신은 과거를 다 잊었지만 나보고는 잊지 말라니. 남다른 당부에 그녀를 보았다.

"난 위에 있던 사람이 아래로 내려왔으니 과거를 잊어야만 살 수 있었어. 하지만 넌 아랫사람의 처지를 잘 알잖아. 지금 그들의 상전이 되었으니 아래에 있었던 시절을 잊지 말고 살아간다면 겸손하고 자애로운 상전이 되어 그들을 잘 보살펴 줄 수 있을 거야. 서자의 처지가 사뭇 비애스럽기도 하지만, 양반의 위세가 우스운 걸 알고 천노의 삶이 고단함을 아는 존재잖아. 양쪽 세상의 다리가 되어 서로를 이해시키는 가교가 될 수도 있겠다 여겼어."

나는 노를 놓고 향이를 끌어당겼다. 더 이상 기만 속에서 그녀의 말을 듣고 싶지 않았다. 들을 수가 없었다. 그녀의 팔을 당겨 내 품에 가두고 입술로 말문을 막았다. 그녀는 놀란 듯했다. 멎어 있었다. 그러나 이내 내 품을 빠져나와 거세게 뺨을 쳤다.

"너두 양반들 흉내 한번 내 보고 싶은 거야? 날 데리고 나온 이유가 이거였어? 하녀 하나쯤 마음대로 해 보고 싶어서?"

"은기 도령은 혼인을 했어. 이제 다른 여자의 지아비야."

"옛사랑을 잃었다구 해서 니가 날 마음대로 해도 되는 건 아냐!"

"그럼 자격이 있는 사내가 누구야? 은기 도령 같은 반가의 사내가 아니면 언감생심 쳐다보지도 못하나? 난 여전히, 너한테! 남의 집 행랑 하인일 뿐이냐구!"

배가 강가에 닿았다. 나는 향이를 배 안에 버려두고 먼저 내렸다. 쓸쓸한 분노와 자괴감이 멀리 달아나고 싶게 만들었다.

"네가, 살아 있기를 바랐어."

향이의 목소리가 나의 발길을 잡았다. 순간, 멎을 수밖에 없었다.

"전장에서 네가 죽었다는 풍문이 들려왔을 때, 눈앞이 캄캄해졌어. 나한테는 이제 사월이하구 너밖에 없는데⋯⋯. 너의 죽음을 바라지 않았어. 이게 지금 말할 수 있는 내 마음의 전부야."

기쁨과 슬픔이 동시에 몰려왔다. 나의 죽음을 바라지 않는다는 말은 향이가 나에게 할 수 있는 최대한의 표현이라는 것을 알았다. 그러나 진실을 알게 된 뒤에도 그녀의 마음이 여전히 그대로일까? 원수를 갚기 위해 칼을 들고 달려올지도 몰랐다. 그녀의 손에 죽는 것.

어쩌면 나는 그 순간을 바라고 있는지도 몰랐다. 아직 배 안에 남아 있는 향이에게 손을 내밀었다. 입술은 거부했지만 손은 잡아 줄 수는 있지 않을까? 확신 없는 기대로 손을 내밀었다. 향이는 잠시 망설이다 마침내 나의 손을 잡아 주었다. 심장에서 쿵 소리가 들렸다. 강제로 빼앗은 입술보다 스스로 내밀어 준 손 한 번이 더 떨렸다.

누군가를 마음에 품으니 세상이 두려워졌다. 그녀가 다칠까 봐, 아플까 봐, 불행해질까 봐 가슴을 졸이게 되면서 무서운 게 많아졌다. 비가 오면 젖을까, 눈이 오면 추울까, 바람이 불면 날아갈까, 날이 더우면 힘이 들까……. 이유 없이 다가오는 온 세상의 변화들에 의미가 생겼고 날아가는 새와 저절로 피어나는 꽃들에게조차 눈길을 주게 되었다. 그러나 그 마음은 결국 다 고통이었다. 그 마음으로 얻을 수 있는 행복보다는 드러날 진실과 다가오는 파국에 대한 불길한 예감에 몸을 떨었다.

"나하고 같이 가자."

향이는 나의 청이 무엇을 뜻하는지 몰랐다.

"나는 이 집의 서자로 살지 않을 거야. 하인으로 돌아가지도 않을 거야. 나는 뒤로 가지도 앞으로 가지도 못해. 원래 있던 곳은 떠나야 하고 앞으로 가야 할 곳은 막혀 있어. 새로운 길을 가야 해. 그 길에 네가 같이 갔으면 해."

"은기 오라버니가 못해 준 거, 네가 해 주려고?"

향이는 내가 제2의 김은기가 되려 한다고 생각하는 듯했다. 이제 같은 행랑의 하인이 아니라 도련님이 된 처지. 자신 얻기 위해 비로소 얻은 고귀한 신분을 버리려 한다고. 품은 마음 깊고 그 청은 고마우나, 그 마음 받기 위해 내 신세를 망칠 여인이 아니었다. 은기를 위해 사랑을 버렸듯이, 이번에도 향이는 나를 받아들이지 않을 것이다. 그녀는 스스로 평생 그 어떤 남자도 받아들일 수 없는 운명이라 생각했다. 은기와 나의 정인이 될 수는 있어도 정실부인이 될 수는 없는 처지, 아직 다 버리지 못한 반가 여자의 자존심은 누군가의 두 번째, 세 번째 여자로 살아가는 선택을 거부하게 만들었다. 그렇다면 이런 그녀가 언젠가는 바깥행랑의 누군가와 짝 지워져 신랑각시로 살아갈 수 있을까? 향이는 그럴 여자가 아니었다. 노비 신분을 대물림하는 그런 혼인을 할 여자가 아니었다. 지나간 첫사랑을 가슴 저켠에 묻어 두고 다가오는 새 사랑을 애써 밀어내면서 한평생을 고독하게 버텨내는 것. 그것이 그녀에게 남은 삶이었다.

"나는 아무 데도 안 가. 여기서 살 거야. 기다릴 거야. 태상왕께서 올라오신다 들었어. 그분이 오시면, 격쟁을 하든 뭘 하든 어떻게 해서든 알현을 성사시켜 아버님의 일을 묻고 진상을 밝혀 달라 청원할 거야. 아버님을 구명하고 집안을 신원시키는 것. 그게 내가 죽지 않고 살아 있는 이유야. 너의 손을 잡고 어디론가 가서 누군가의 지어미로 살며 아버님의 억울한 죽음을 다 잊고 아무 일도 없었던 것처럼 그렇게 살 수는 없어."

세상의 모든 남자는 사랑하는 여자를 갖고 싶어 한다. 살고 싶어 한다. 그 삶이 불가능하다면 남은 선택은 무엇인가. 그녀가 바라는 것을 해 주는 것이다. 향이는 인엽의 시절로 돌아가고 싶은 것이었다. 집안의 명예를 되찾고 돌아가신 부친의 한을 풀어드리는 것. 그녀의 소망을 이루어 주리라. 만월당을 배신하고 왕실로 들어가는 것도 아니 될 일이요, 비로소 알게 된 친부의 존재를 모른 척하고 만월당의 지령을 수행하는 것도 불가능한 일이었다. 제3의 길을 만들어야 했다. 새로운 선택이 필요했다.

24
변심

- 은기

정월에 대과가 열렸다. 내가 급제하자 많은 이들이 안도했다. 초시에 소년등과한 지 오래라 대과의 기대주였지만 첫 번째 혼례가 초야도 치르기 전에 파탄이 나고 윤옥과 두 번째 혼례를 치르는 등 다사다난했던 개인사 때문에 우려의 시선이 많았다. 허나 주변의 예상을 깨고 급제의 영광을 거머쥐었다. 나는 사실 필사적이었다. 인엽과의 도피에 실패하고 윤옥과의 혼인을 강요당했던 내가 할 수 있는 것은 그것뿐이었다. 인엽을 첩실로라도 들이고 싶었지만 일개 서생의 신분으로 축첩은 어불성설. 원하는 것을 갖기 위해서는 먼저 힘을 길러야 했다. 아버지를 벗어날 수 있는 힘, 아버지에게 대항할 수 있는 힘, 처가의 영향력에서 자유로울 수 있는 힘. 그 힘의 시작은 과거에 급제하여 관직에 나아가는 것이다. 녹봉을 받아 경제적으로 자립하고 조정에서 제 몫을 해 나가는 것. 부친이 이뤄 놓은 것을 따라 가려면 하세월이겠지만 적어도 출발은 해야 꿈이라도 꿀 수 있었다. 어전에 나아가 어사화를 받고 양가의 축하 속에 어른들의 덕담도 많이 들었지만 이 소식을 가장 알리고 싶은 사람은 다른 누구도 아닌 인엽이었다. 이제는 향이라는 이름으로 살아가는 하녀가 되었지만 내게 그녀는 영원히 변치 않은 이름, 인엽일 뿐이었다.

부인과 함께 처가에 급제 인사를 드리러 갔다. 나의 목적은 하나였다. 인엽을 만나 급제 사실을 알리고 그녀를 첩실로 들일 계획을 밝히는 것. 그렇게만 되면 급한 대로 인엽을 고된 노동에서 건져 몸이라도 편하게 해 줄 수 있을 거라 생각했다. 나의 여자로, 애달픈 두 사람의 첫정이 나름의 결실을 맺을 수 있을 것이었다.

처가에서는 급제의 영광을 두르고 온 사위를 환대하였다. 장인인 병판 허웅찬 대감은 본인이 수장을 맡고 있는 병조로 나를 발령 낼 참이었다. 낮부터 밤까지 수없이 각상이 바뀌며 새 음식이 나왔고, 장인은 축하객들 앞에서 사위를 자랑하느라 여념이 없었다. 가끔씩 각상을 들고 나는 인엽이 보였다. 침방 소속이라지만 오늘처럼 손님 많은 날은 찬방을 돕기도 하는 모양이었다. 해가 지고 나서야 간신히 짬을 내서 후원으로 나왔다. 행랑에 사람을 보내 인엽일 불러낸 지 오래였다. 후원에 드니 인엽은 이미 먼저 와서 기다리고 있었다.

"축하드립니다. 입신 양명의 장도가 열리셨으니, 부디 백성을 위하고 군주에게 필요한 인재가 되시어 훌륭한 정치를 펴십시오."

가만히 다가가 인엽의 손을 잡았다. 어느새 거친 손으로 변해 있었다. 익숙지 않은 물일에 빨갛게 터진 손등이 내 손바닥 안에서 거슬거렸다. 인엽은 당황한 듯 손을 빼냈다.

"부르셔도 나오지 않아야 했으나, 축하 인사는 전하고 싶었습니다. 이만 들어가겠습니다."
"밤에 처소로 와."

인엽이 고개를 돌렸다.

"무슨 말씀이신지요?"
"좀 있다 장인어른께서 자리를 다 파하시면, 처소에 가 있을 거야. 미리 가 있어도 되고, 행랑에 불이 꺼지면 나한테 와."
"아씨가 계십니다."
"내 처소에는 아무도 없어."
"지금 이 자리도 만들지 않았어야 합니다. 밤중에 처소로 오라니요, 아니 될 말입니다."
"내 이번에 너를 데려가려 한다. 우리 사이에 혼례는 이미 치렀으니, 미뤄 둔 첫날밤이…… 오늘이라고 생각하자꾸나."

"우리의…… 첫날밤이라구요?"

다시 인엽의 손을 잡았다.

"오늘 너와 함께 밤을 보내고, 본가로 돌아갈 때 너를 데려가겠다. 어른들 허락은 이제 필요 없어. 부인 눈치 볼 일도 아니고. 그냥 내가 널 책임지면 돼."

"절더러 첩살이를 하라고요?"

"……너를 데려가겠다는 거야. 이 집 행랑에서 구해 주겠다고."

"하녀의 오욕에서 구해 첩실이라는 새로운 오욕을 주시겠다고 요?"

순간 나는 당황했다.

"우리 앞에 남은 방법은 이것뿐이야."

"서방님이 야반도주를 하자고 하셨을 때도 가지 않았던 접니다. 그런데 첩살이라니요? 당치 않습니다."

"그럼 이렇게 계속 하녀 노릇이나 하며 살겠다고?"

"몸이 불편한 건 이제 견딜 만합니다. 마음의 지옥 속으로 스스로를 밀어 넣고 싶지 않습니다. 서방님한테 잊힐지언정 그런 취급을 받으며 살고 싶지도 않구요."

"나를 왜 이리 힘들게 해. 누구 때문에 밤새 가며 공부했는데! 무엇 때문에 그 번민 속에서도 과거를 치렀는데!"

"이제부터는 저를 위해 살지 마세요. 서방님 스스로를 위해 사세요."

"왜 이러는 거야? 대체 날더러 어쩌라구!"

인엽은 정말로 나를 영원히 떠나보내려는 사람처럼 보였다. 비록 내가 혼인을 했지만 마음은 변한 것이 없었다. 인엽은 내가 변심하지 않은 것에 더 아파하는 눈치였다. 그녀의 원망 서린 눈이 모든 것을 말하고 있었다.

"차라리 버릴 것이지, 차라리 변할 것이지……. 여전한 소망을 품고 외길만을 달려온 서방님이 저를 더 아프게 하시네요."

진실에 위악을 더한 듯한 인엽의 목소리가 나의 가슴을 찢었다.

"서방님이 절 부르셔도 이제는 못 갑니다. 소녀는 이미 몸을 버렸습니다."

온몸이 굳고 사지가 떨렸다.

"거짓말이지?"

인엽은 내 얼굴을 똑바로 바라보았다.

"제가 서방님의 부름에 응할 수 없는 이유입니다. 저는 이제 서방님의 여자가 될 수 없어요."

나를 남겨 두고 인엽은 후원을 빠져나갔다. 나를 떼어 놓을 거짓말이라 여겼지만 하녀들이 정조를 지키기가 얼마나 어려운지도 잘알고 있었기에 일말의 의심을 지울 수가 없었다. 만일 인엽이 몸을 버렸다면 상대는 누구인가? 처가의 상전들 중 하나이거나 행랑의 하인이리라. 장인어른이나 윤서, 무명⋯⋯. 무명은 행랑의 하인이었다가 얼마 전에 서자로 인정받아 하루아침에 대우가 달라졌다. 인엽이 하녀가 된 뒤 그녀 곁에는 늘 그놈이 있었다. 그놈이 딴 맘을 먹었다면⋯⋯. 그 상상만으로도 나의 마음은 살의로 가득 찼다. 그 길로 무명의 처소를 찾아갔다.

"너냐?"
"무슨 일이오?"
"너냐구!"

무명은 인엽 때문임을 금세 눈치 챘다.

"향이의 일로 이러시는 겁니까?"

무명의 입에서 그녀의 이름이 나오자 피가 거꾸로 솟는 것 같았다. 다짜고짜 그를 후려쳤다. 그러나 이제 무명은 상전에게 해를 가할 수 없는 노비의 처지가 아니었다. 비록 서자지만 병조 판서 허응참의 엄연한 아들로 인정받아 대외적으로 신분이 격상된 참이었다. 맞아 줄 이유도 없을뿐더러 참지도 않았다. 단숨에 나를 제압하더니 벽에 밀어붙여 압박을 가했다.

"더 이상은 서방님을 봐 드리지 않습니다."

으르렁대는 맹수처럼 그의 온몸에서 흘러나오는 살기가 나를 압도했다. 그러나 나의 질투심을 누를 만큼은 아니었다.

"네놈이 감히 인엽일 건드린 거냐고!"

무명은 곧 결박한 손을 풀었다. 나의 지옥을 엿본 듯했지만 긍정도 부정도 하지 않았다.

"그분은 누구의 여자로 살기를 원치 않습니다. 그분이 원하는 것은 자기 자신으로 되돌아가는 일입니다. 서방님이 도와주실 수 있습니다."

"뭐라?"

"그 파란을 겪으신 아씨께서 지금 서방님의 여자가 되어 첩살이를 한다고 행복해지겠습니까, 평범한 양인이나 가노의 아내가 되어 남들처럼 산다고 과거가 잊히겠습니까. 아씨를 구해 내는 것은 서방님의 여자로 만드는 일이 아니라 아씨가 원하는 신원을 이뤄 드리는 일입니다."

"닥치고 대답이나 해! 인엽일 망친 게 너냐고!"

무명은 스스로 만든 지옥 속에서 불타고 있는 날 버려 둔 채 처소를 나갔다. 그 자리에서 무너져 흐느꼈다. 급제의 영광도, 전도유망한 미래도 사랑을 잃은 남자의 비애를 위로하지는 못했다. 나는 스스로에게 물었다. 설사 인엽이 누군가에게 허신하여 몸을 버렸다 해도…… 그럼에도 불구하고 여전히 그녀를 사랑할 수 있는지. 그녀는 왜 굳이 그런 말을 나에게 한 것일까. 소실로 오라는 청을 거절하기 위해서? 나를 포기시키기 위해서? 스스로의 이름을 더럽히면서까지 나를 막아 내는 이유가 무엇인지 알 수가 없었다. 더 이상의 미련이 초라하게 느껴졌다. 이런 마지막을 위해 그 오랜 시간 애를 끓이고 공을 들인 것인가? 인엽은 나를 사랑한 것이 아니었나? 밀려드는 배신감을 어쩔 수가 없었다.

나는 굳게 믿었다. 다른 사내가 인엽을 취하려 하면 그녀는 목숨을 버려서라도 정조를 지킬 것이라고. 비록 나는 다른 여자와 혼인하였지만 그녀는 여전히 스스로를 지키며 나를 기다릴 것이라고.

착각이었다. 인엽은 이제 나를 기다리지 않았다. 그녀는 오래전에 이별을 고하였으나 내가 그 이별을 알아듣지 못하고 있었던 것이다. 질투가 온몸을 태웠다. 가 버린 인엽을, 그녀의 마음을 어떻게 되돌릴 수 있을 것인가. 이 지경이 되어서도 나는 인엽을 버리지 못하였다. 다른 남자에게 허신하였느냐, 침 뱉으며 돌아서지 못하였다. 오로지 인엽을 되찾고자 하였다. 허나 이제 목적이 달랐다. 사랑하는 인엽을 구원하여 남은 생을 행복하게 해 주고 싶었던 마음은 사라지고 그녀를 되찾아서 이 고통을 돌려주고 싶었다. 사랑이 아닌 미움이 온몸을 가득 채운다. 끈질긴 미련조차 사랑일 테지만 질투에 눈 먼 사내의 괴로움은 이를 알지 못하였다.

25

살곶이

- 무명

　태상왕 이성계가 파란의 함흥 행궁 생활을 접고 마침내 한양으로 귀경하던 날, 주상인 이방원은 뚝섬 한강가로 부친을 마중 나갈 계획을 세웠다. 새 나라를 세우고도 아들에게 밀려 보위를 비워 줘야 했던 비운의 창업 군주와 부왕에게 인정받지 못해 형제들을 죽여 가며 스스로 왕좌를 차지한 아들의 재회. 바로 그날이 만월당이 노리는 거사일이었다. 오랜 세월 부자간의 반목을 조장해 온 만월당은 태상왕의 상경을 바라지 않았다. 역당으로 누명을 씌워 참수케 한 부원군 국유에 대한 진실도 밝혀질 터. 만월당은 어떻게 해서든 부자의 화해를 막아야만 했다. 조선의 경사를 정변으로 바꿔 고려 부활의 신호탄으로 삼는 것, 그것이 만월당이 꿈에 그리던 목표였다.

음모가 숨어 있는 줄은 꿈에도 모르는 문무백관들은 이 역사적인 날에 소외되어 행여라도 훗날 불이익이 있을까 싶어 모두들 의관정제하고 환영 대열에 참가했다. 병판의 서자 자격으로 사냥터에서 이미 주상을 배알한 적이 있는 나와 과거에 급제한 후 장인이 수장으로 있는 병조에서 좌랑으로 관직 생활을 시작한 김은기가 특별히 허락을 받아 주상의 일행에 섰다. 강변 모래밭에 천막을 치고 멀리서 오는 창업 군주를 맞이할 준비가 한창이었다. 야회를 준비하는 진연청이 설치되고 강변에는 임시 주방인 숙설소가 지어졌다. 대령숙수들 수십 명이 불려 왔고 병사들은 조리가 끝난 음식을 가자에 실어 날랐다. 숙설소는 외소주방과 퇴선간, 생과방으로 나뉘어 잔치 음식을 데우고 다과와 화채 같은 후식도 준비하였다. 용평상이 자리를 잡고 납교의들이 늘어섰다. 음식 냄새가 코를 찔렀다. 환영의 음악이 쉴 새 없이 연주되는 가운데 모두가 흥분에 휩싸여 갈 찰나, 저 멀리 행궁의 일행이 모습을 드러냈다.

주상이 감격에 겨워 앞으로 나아가려는데 누군가 외쳤다.

"전하! 피하십시오! 저쪽에서 활을 듭니다!"

천막 안은 순식간에 아수라장이 되었다. 호위병들이 왕의 곁으로 모여들었으나 신하들은 저마다 제 살 길을 찾기에 바빴다. 직위와 나이가 소용이 없었다. 주변에 아무나 쳐 내며 숨을 곳을 찾고 살이 닿지 않는 거리로 도망을 갔다. 병판 허웅참 대감은 주상을 미리 만들어 둔 굵은 지주 뒤로 숨겼다. 주상을 노린 화살들이 지주에 팍팍 박혔다. 병사들이 사방팔방으로 주군을 에워쌌다. 재빨리 말에 오른 나는 태상왕을 목표로 행궁 병사들 사이를 달려 나갔다. 태상왕을 구해 내야 했다. 만월당 당원들이 행궁 병사들 사이에 섞여 있으니 언제 시해를 당할지 몰랐다. 화해 대신 싸움을 일으키기 위해 어가로 살을 날리고 있으나 사태가 여의치 않게 흘러가면 태상왕을 시해하게 될 것이었다. 시해의 책임은 왕의 군사들에게 돌리고 드디어 주상이 골치 아프게 굴던 창업 군주를 죽였다며 민심을 선동할 계획이었다. 계획과 작전을 아는 내가 막아야 했다. 만월당을 배신하는 것이 아니라 기만당한 삶에 대한 첫 번째 반격이었다. 병판 대감은 애초에 나의 언질대로 응사하지 않고 활과 칼을 내리고 기다렸다. 행궁 측 도발에 응하지 않는 것만이 내전을 피하는 길이었다.

태상왕의 귀경 소식에 궁이 술렁이던 때, 나는 병판 대감과 의논하여 미리 대비한 것이 있었다. 천막을 칠 때 쓰일 지주 중 하나는 사람의 몸을 숨길 수 있을 만큼 두꺼운 목재로 할 것, 태상왕 쪽에서 화살을 날리더라도 응사하지 말 것, 왕을 보호하기 위해서가 아니라면 행궁 병사들과 백병전을 벌이지 말 것. 병판 대감 역시 태상왕의 순순한 귀경을 믿지 않았기에 제안에 동의하고 대비를 해 둔 것이었다. 행궁 병사들로 위장해 있던 당원들은 모두 흩어졌다. 우리의 대비책이 효과를 발휘한 것이다. 우여곡절 끝에 태상왕과 주상의 해후가 이루어졌다. 화살이 꽂힌 자리라 하여 그 자리에 살곶이라는 지명이 붙으니 먼 훗날에 돌다리가 놓아지고 이후 살곶이 다리라는 이름으로 불리게 되었다.

그 길로 나는 태상왕 이성계와 함께 궁으로 입성했다. 병판 댁 서자에서 왕자로 다시 한 번 신분이 격상되는 순간이었다. 그러나 중궁전을 위시하여 대소신료들은 나의 출생을 증명할 수 없다며 문제를 삼았고 결국 나의 만월당 이력도 드러나게 되었다. 하여 만월당 잔당들을 일망타진하여 자신의 출생을 인정받고 부왕에 대한 효심과 충심을 증명해야만 하는 과제를 안게 되었다. 나는 주저하지 않고 그 임무를 맡았다. 만월당 소탕 임무는 복수심에서가 아니라 함께 자란 형제를 하나라도 살리기 위해서였다. 자현할 사람은 자현을 시키고 도피시킬 사람은 도피를 시켰다. 내가 용서할 수 없는 것은 만월당 동료들이 아니라 수십 년간 나를 속이고 양모나 다름없는 해상을 죽인 당주 왕휘였다. 왕휘만큼은 용서할 수가 없었다.

26

귀가

– 향이

병판 댁 행랑은 충격으로 술렁였다. 하인이었던 무명이 대감마님의 서자라는 사실도 놀라웠는데 진짜 정체는 왕의 아들이었다니! 조선 팔도가 경천동지할 이 사건 뒤에는 유폐된 안방마님 윤 씨 부인이 있었다. 오래전 천서방에게 처리를 명한 임산부가 남편의 여자가 아니라 왕의 여자였던 것이다. 허웅참 대감은 주군의 가신으로서 왕의 여자를 보호할 의무를 진 것뿐이었다. 질투에 눈먼 부인이 착각과 오해로 왕의 여인을 죽여 버린 것이었다. 혼자만의 처벌로 끝날 일이 아니라 가족 전체가 어찌 될지 모르는 일, 자결로 갚을 수 있다면 백 번 천 번도 더 죽고 싶은 심정이었을 것이다. 허 씨 가문의 앞날이 풍전등화였다. 윤 씨 부인은 중궁전에 연통을 넣었으나 죄과는 덮어지지 않았다. 무명을 없애려면 그의 정체가 만천하에 드러나기 전에 제거되었어야 했다. 하지만 이미 무명은 태상왕, 주상 전하와 함께 입궁하여 왕자로 만천하에 알려진 뒤였다.

전장에서 돌아온 부상병 무명이 보여 준 절망과 혼돈을 나는 그제 야 이해했다. 무명은 생 전체를 부정당한 배반감 속에서 나를 향한 죄책감에 괴로웠던 것이다. 진실은 천하에 알려졌지만 오히려 분노 와 슬픔이 아닌 아픔을 느꼈다. 적의 손에 길러지고, 여태 속아서 살 아온 무명이 저지른 죄를 무어라 할 것인가. 그들의 손에 부친이 비 명을 달리했으나 그를 원수라 칭하기도 어려웠고, 아무 일도 아닌 것처럼 용서하기도 불가능했다. 무명 역시 마찬가지일 듯했다. 내게 가까이 다가올 수도 없었고 멀리 떨어질 수도 없었다. 마음껏 사랑 할 수도 없었고, 차마 미워할 수도 없었을 것이다. 나의 원망은 기꺼 이 감수하더라도, 목숨을 죗값으로 내놓는다 해도 돌아가신 아버지 를 살아 돌아오게 할 수는 없었다.

"나를 용서하지 마."

"용서…… 안 할 거야."

"돌이킬 수만 있다면, 내 목숨을 던져 없었던 일로 만들 수만 있다 면…… 그리 했을 거야."

무명을 용서할 수는 없지만 이해할 순 있었다.

"선택은 니가 한 것이 아니잖아. 너는 그들에게 이용당했을 뿐이야. 사죄는 필요하지만, 죄책감을 평생 지고 가지는 말아."

그러나 나의 담담한 위로에도 그의 마음이 편해진 것 같지는 않았다. 돌이킬 수 없다는 것, 과거로 돌아가 오류를 바로잡을 수 없다는 사실, 그것이 무명을 절망케 하고 있었다. 우리는 어찌하여 이런 비정한 운명의 꼭두각시가 되었을까. 자신의 죄도 아니면서 책임을 져야 하는 남자와 아비를 죽게 만든 이에게 분노 대신 연민이 앞서는 여자를, 진실을 모른 채 이미 서로에게 마음을 연 이 비극적인 상황에서 서로를 무어라 불러야 할까. 얄궂은 운명을 원망한다고 해결되는 건 아무것도 없었다. 다만 남아 있는 세월에 최선을 다할 뿐.

가족이나 다름없는 존재요, 나의 모든 것이었던 은기 오라버니의 신부 자리에서 강제로 내려와 온갖 핍박으로 서러울 때…… 더 이상 내 것이 될 수 없는 그를 떠나보내며 껍데기만 남은 것 같은 상실감에 쓰라릴 때…… 무명은 더없이 차가운, 그러나 나를 깨우는 존재로 내 곁에 있었다. 마음이, 은기 오라버니에게서 무명에게로 옮겨간 것이 아니었다. 다만 나는 살아야 했던 것이다. 나의 정인은 다른 사람의 지아비가 되어 버렸다. 피투성이로 바닥을 기어가고 있는 나에게 무명이 내밀어 준 손은 구원의 동아줄이었고, 이 세상에서 기댈 수 있는 유일무이한 존재였다. 은기 오라버니 대신 그를 마음에 품었던가. 모른다. 무명은 나에게 그런 사치스런 감정의 대상이 아니었다. 부친을 잃고 빈손에 맨 몸으로 지옥 같은 세상에 떨어져 전쟁처럼 살아갈 때, 그가 유일한 전우였을 뿐이다. 허나 무명이 배반당한 진실에 괴로워할 때부터 연민으로 자라난 흔들림은 그를 향한 원한을 이길 만큼 강력했다. 오라버니가 내 생에 그저 운명으로 다가왔다 떠나갔다면, 무명은 온갖 역경 속에서도 물러나지 않으며 나에게 선택을 요구하는 존재였다. 스러져 버린 운명과 새로운 선택의 갈림길에서 나는 그저 눈을 감았다.

환궁한 태상왕 전하께서 거하고 계신 별궁으로 입궁하라는 전갈이 왔다. 무명의 청으로 특별히 이루어진 입궁이었다. 만월당을 소탕해야 할 무명이 해결해야 할 또 하나의 과제는 바로 나, 나의 부친인 부원군 국유의 신원이었다. 당의 손으로 모함한 사람이나 신원을 위해서는 태상왕 전하의 증언이 필요했다. 그러나…… 전하께서는 정신이 맑지 못하셨다. 행궁에서 오래 고집을 피운 것도 치매로 정신이 오락가락했기 때문이라는 설이 파다했다.

전하께서는 별궁 뜰에 엎드려 우는 소녀를 알아보지 못하셨다. 부원군 국유에게 밀명을 내려 옥새를 찾아오라 한 것도 기억하지 못하셨다. 우리 국 씨 집안은 이대로 영원히 역당으로 역사에 남을 판이었다. 이대로 엎드려 울 수만은 없었다. 절망은 간절함이 되어 나를 움직였다. 무명에게 칼을 얻어 그 자리에서 머리칼을 싹둑 잘랐다. 그러고는 머리채를 태상왕 앞에 바치며 울부짖었다.

"잊으셨나이까, 전하! 경순 공주님의 머리칼이라 속여서 아비를 구하였던 소녀를 기억하지 못하시나이까!"

순간, 전하의 정신이 돌아왔다. 지아비를 잃고 비구니가 된 불쌍한 딸의 이름, 그 딸의 머리칼이라며 제 머리칼을 잘라 온 신하의 딸이 기억났던 것이다. 손주 며느리를 삼고 싶다 했더니 오래된 정인이 있다며 거절했던 당돌한 소녀. 지금은 천노가 되어 엎드려 울고 있는 나를 기억해 주셨다.

"아니, 그 소녀가 어찌 이리 되었단 말인고?"

각성한 이성계는 국유에게 내린 바 있는 밀지의 사본을 주상에게 보여 주며 그가 진짜 역당이었던 것이 아니라 밀명을 받든 신하였음을 증언해 주셨다. 나는 드디어 향이라는 이름을 버리고 비로소 이름을 되찾을 수 있었다. 아버지가 주신 이름, 인엽을.

주상 전하는 그간 겪은 고초의 위로로 노랑 저고리와 다홍치마를 하사하시며 원래의 신분으로 복원되도록 해 주시었다. 폐가로 버려져 있던 옛집이 복원되고 부리던 노비들을 다시 돌려받았다. 나는 사월이를 데리고 옛집으로 돌아갔다. 대문 앞에서 차마 문턱을 넘지 못해 오랫동안 서 있어야 했다. 사월이는 눈물을 훔치며 부축하여 대문 안으로 들어서도록 도와 주었다. 어머니가 없는 집안에서 안방을 차지하고 살던 나였지만 안채에 들기 전에 먼저 사랑채로 가서 아버지의 방부터 가 보았다. 잃어버린 세간 대신 왕실에서 새로 채워 준 책장과 서안이 들어와 있었다. 공간은 부친이 거하던 곳이었으나 사시사철 떠돌던 서기는 사라지고 없었다. 나는 방바닥에 얼굴을 대고 오래오래 울었다. 홀로 남은 주인아씨의 귀환을 환영하기 위해 몰려든 노비들 역시 마당에서 눈물을 훔쳤다. 파란의 세월이었다. 참으로 어렵게 돌아온 집이었다.

27

아버지와 아들

- 은기

　무명이 만월당 당원들을 구명하기 위한 노력을 펼치고 있는 동안 아버지는 강경하게 소탕론을 펼치셨다. 아무리 왕자를 살린 공이 있다 하나 감히 신분을 속이고 조선의 왕실을 향한 살수로 키워 낸 흉악무도한 조직을 용서해서는 안 된다는 것이었다. 아버지는 만월당의 자금줄이었던 자신의 실체가 탄로 날까 염려되어 당의 몰살에 가운을 걸었던 것이다. 당주 외에는 아는 사람이 없지만 만약을 대비하여 전멸을 시켜야 했다. 그러나 사단은 예상치 못한 방향에서 터졌다. 부친의 서가를 살피던 내가 비밀 서랍을 건드려 만월당 간부의 표식인 죽간을 찾아낸 것이다. 부친이 왜 이런 것을 가지고 있는지 이해할 수 없었다. 아버지는 본능적으로 아들과 한배를 타야 할 때가 왔음을 알고 고백하셨다. 나는 그제야 아버지의 정체를 알 수 있었다. 새 나라의 가신이면서 옛 나라의 부흥을 위해 만월당을 후원했던 아버지의 이면을. 자라오면서 도무지 이해가 안 됐던 아버지의 무감한 얼굴. 그 누구에게도, 어느 편에도 속내를 밝힐 수 없었던 아버지의 인생이 만들어 낸 표정이었다.

"고려에 대한 절개 때문이셨습니까?"

아버지는 냉소를 지으셨다.

"충이니 절개니…… 이 아비는 그런 허울 따위 믿지 않는다."

절망스러웠다.

"그럼 대체 무엇 때문이셨습니까? 무엇 때문에 스스로 역신의 올가미를 자초하신 것입니까?"

"승부가 완전히 끝난 것이 아니었기 때문이지. 조선의 백성들은 아직 고려를 잊지 못하고 있어. 이성계의 아들들이 피 흘리는 싸움을 계속하는 동안 나라는 어지럽고 민심은 뒤숭숭했다. 언제든지 주인이 바뀔 가능성이 남아 있었기에! 이 아비는 왕 씨와 이 씨 사이에서 나라의 운명을 가늠했던 것뿐이다."

"도대체 소자에게 무엇을 기준으로 살아가라 하실 겁니까. 누구를 주군으로 모시며, 어디를 바라보며 살아가야 합니까!"

"대세는 기울었다. 만월당은 회복이 불가능해. 이 기회에 잔당들을 토벌하고 공을 세워야 뒷날에 후환이 없을 것이다."

"아버님!"

하인인 줄 알았던 무명은 왕가의 핏줄이었고, 충신의 아들인 줄 알았던 나는 역신의 아들이었다. 하늘이 무너지고 땅이 뒤집혔다. 괴롭지만, 이대로 죽을 수도 물러날 수도 없었다. 다른 방도가 없었다. 그저 피눈물을 흘리며 아버지가 이끄는 대로 살아남기 위해 만월당 토벌에 전력을 다하는 수밖에.

아버지는 자신이 아는 정보를 모두 쏟아내 한낱 병조의 좌랑에 지나지 않은 내가 귀신처럼 잔당들을 찾아내 추포하게 하였다. 주요 은신처들이 드러나고 당원임을 숨긴 채 살아가던 사람들이 속속 잡혀 들어왔다. 가히 놀라운 규모였다. 왕실이 화해하지 못하고 그대로 비극이 벌어졌다면 충분히 돌이킬 수 없는 상황이 될 만한 규모였다. 나의 칼은 필사적으로 그들을 베었다.

인엽의 원수는 무명이가 아니라 바로 내 아비였고, 나는 원수의 아들이었다.

28
왕자 이비
- 무명

심히 당황스러웠다. 내부에 밀고자가 있지 않고서는 이런 식으로 괴멸될 리가 없었다. 시간을 끌어 양측의 협상을 끌어내고 절도에 풀어 살게 하는 것으로 만월당에 대한 처벌을 마무리하려 했던 나는 속수무책으로 무너져 가는 조직의 괴멸에 대책을 세울 수가 없었다. 비극의 시초는 강화도로 유배 보내 살게 해 주겠다던 왕 씨들과의 약속을 어기고 바다에서 수장시킨 새 왕조의 잔인함에 있었다. 오래전의 약속을 지금이라도 이행해서 전 왕조와 새 왕조 사이의 화해를 모색하고 공존의 틈을 찾아내고 싶었다. 그런데 이 무슨 자멸의 과정이란 말인가. 그를 찾아야 했다. 왕휘.

단신으로 당주를 찾아갔다. 왕휘는…… 그는 유모 해상의 무덤가에 앉아 있었다.

"이제 와 후회라도 하시는 겝니까? 무덤가에서 물러나세요. 당주
는 그 죽음을 슬퍼할 자격이 없습니다."

왕휘는 슬프게 웃었다. 입가는 웃음을 그리고 있는데 눈은 울고
있는 기묘한 얼굴이었다.

"내가 죽으면 이 옆에 묻어 달라고 할 참이었는데……."
"옥새를 반납하고 자현하세요."
"그런다고 살 수 있을 거 같으냐."
"그럼 제 손으로 당주를 베길 원하십니까!"

당주는 칼을 뽑았다.

"사실은 알고 있었는지도 모르겠다, 언젠가 너의 칼날에 스러질
것을. 내가 원해서 이 길을 택한 줄 아느냐? 아이야, 나에게는 선택
의 자유가 주어지지 않았다. 나는 그저 이리 살 수밖에 없었기에 너
에게도 미안해하지 않을 것이다. 다만 마지막 대결에 충실하겠다."

나의 칼이 당주의 칼을 맞이했다. 어려서는 늘 졌고, 최근에는 대

련에서 이길 수 있었다. 당주가 일부러 져 주는지는 알 수 없지만. 대결은 찰나였고, 왕휘는 피를 흘렸다. 그는 드디어 이생이 끝난 것을 자축이라도 하듯 웃으며 죽어 갔다.

후련할 줄 알았다.

나의 인생을 통째로 속이고 친부에게 칼을 겨누게 했던 사람, 어미나 다름없는 유모 해상을 죽인 사람……. 그러나 후련함 대신 뜨거운 눈물이 솟구쳤다. 나는 양아버지를 죽였던 것이다. 친부를 살해하는 패륜에서는 비껴갔으나, 양부를 죽이는 비극이 나의 운명이었다. 나는 전체 당원의 이름이 적힌 죽간첩과 옥새를 들고 경복궁으로 돌아갔다. 이 옥새가 내 운명을 이리 만든 것이다.

잃어버렸던 왕자가 역당의 우두머리를 제거하고 옥새를 찾아오자 왕실은 축제 분위기였다. 나는 비로소 왕실의 일원으로 당당하게 인정을 받았고 아버지 이방원은 내게 '비'라는 이름을 내렸다. 이비. 오랫동안 이름이 없어 이름이 없다는 뜻의 무명으로 불리던 사내는 비로소 왕가의 핏줄로 새 이름을 하사받았다. 알지 못했던 나의 자리를 찾고 인엽이 잃어버렸던 지위를 되찾는 동안 한 사람은 끝없는 나락으로 추락했다. 내가 가져간 죽간에는 호조 판서 김치권의 이름이 있었던 것이다. 금부에서는 집안을 뒤져 역당으로 흘러 들어간 자금 명부를 찾아냈고 김치권은 끌려가기 전에 목을 매 자결했다. 자식은 죄가 없다, 가족들은 아무것도 모르니 선처를 바란다는 유서를 남기고. 부인에게 다정했던 적이 없고 자식에게 자애로운 적이 없었던 냉혈한이 생에 마지막으로 남기고 간 사랑의 표현이었다.

29

이별, 그리고…

- 은기

모든 것이 끝났다.

아버지의 자결 후, 법도대로 하면 삼족을 멸해야 하는 역신의 아들은 무명과 인엽의 노력, 처가인 병조 판서에 대한 배려로 신분이 강등되는 데서 처벌이 멈추었다. 처가인 병판 댁은 왕자를 찾아내고 역당을 색출하는 공을 세웠으나 막상 집안은 비극에 휩싸였다. 장모인 윤 씨가 왕자의 생모를 살해하도록 사주한 죄가 있어 유배를 갔고 아내 윤옥은 지아비인 나와 함께 노비의 신분으로 떨어진 것이다.

장모는 자신의 과오로 가문을 위태롭게 만든 죄책감에 자결을 시도했지만 장인어른이 용납하지 않았다. 무책임하게 죽음으로 도피

하지 말라며, 살아서 죗값을 치르고 가족들 곁으로 돌아오라는 명이
었다. 그리고 딸 윤옥의 신분을 유지하기 위해 나와 이혼을 시키려
하였으나 뜻밖에도 본인이 거절했다. 이혼을 하고 반가의 딸로 사느
니 남편 곁에 남아 천비로 살겠다는 것이었다. 장인은 주상의 윤허
를 얻어 소박한 초가를 마련하고 우리 부부가 어머니 한 씨와 함께
외거노비의 형태로 살림을 꾸릴 수 있도록 배려해 주셨다. 내 곁을
떠나지 않는 윤옥을 나는 이해할 수 없었다. 사랑을 준 적이 없으니
아내가 내게 지켜야 할 의리가 없었다. 윤옥이 나를 버린다 해도 아
무도 욕할 사람이 없으며 오히려 당연한 일로 여겨질 것이었다. 그
러나 윤옥은 떠나지 않았다.

"향이, 아니 이제 다시 인엽이라 해야 하나요? 신분이 뒤바뀌었
으니 이제는 내가 아씨라 불러야 하겠군요. 인엽이를…… 그 여자
가…… 아직도 마음에 있으십니까? 지금도 그녀와 함께할 날만을 꿈
꾸시냐구요."

대답을 하지 못했다. 더 이상은 윤옥에게 잔인해질 자격이 없었다.
권리도 없었다. 천지가 뒤바뀌고 보니 사랑 따위 다 우스웠다. 인엽
이 그토록 나를 받아 주지 않고 외면하던 심정도 이런 것이었을까?

겨울이 끝나고 봄나물이 솟아나기 시작하는 춘삼월, 고부가 나란

히 찬거리를 마련하기 위해 나물을 뜯으러 갔다. 봄나물은 가난한 살림에 중요한 양식이었던 것이다. 달래를 뜯어다 된장을 끓이고 돌나물은 물김치를 담근다 하였다. 처가에서 도움을 주려 하지 않는 것은 아니나 집안의 여자들은 나의 자존심을 위해 이를 거절하였다. 나물죽으로 연명을 하더라도 스스로의 힘으로 살림을 꾸려 가는 것이 두 여자가 세운 원칙이었다. 여자들의 적응력은 놀라웠다. 내가 자괴감을 이기지 못해 술로 세월을 보내는 동안 시어머니와 아내는 살기 위해서, 살아남기 위해서 세상에 적응해 갔다. 안 해 본 노동도, 농사도, 살림도 어느 결에 다 받아들이고 세상의 모욕과 조롱도 감수했다. 그런 어머니와 아내가 놀랍기도 하고 미안하기도 했지만 나는 도저히 그들처럼 천민의 생활을 받아들이게 되지는 않았다. 그저 죽고 싶었다. 삶이 치욕이었다. 계절은 봄이 다가오고 있었으나 나의 마음은 영원히 사막 같은 겨울에 머물러 있을 것만 같던 어느 날, 인엽이 찾아왔다. 만나고 싶지 않았다. 뜨거운 그리움이 치밀 때도 있으나 살아서 가장 보고 싶지 않은 얼굴이었다. 그녀가 보고 싶지 않다기보다 이런 꼴을 보여 주고 싶지 않았다는 것이 더 정확한 심정이었다. 사월이와 함께 사립문 안으로 들어서는 인엽을 보고 당황한 나머지 방문을 닫아 버리고 나가지 않았다. 인엽은 문 앞에서 내게 이야기를 시작했다,

"나도 다 겪은 일이야. 당신이 찾아오면 땅 속으로 꺼져 버리고 싶

었지. 당신의 눈에는 사랑보다 동정이 가득했고…… 날 대등한 존재가 아닌 도와 줘야 할 불쌍한 사람 취급했어. 그런 당신한테서는 아무 도움도 받고 싶지 않았어."

문을 벌컥 열었다. 붉어진 눈시울을 감출 새도 없이 아프게 물었다.

"그래서, 그래서 마음이 변한 거야? 잘난 왕자님한테 가버린 거냐구!"

아직도 소화되지 않은 질투가 인엽을 향해 드러났다.

"그거 알어? 내가 그 사람한테 마음 주기 시작했을 땐…… 그 사람, 왕자가 아니라 노비였어. 세상에는 왕족도 있구 양반도 있지만 더 많은 게 평민들이구 노비들이야. 운이 좋아 반가의 딸로 태어난 주제에 그걸 아주 당연한 것처럼 생각하구 그렇게 태어나지 못한 사람들을 함부로 무시하고 짓밟았었지. 양반일 때만, 권력을 쥐고 있을 때만 멋진 사내가 될 수 있는 게 아냐. 아무것도 없지만 당당함을 잃지 않을 때, 오로지 자기 자신으로만 승부하면서 꿈을 향한 노력으로 빛이 날 때, 사내는 그럴 때 비로소 사내다운 거야. 인생에 기회는 다시 올 거구, 그 기회를 만들어 가는 노력은 각자의 몫이라는 거, 내가 지난 시간들 속에서 배운 거야. 함께 겪은 당신두, 앞으로 겪어 나갈 시간 속에서 부디 무너지지 말기 바라. 한때 나의 정혼자였던 당신이, 한때는 내 마음의 주인이었던 당신이…… 앞으로도 꿋꿋하게 살아간다면, 우리의 인연을 자랑스러워할 수 있을 거 같아."

언제나 내게 어린 누이 같았던 인엽이 언제 저렇게 어른이 되었던가. 멀어져 가는 인엽의 뒷모습을 바라보면서…… 인엽이 잔인한 생의 파고를 겪어 내며 신분의 고하와 상관없는 성숙한 인간이 되었음을 느꼈다. 그녀는 이제 높은 자리에서건 낮은 자리에서건 변함없는 영혼이요, 자기 자신을 그대로 지킬 수 있는 힘이 있었다. 나는 비로소 지금 이 순간이 그녀와의 진정한 이별임을 알았다. 갖고 싶은 탐욕 때문에 인엽이 어떤 사람인지 볼 수 있는 맨눈을 잃어버린 세월이었던 것이다. 절대로 놓을 수 없을 것만 같았던 집착의 끈에서 놓여나는 것을 느끼며 그렇게 첫사랑과 이별하였다.

해지기 전에 어머니와 아내가 돌아왔다. 윤옥은 두릅과 어린 쑥을 많이 땄다며 아이처럼 좋아했다. 가시 많은 나뭇가지 끝에 나는 두릅을 따느라 손과 얼굴에 생채기가 가득했고 안 그래도 초라한 입성에 흙 자국이 얼룩덜룩했다. 누가 이 여인을 판서 댁의 외동딸로 손에 물 한 번 안 묻히고 호사만 누린 과거를 지녔다 하겠는가. 쑥국을 끓이고 두릅을 데쳐 장에 찍어 저녁을 먹었다. 소찬이었지만 초가로 이사 온 이후 처음으로 입맛이 도는 듯했다. 나는 설거지를 마치고 들어온 아내를 위해 방 안에 더운 물을 들였다. 아내의 손을 씻어 주고 발도 씻겨 주었다. 아내의 눈가에 눈물이 맺혔다.

"왕비가 부럽지 않네요."

그 밤은 나와 윤옥이가 진정으로 부부가 된 첫날이었다. 윤옥의 손발을 면포로 닦아 주고 나서 이 집에 온 뒤 처음으로 부인을 안았다. 옛집에서야 부부의 처소가 따로 있으니 볼 일도 많지 않고 내가 마음먹고 찾아가지 않는 한 합방할 일이 없었다. 일 년 내내 서로 남처럼 사는 것도 얼마든지 가능한 것이 양반가 부부의 삶이었다. 그런데 방 두 칸짜리 초가에서는 그럴 수가 없었다. 어머니에게 방 한 칸을 내어 드리고 나면 부부가 같은 방을 쓸 수밖에 없는 처지. 그동안은 이부자리를 따로 놓으며 한 방에서 서로를 외면하다가 오늘 처음 아내를 품에 안았다. 합방의 경험이 많지 않아 둘 사이에 공기는 어색했으나 나의 마음속에 생겨난 연민이 방 안을 데웠다. 끝내 품어 보지 못했던 인연. 이룰 수 없었던 꿈. 미련과 애증을 모두 버리고 윤옥을 향해 피어나기 시작한 연민을 가슴에 채웠다. 비록 남편 없는 여자라는, 지아비를 버린 여자라는 손가락질을 받을 수는 있으나 일신의 편안함은 보장될 수 있었던 나와의 이별을 선택하지 않고 경멸해마지 않던 천비의 삶, 함께하는 가난을 택한 이 여자. 그동안 나는 다른 정인이 있다는 이유로 그녀에게 잔인하기 그지없었다. 사죄의 마음을 담아 그녀의 이마를, 뺨을 어루만지고 입을 맞췄다. 윤옥은 그저 가만히 있었다. 마지막 순간, 눈물을 흘리며 지아비를 꽉 끌어안았을 뿐. 우리 부부는 건넌방의 어머님을 의식하여 소리를 내지 않으려 애썼다. 조용한 정사 속에 그 밤이 지나가고 있었다.

사랑이 무엇인가. 지나간 사랑을 못 잊는다고 순정인가. 내 앞에 온 사람에게 잔인하면 그것이 무슨 소용인가. 비로소 어른이 되어가는 내가 아내 윤옥과 치른 진정한 초야였다.

30

작별

- 무명

　인엽의 집을 찾았다. 인엽이 청한 저녁이었다. 낮에 인엽이 부친의 묘를 옮겼다. 가묘를 썼던 부친의 묘를 선산으로 이장하는 데 함께 동행해 주었다. 이장을 끝내고 제를 올리면서 나는 절을 올렸다.

　"제가 이 사람의 가족이 되어 주겠습니다. 그저 지아비 노릇만 하는 게 아니라 어르신 대신 아버지 노릇도 하고, 혈혈단신 외로운 사람에게 오라비 노릇도 하고, 즐거움을 주는 동생 노릇도 하고, 평생 함께하는 친구 노릇도 하고…… 무엇보다 한결같은 마음 변치 않는 정인이 되겠습니다. 허락해 주시겠습니까?"

　청혼이었다.

돌아가신 부원군에게 허락을 청하는. 인엽의 눈동자가 흔들렸다. 가슴이 울컥한 듯했다. 내려가는 산길에서 인엽의 길을 잡아 주느라 가지를 쳐 내고 풀을 헤쳐 가며 앞장을 섰다. 인엽이 먼저 그런 나의 손을 가만히 잡아 보았다. 지나온 고통의 시간, 얽혀 있는 악연과 선연의 실타래 속에서 결국 무슨 연이든 사람과 사람의 관계를 선연으로 만들어 가는 것은 스스로의 몫이라는 것을 자각하였다. 인엽은 나의 고민을 알고 있었다.

"세간의 소문들, 들었어. 양녕대군께서 폐세자 되시면 당신에게도 기회가 올 거라는. 당신이 왕좌를 욕심내지는 않겠지만, 생각해 봐. 그 자리는 많은 일을 할 수 있는 자리야. 당신이 피눈물을 흘리면서도 지켜 줄 수 없었던 만월당, 죽어 간 친구들……. 만일 당신이 왕이었다면 그들을 포용하고 함께 가는 아름다운 나라를 만들 수도 있었을 거야. 그랬다면 우리 아버님 같은 비극도 생겨나지 않았겠지. 왕권을 욕심내지 말고 큰일들을, 아름다운 일들을 많이 할 수 있는 자리라고 생각하면 한번 도전해 볼 수도 있지 않을까? 당신은 전국 팔도를 떠돌아다니며 이 땅의 백성들이 어찌 살아가는지를 보았고 하인 노릇까지 하면서 온갖 고생을 다 했어. 왕실의 일원으로 태어나 호의호식하면서 군림만 해 본 왕자들보다 더 좋은 임금이 될 수 있을 거야."

그러나 내 마음은 달랐다. 나는 궁을 떠나고자 했다. 세자가 되려면 인엽을 버려야 했다. 만월당이 소탕되고 정식 왕자로 왕실에 받아들여지며 조정이 외부적인 안정을 찾자 분란은 내부에서 다시 일어났다. 생모와 나를 핍박한 일로 중전마마가 폐비 논의에 휩싸이자 원래도 반항적이던 세자 저하 양녕이 도를 넘은 난행을 보이기 시작한 것이다. 동궁에 여승을 끌어들이고 남의 첩을 빼앗아 숨겨 두기도 했다. 폐세자 논의가 거셌다. 나는 주상의 서자들 가운데 가장 나이가 많았다. 중전 민 씨와 세자 양녕이 한꺼번에 폐위되면 새로운 세자 후보가 될 가능성이 아주 없지는 않았다.

다만 나에게는 주변 세력이 없었다. 나를 세자로 옹립하는 데 세를 더할 후원자들이 없었던 것이다. 병판 허응참 대감이 유일한 내 편이었다. 주상 전하는 다시 찾은 아들에게 든든한 배경을 만들어 주기 위해 혼인을 서두르셨다. 나는 인엽과 혼인하기를 원하였으나 가문이 신원되었다 해도 그녀는 혈혈단신 고아였다. 일찍이 태어나자마자 어머니를 여의었고 누명으로 부친을 잃었다. 이제는 힘이 되어 주기 어려운 가문이 된 것이다. 더구나 은기와 혼례식을 올린 바 있고 천비로 떨어졌던 이력이 있었다. 한때 하녀 노릇을 했던 유부녀가 왕세자비가 될 수는 없었다. 병판의 조언은 빈궁을 들인 후에 인엽을 후궁으로 들이라는 것이었다. 나는 절대 인엽을 그리 대우할 수 없었다. 상처가 많은 여자였다. 하녀 시절에도 첩실이 되라는 은기의 청을 거절한 바 있지 않은가. 여염의 첩실이 아닌 왕자의 후궁은 다르다고 하는 것도 우스웠다. 인엽에게 중요한 것은 남자의 신분이 아니라 관계의 본질이라는 것을 알고 있었다. 내게는 왕좌의 무게보다 한 여자에 대한 예우가 더 중요했다.

인엽은 나를 사랑에서 기다리게 하더니 손수 차린 밥상을 내왔다. 윤기가 자르르 흐르는 흰쌀밥에 소고기 무국으로 차려 낸 9첩 반상이었다. 싱그러운 봄동, 부드러운 고사리무침이 입맛을 돋웠다. 손이 많이 가는 가지선이 정갈하게 담겨 있었고 조기 한 마리가 쪄져 나왔다. 같이 먹자고 했지만 인엽은 그저 밥 시중만 들었다. 조기를 발라 주고, 봄동을 장에 찍어 주었다. 달큼했다.

"전에는 그저 찬방에서 차려 준 음식 먹을 줄만 알았지, 이것이 어디에서 오는지 어떻게 만들어지는지 알지 못했어. 하녀로 한 시절을 겪고 나니 이렇게 내 손으로 밥상을 차릴 수 있게 되었지. 기뻐. 당신에게 내가 차린 상을 올릴 수 있어서."

뿌듯했다. 인엽이 몸종 노릇하며 차려 준 밥상을 받을 때는 느끼지 못했던 기쁨이었다. 그때는 그 밥상이 그저 인엽의 노동으로 여겨졌지만 지금은 이것이 인엽의 정성이요, 사랑이라는 것을 알았다. 한 숟가락, 한 숟가락을 음미하며 먹었고 찬마다 골고루 젓가락을 대며 밥상을 온전히 누렸다.

상을 물리고 나자 인엽은 궁으로 돌아가지 말고 하룻밤 묵어 가기를 청하였다. 이경이 멀지 않아 곧 인정이 칠 것이다. 부친의 묘를 이장하고 온 마음이 헛헛한 모양이었다. 아무리 부리는 사람들이 있다 하나 넓은 집에 인엽을 혼자 두고 가기가 마음이 그랬다. 물을 받아둔 욕당에서 몸을 씻고 자리에 들 준비를 했다. 사월이가 미리 이부자리를 깔아 둔 모양이었다. 새 이불인 듯 호청이 새하얗게 서걱거렸다. 막 불을 끄려는데, 문이 열렸다. 인엽이었다. 심장이 멎는 듯했다.

"난 다른 사내와 혼인을 올렸던 여자야. 초야를 치르지는 않았지만 연지곤지 찍고 큰 머리를 올렸지. 이런 나도 괜찮다면, 당신하구 같이 있고 싶어."

정식으로 혼례를 올리는 것이 그녀를 맞이하는 법도라는 건 알았다. 그러나 오랫동안 꿈꾸던 순간이었다. 그녀의 청을 거절하는 무안을 안기고 싶지도 않았다. 왕실과 조정의 반대를 무시하고 그저 그녀와 하나 되어 날아가고 싶었다. 인엽은 스스로 옷을 벗었다. 내가 다가가도록 허락하지 않았다. 나는 그녀를 위해 불을 껐다. 인엽은 떨리는 손으로 저고리와 치마를 벗고 속치마 하나만 남긴 채 내 품에 안겼다.

어둠 속이었지만 그녀의 얼굴 구석구석이 내 눈엔 환히 보였다. 두 눈에 고인 눈물이 달빛을 받아 보석처럼 빛을 발했고, 미세하게 떨리는 입술은 반짝이는 조약돌 같았다. 두 손으로 볼을 감싸고 엄지로 눈물을 닦아 주었다. 그녀가 꽃처럼 환한 미소를 지었다. 꽃잎이 포개어지듯 사뿐히 내려앉은 입술이 진달래 꿀을 머금은 듯 달콤했다. 늘 눈빛으로만 만졌던 그녀의 피부를 쓰다듬고 저고리 속에 감춰졌던 매끈한 어깨선을 어루만졌다. 그녀는 봄바람같이 옅은 신음을 내쉬었다.

생의 한 문이 닫히고 새로운 문이 열리는 느낌. 인엽은 서툴렀으나 두려움이 없었다. 나는 인엽의 뜨거움을 격정으로 받아 냈다. 잠들지 못하는 밤이었다. 거듭하여 그녀를 안으며 속삭였다. 당신이 나의 나라요, 주인이라고. 힘 있는 자리에서 아름다운 나라를 만들어 가는 것도 뜻 있는 일이지만 그 곁에 당신이 없으면 무의미하다고.

살다 보면 평생 잊을 수 없는 순간이 오게 마련이다.

그 밤이 우리 두 사람에게 그러했다.

그러나 아침이 되자 홀로 잠에서 깨어났다. 인엽이 언제 나의 품에서 빠져나갔는지 모를 일이었다. 머리맡에 인엽이 남기고 간 서찰한 통이 놓여 있을 뿐이었다.

당신의 사랑을 믿지 않는 것이 아닙니다.
당신의 소망을 무시하는 것도 아닙니다.

이렇게 당신을 떠나오는 것 또한 소녀의 사랑임을 알아 주세요.

사내의 앞길을 가로막는 여인이 되느니

어느 날 사라져 영원히 잊히지 않는 여인이 되겠습니다.

당신은 훌륭한 남자요, 그릇이 큰 사람.

부디 이 나라의 왕이 되어 조선을 좋은 나라로 만들어 주세요.

우리 둘이서만 행복하기보다

이 사랑의 희생으로 만백성이 행복해질 수 있다면…….

당신을 혼자 두고 떠나는 이 길이, 단장의 고통 끝에 선택한 이별이

아녀자의 어리석은 결단만은 아니겠지요.

소녀는 당신의 여인이 아니라

당신의 수많은 백성 중 한 사람으로 남겠습니다.

어딘가에서 살아갈 소녀 같은 백성들을 위하는 성군이 되어 주시길.

저를 미워하셔도 좋아요. 다만 부탁하노니……

제발 스스로를 미워하지는 말아 주세요.

　　인엽은 자신의 존재가 나의 앞날에 걸림돌이 된다는 것을 알고 스스로 자취를 감춰 내가 무사히 다른 가문에서 신부를 맞고 세자 책봉을 받을 수 있도록 배려한 것이다. 그렇게 인엽은 사라졌다. 그 길로 미친 듯이 뛰쳐나가 가노들을 추궁하였으나 그들조차도 주인이 어디로 갔는지를 알지 못하였다. 아직도 내 품에서 맴도는 그녀의 향기, 행복과 회한이 교차하던 그녀의 오묘한 미소에 대한 기억만이 남아 있을 뿐이었다.

에필로그

　태상왕이 잠시 머물기도 했다는 소요산 산사에 공양주로 일하는
보살 두 명이 있었다. 하나는 쪽을 지고 나머지 하나는 댕기머리인
것으로 보아 쪽진 여자는 과부요, 다른 여자는 아직 처녀인 듯했다.
사연은 알 수 없으나 사월이라 불리는 댕기머리 여자가 아씨라고 부
르며 따르는 것을 보니 과부는 주인이요, 처녀는 몸종인 듯싶었다.
그러나 두 사람이 똑같이 일하고 겸상하여 먹으며 밤이면 함께 바
느질하니 상하의 구분이 없었고 그저 친구인 듯, 자매인 듯하였으나
다만 그들의 호칭이 아씨요, 사월이었다.

　산사의 요사채에는 공부중인 선비들이 여럿 있었는데 그중에 유
난히 수줍음이 많아 밥상을 갖다 줄 때마다 얼굴을 붉히는 선비 하
나가 사월이라는 여종을 마음에 품었다. 그러나 하녀를 마음에 품어

서 무엇 할 것인가. 그저 놀다 버릴 양이 아니면 시작도 안 하는 게 낫겠다 싶어 애써 마음을 다잡는데 가장 먼저 눈치를 챈 사람이 공양간의 다른 보살이었다.

"연심은 신분을 따져 가며 생겨나는 것이 아니더이다. 그저 남자와 여자, 진심과 매혹이 부딪혀 빚어내는 불꽃이더이다. 일생에 그런 불꽃…… 몇 번이나 만날 수 있겠습니까? 놓치지 마시어요. 속이 깊고 어여쁜 아입니다."

아씨의 조언에 용기를 낸 선비는 사월에게 쑥부쟁이 꽃을 따 주며 마음을 전하였다. 사월은 너무 놀라서 감히 거절도 못하고 딸꾹질만 하면서 도망쳐 내려와 주인아씨의 놀림을 받았다. 도성에서 내려온 선비는 범인들이 알지 못하는 궁의 소식을 알고 있었다. 기어이 왕세자 양녕이 폐세자 되고 셋째 왕자인 충녕대군이 세자위에 올랐다고. 도성의 소식에 놀라기도 하고 마음이 착잡해진 아씨는 저녁 공양을 사월에게 맡기고 산사를 나섰다. 일주문을 나와 냇가로 내려가려는데 저 아래서 올라오는 사내의 걸음이 어딘지 낯익었다. 큰 키로 성큼성큼 걸어오는 단호한 태가 그 사람을 닮았던 것이다. 문득 눌러 둔 그리움이 치밀어 잠시 올라오는 사내를 보고 있었는데…… 사내의 얼굴이 보이기 시작했다. 여인의 가슴이 멎는 듯했다. 사내가 여인의 앞에 와 섰다. 눈도 깜박일 수 없는 서로의 눈동자를, 잊을 수 없었던 콧날을, 온기를 잊을 수 없었던 입술을 오래오래 바라보았다. 누구도 먼저 말하지 않고 아무도 시선을 비키지 않았다. 여인의 눈가에 눈물이 차올랐다. 사내가 여인을 당겨 안았다. 전국 팔도를 떠돌았던 사내. 여인의 흔적을 찾아다닌 사내. 그 사내 무명이 인엽을 안고 있었다. 인엽이 무명의 등을 쳤다.

"왜, 왜, 왜……."
"아무 말도 하지 마. 무슨 변명도 하지 마. 설명도 필요 없어, 그냥 있어. 죽여 버릴 거 같으니까."

멎었던 가슴이 터질 것 같았다. 단 하룻밤에 모든 것을 주고 떠나왔건만 어찌하여 이 사내는 다시 내 앞에 서 있는 것인가. 만나야 할 사람들은 결국 어떤 길을 돌아와서도 만나게 되는 것인지. 그가 걸어온 길 알 수 없으나 인엽은 이제 알 것만 같았다. 그들에게 더 이상 이별은 없음을. 차라리 이 자리에서 그의 손에 죽을지언정, 그가 이별을 허하지 않을 것임을.

그의 커다란 손이 인엽의 얼굴을 어루만졌다. 흐르는 눈물을 엄지손가락으로 닦아 주었다. 멈추지 않는 눈물을 입술로 닦아 내었다. 인엽이 그의 품속에서 부서졌다.

산에는 어둠이 내리고 있었다.